冀東藝文叢編

與我周旋集

[清]魏元樞 著　高光新 點校

燕山大學出版社
·秦皇島·

圖書在版編目（CIP）數據

與我周旋集 /（清）魏元樞著；高光新點校 . — 秦皇島：燕山大學出版社，2022.7
（冀東藝文叢編）
ISBN 978-7-5761-0339-7

Ⅰ. ①與⋯　Ⅱ. ①魏⋯ ②高⋯　Ⅲ. ①古典詩歌—詩集—中國—清代②古典散文—散文集—中國—清代　Ⅳ. ①I214.92

中國版本圖書館 CIP 數據核字（2022）第 073481 號

與我周旋集

[清]魏元樞 著　高光新 點校

出 版 人：陳　玉
責任編輯：柯亞莉
封面設計：吳　波
出版發行：燕山大學出版社　YANSHAN UNIVERSITY PRESS
地　　址：河北省秦皇島市河北大街西段 438 號
郵政編碼：066004
電　　話：0335-8387555
印　　刷：中國標準出版社秦皇島印刷廠
經　　銷：全國新華書店

開　本：710mm×1000mm　1/16		印　張：18		字　數：230 千字	
版　次：2022 年 7 月第 1 版		印　次：2022 年 7 月第 1 次印刷			
書　號：ISBN 978-7-5761-0339-7					
定　價：80.00 元					

版權所有　侵權必究

如發生印刷、裝訂質量問題，讀者可與出版社聯繫調換
聯繫電話:0335-8387718

唐山師範學院出版資助項目(2021CB01)

與我周旋集詩卷一目次并序

尺蠖引補序

先大父綸叟公隱居不仕晚年自號織結道人搆草廬五架以時息遊課子於其間顏其額曰尺蠖齋跋云君子藏器於身待時而動苟非其時遯世無悶也且天下未有屈而不伸者亦未有不能屈而能伸者也君子盡其在我待時而已諸子勉乎哉

與我周旋集跋

先大夫易簀時以斯集付先慈劉太君曰吾一生心血出處進退盡在於此汝其藏諸篋笥俟諸子成立方可與之然不得宗匠刪定亦斷不可輕以示人維時不肖焯年甫十二俯伏涕楊實聞此言且命無忘乾隆三十七年特旨開四庫全書館廣搜天下遺書令故家子皆得獻其祖父著述以資採擇如吾鄉學使谷

《與我周旋集》書影

前　言

魏元樞(1686—1758)，字聯輝，號臞菴，直隸豐潤(今河北唐山豐潤)人。遠祖來興公，明洪武時以軍功封千户，傳襲至明末，本家於江南邳州(今江蘇徐州邳州)，後鎮守塞外小興州，永樂二年(1404)遷於豐潤，遂定居。魏元樞祖父魏鍈，增廣生。父魏濱，諸生，家貧讀書不輟，工草書，善吹笛彈箏。元樞於兄弟五人中年最少，而讀書最勤，聰慧能文。爲廩生，以教書贍養父母。父殁後，將先前己所分産盡數讓予諸兄，仍以教書爲業。四兄早卒，事奉寡嫂終其身，且撫養其子女至成家。

雍正元年(1723)十月中進士，五年二月授河南靈寶縣令，因忤上官，到任五十日即罷。六年，補兵部主事，調刑部。九年，陞員外郎。十一年，晉郎中。魏元樞辦事勤慎，剛直不阿，深受雍正帝的賞識和重用。當時一勢家子殺人應償命，魏元樞力主定罪，但與上司意見不一，力争不得，憤而請假還鄉。雍正帝得知後，限其日行六百里面對，並稱其"刑部第一血心辦事官"(《與我周旋集》卷四)，命官復原職。在京十五年間，魏元樞多次受到皇帝的引見、賜宴、賞賜等。

乾隆三年(1738)八月，魏元樞任山西寧武府知府。寧武在山西最北，戰國以來爲邊疆險要，明代與偏頭、雁門並爲晉北三關，屢罹戰火。雍正三年始改寧武關爲寧武府，下轄寧武、偏關、神池、五寨四縣。魏元樞爲清代第五任寧武知府，到任後，查閱民情，賑恤飢民，辦寧武府學，創鶴鳴書院。建祠祭祀明末總兵官周遇吉,獎勸忠義。乾隆十二年,時任山西分守雁平道按察副使黄祐説:"予嘗按部西行,入其境,桑麻雞犬,既恬且熙,城郭衢巷,祠宇倉廪之屬,以修以飭。夜宿鶴鳴書院,固君所創,以調士者,聞讀書聲琅琅達旦。蓋君之政事,無不具舉。"(乾隆《寧武府志·黄序》)魏元樞任寧武知府十年,使寧武由一座偏僻荒涼的關城變得弦歌之聲不絶,爲寧武的經濟恢復和文化發展作出了巨大的貢獻。魏元樞還首倡纂輯寧武府志,經六七年始成草稿十六卷,因調任汾州知府未及最終完成,繼任寧武知府周景柱在此基礎上進行删減編排,僅用兩月即完成第一部寧武府志,是爲乾隆《寧武府志》。

乾隆十二年,魏元樞任汾州府知府。到任後清理積案,月餘審結;興復西河書院,仿鶴鳴書院例定立學規。乾隆十四年懇告回籍。離任之際,父老相送遮留。

魏元樞晚年家居十年間,讀書課子,並自訂其生平著作十五種,名之曰《與我周旋集》。乾隆二十三年二月十三日卒,享年七十三歲。逝前囑託家人:"不得宗匠删定,不可輕以示人。"乾隆三十七年四庫館開,徵集天下圖書,個人可以進獻祖上的著述。魏元樞之三子魏禮焯有意進獻《與我周旋集》,其母認爲不能違背其父的臨終遺言。乾隆五十二年魏禮焯在山東樂陵做縣令時,結識了陝西洛南人薛宁廷,請他出任棗林書院山長,并整理先父詩文集。薛宁廷慨然應允,他認爲"斯集之傳,在於能删,不在能改"(魏禮焯《與我周旋集跋》)。根據這一原則,薛宁廷并未對集中文字進行潤色,而主要是做了一番删減工作:魏元樞原有詩十五卷,共一千一百二十二首,薛宁廷删減爲十二卷,保留五百二十三首;有文二十卷,薛宁廷删減爲四卷,名曰《代北》《西河》《四六》《雜體》。用了兩年時間,除細目待商外,基本整理完成。乾隆五十七年,薛宁廷在去河南的途中去世,魏禮焯又請塾師靳敏斯完成最後的整理工作。乾隆五十八年五月由清祜堂刻印刊行。這時距魏元樞去世已有三十五年。

今《四庫未收書輯刊》第玖輯第貳拾叁册收録的就是這個刊本,卷首題:"乾隆癸丑夏五月鎸,乾隆五十八年清祜堂刻本",卷端題:"豐潤魏元樞臞菴著　聊城靳文鋭敏斯參閲　洛南薛寧廷補山選定　男禮焯、孫士堂校字"。刊本中,詩十二卷,按照寫作時間順序編排,分別是《尺蠖引》《遠遊草》《蟋蟀秋吟》《就日篇》《歸懷雜詠》《晉郵草》《塞鴻吟》《關山遊草》《汾水辭》《麗澤堂稿》《務滋堂稿》《暮雨鳴秋》,每卷正文前均有魏禮焯寫的補序或原序,叙述本卷寫作緣起;文二卷,分別是《代北文集》《西河文集》,爲魏元樞任寧武知府和汾州知府時所作;雜體一卷,與原來的四六合并;雜體末有魏禮焯的《與我周旋集跋》;跋後還增加了《附刻》,是魏元樞《寧武府志草》的總序和各卷小序。

魏元樞的父親魏濱"性峭直方介","不肯就試,其父迫之,乃入泮,歸,下帷不出"(光緒《豐潤縣志》卷六)。魏元樞繼承了父親的秉性,他也深知自己的性格特點,多次在集中稱自己"秉性樸拙""迂疏孤介"。薛寧廷在傳中説元樞"悃愊無華,不善唯阿,往往以是忤上官意",家居十年,基本"不問外事"(光緒《豐潤縣志》卷十一)。魏元樞的子孫也多遺傳了父祖的這一性格。據光緒《豐潤縣志》記載,元樞之子魏禮焯亦"以鯁直忤上官"(卷七),孫魏士奎"性狷介","不妄交游,不苟取與"(卷六)。

魏元樞將其詩文集命名爲"與我周旋",正是其家族剛直孤介性格的寫照。"與我周旋"語出《世説新語·品藻》:"桓公少與殷侯齊名,常有競心。桓問殷:'卿何如我?'殷云:'我與我周旋久,寧作我。'"東晉桓温與殷浩原是好友,後殷浩北伐屢敗,被廢爲庶人,桓温志得意滿,大权独攬。二人對話便發生在此時。殷浩的回答不卑不亢,體現了其獨立不阿的性格特點。魏元樞對這句話有非常强烈的認同:"嗟夫,以余自安落落,義不苟合,當世不我與,固然其無足怪,彼各有徒,物從所好,所謂'我與我周旋久,寧作我'耳。"(文卷一《送王天章歸省序》)集中也多次化用,如詩卷四《長句代柬寄答傅起山》:"退食高臥孤館寂,我仍與我常周旋。"

魏元樞的文風一如其人,質樸無華,較少用辭藻與修辭手法。他認爲詩文"惟發乎性情,以橐籥乎天地之元聲,而獨有其不朽"(文卷一《吳秋嵒詩序》),實際上他也是這麽做的。魏元樞的詩,内容多描寫途中所見,間或發抒個人的真性情。如卷五《歸懷詩》三十首,集中抒發孤傲不羈、受挫憤懣之情。魏元樞還有一首《吳贊元賦詩見贈,次韻答之》,其中云:"相憐恰比相看好,文字神交寫性靈"(詩卷三),其詩歌創作和主張與清代詩壇的"性靈"派不謀而合。

《與我周旋集》還有一定的研究價值。一是它呈現了清代中期豐潤、寧武、汾州的地貌、物産與風土人情。例如詩卷一《題天宫寺》第三首"升高望遠叩禪扉,樓觀參差聳翠微",説明當時豐潤天宫寺確實有寺廟,現在僅存天宫寺塔。山西杏花多,《早發中窊之孝義》:"紅杏花飛新麥隴。"《王村杏花》:"紅杏全開嶺上花。"同時呈現出清代中期的社會現實,《駐石樓,學元丁帶吳山縣體偶作五首》第五首:"瀟灑石樓縣,石山是比鄰。貨輕緣市小,卧早覺民貧。"清代山西石樓縣山多,消費低,民衆比較貧困。二是它保留了不少珍稀的文獻。詩卷十二有兩首送給朝鮮使臣的詩,並附載與朝鮮使臣的紙上交談詳情,對研究清代外交關係具有重要的歷史價值。文卷二中《西河書院學規十三條》又是研究科舉制度和學校教育制度不可多得的材料。又魏元樞《寧武府志草》今已不傳,《附刻》所保留的總序和各卷小序,藉以可窺原貌,彌足珍貴。

本次依據乾隆五十八年清祜堂刻本爲底本點校,以雍正《山西通志》、乾隆《寧武府志》《汾州府志》、光緒《豐潤縣志》《遵化通志》等地方志,以及清陶梁《國朝畿輔詩傳》等相關文獻參校。點校工作中,凡有所校訂,則作出校記。底本中異體字、俗體字一般予以保留,少數無關正譌、正俗和意義的,作適當統一。明顯的刻誤字及避諱缺省字,徑改之,不出校。此外,爲適應今人閱讀習慣,改爲橫排版式,原小注中的小字雙行也改爲小字單行。所有謬誤,尚祈方家指正。

二〇二二年一月高光新於唐山師範學院

目　　録

序 …………………………………………… 薛宁廷	1
序 …………………………………………… 慶　霖	3
汾州太守魏公傳 …………………………… 薛宁廷	4

詩卷一　尺蠖引 …………………………………… 7

尺蠖引補序 ……………………………………	7
車軸山無梁閣 …………………………………	7
浣女 ……………………………………………	8
送周都司之任玉田 ……………………………	8
晚望 ……………………………………………	8
送友人之楚 ……………………………………	8
崆峒懷古 ………………………………………	9
南莊即事 ………………………………………	9
贈高通元道士 …………………………………	9
庚子下第作 ……………………………………	10
九月望後志感 …………………………………	10
賀周都司晉武清海防遊擊 ……………………	10
晚行山村 ………………………………………	11
題河西廟壁 ……………………………………	11

1

贈別朝鮮金中丞歸國 ··· 11

和高麗使臣登薊州獨樂寺閣 ································· 12

甲辰除夕 ··· 12

乙巳初春紀遊 ··· 12

感舊 ·· 13

馬亦文見訪對談之作 ·· 13

登資生臺 ··· 14

齋中偶成 ··· 14

丙午三月之望雨雪彌日紀事 ································· 15

石鼓歌 ·· 16

題天宮寺 ··· 16

詩卷二　遠遊草 ··· 18

遠遊草補序 ·· 18

望薊州 ·· 18

早發別山微雨初晴 ··· 19

早發良鄉縣 ·· 19

早發保陽遇風 ··· 19

保陽陳度川招飲,晤同年單生我,因共留宿 ················ 19

途中別單生我 ··· 20

晚歸唐縣 ··· 20

岡北道中 ··· 20

夜風 ·· 20

登高 ·· 21

唐縣旅寓題壁 ··· 21

贈劉閭若先生 ··· 21

楊椒山先生祠 …………………………………………… 22

椒山先生畫像 …………………………………………… 22

唐縣寓劉大公璽家賦贈 ………………………………… 22

登唐縣毘盧閣 …………………………………………… 23

趵突泉 …………………………………………………… 23

舟中口號 ………………………………………………… 24

宿三河縣 ………………………………………………… 24

還鄉橋 …………………………………………………… 24

范蠡 ……………………………………………………… 24

詩卷三　蟋蟀秋吟 …………………………………… 25

蟋蟀秋吟補序 …………………………………………… 25

少年行 …………………………………………………… 25

從軍行 …………………………………………………… 26

妾薄命 …………………………………………………… 26

稠桑驛 …………………………………………………… 26

老子故宅 靈寶北關 …………………………………… 26

信宿朝邑縣遇雨感懷 …………………………………… 27

妾薄命 …………………………………………………… 27

寓靈寶苦秋雨 …………………………………………… 27

中秋贈林蓮峰、吳贊元兩明府 ………………………… 28

中秋無月絕句五首 ……………………………………… 28

吳贊元賦詩見贈，次韻答之 …………………………… 29

秋山晚眺 ………………………………………………… 29

漫興 ……………………………………………………… 29

澠池縣登秦趙會盟臺 即秦王擊缶、趙王鼓瑟處 …… 30

渡洛水之登封縣瀾瀍伊洛合流處 30

緱氏嶺謁浮邱伯廟 30

登天中閣 31

馮異廟 31

許遠墓 31

白馬寺 32

鞏縣 32

虎牢關 33

古成皋 34

桑林禱雨處 34

中牟魯恭祠 35

狄梁公墓下 35

丁未十月自汴北上，黃河阻風，復歸汴梁 36

汴城復寄舊館，翌日大雪 36

詩卷四　就日篇 37

就日篇補序 37

送賈夢因之任定陶 37

賦得滿城風雨近重陽并序 38

冬日復行阜城郊外感懷 40

辛亥除夕 41

癸丑除夕 41

甲寅元日立春雨雪 42

人日 42

元夜賦寄王毅齋廷尉臧、冠山吳大來孝廉 42

清明日同奚泉亭、黃覺山遊萬柳堂 43

九日奚惺齋邀同黃覺山、王萊堂陶然亭登高,歸飲齋中,
　　同賦得眺字 …………………………………………… 43
除夕和王毅齋見示原韻 ………………………………… 43
乙卯人日 ………………………………………………… 44
上元後二日齋中對雪 …………………………………… 44
閒居偶占,適奚惺齋過訪,足成之 …………………… 44
鶴影二首 ………………………………………………… 45
送同年傅成山同知廣西泗城府 ………………………… 45
長句代柬寄答傅起山 …………………………………… 45
遥和傅起山寄贈原韻 …………………………………… 46
鍾天星輓詞十首并序 …………………………………… 46
九日黑窯廠登高,懷王阮亭先生,追和原韻四首 …… 48
送同寅周西畇歸養 ……………………………………… 48
周西畇買舟南旋,行有日矣,大雨如注,阻留者數日,復走
　　筆成此贈之 …………………………………………… 49
題宋貞媛有序 …………………………………………… 49

詩卷五　歸懷雜詠 ………………………………………… 50

歸懷雜詠補序 …………………………………………… 50
歸懷詩三十首并序 ……………………………………… 50
留別王萊堂奉酬原韻二首 ……………………………… 54
留別奚惺齋二首 ………………………………………… 55
燕山行 …………………………………………………… 55

詩卷六　晉郵草 …………………………………………… 56

晉郵草補序 ……………………………………………… 56
新樂途中聞砧 …………………………………………… 56

早發獲鹿縣	57
固關	57
井陘道	57
平定州	58
晚宿神池縣	58
早發五寨赴偏關，中途口占	58
晚投三岔	58
由三岔赴偏頭關，屢陟山頂，中途口占	59
登偏頭關	59
風雪中疾驅過永興堡，夜投草菴，慨然成詠	59
九月晦日過八角堡，晚宿神池縣，是夕大風	60
十月朔日，早發神池縣，度黃花嶺，歸寧武	60
壽袁約之	60
初冬赴太原，早發寧武	61
路經常珍，復過懸岡	61
懸岡道中	61
早發柳行村	62
太原冬暖	62
宿忻州，夜得羽書，知阿少司空偕準噶爾、額爾沁各使入覲，誌喜四首	62
早發黃土寨，路逢微雪	63
雪中輿夫	63
陽曲灣	63
晉陽懷古	64
晉陽道中望塞上諸山	64

早發石嶺關 …………………………………………… 64

晨過麻會堡 …………………………………………… 65

崞縣喜晤梁明府 ……………………………………… 65

早發崞縣 ……………………………………………… 65

代州懷宋將楊無敵 …………………………………… 66

雁門關 ………………………………………………… 66

廣武舊城 ……………………………………………… 66

自雁門投宿新寨孫秀才園亭，爲賦二首 …………… 67

賦留新寨里民 ………………………………………… 67

駐車老營，大雨彌日，詩以誌喜 …………………… 68

奉檄查勘關隘，自水泉營、草垛山、驢皮窯，又出紅門口，
　　至將軍會堡，沿邊之作 時庚申四月二十有四日也 ……………… 68

立秋日獨坐二一軒偶興 ……………………………… 69

哭奚惺齋先生 ………………………………………… 69

詩卷七　塞鴻吟 …………………………………… 71

塞鴻吟補序 …………………………………………… 71

送鄒濟之任蕪湖巡檢有序 …………………………… 71

雪夜紀夢有序 ………………………………………… 72

壬戌九月望後晚宿三岔 ……………………………… 73

高松 …………………………………………………… 73

壽謝己人參軍有序 …………………………………… 73

過崞縣延長社 ………………………………………… 74

水磨 …………………………………………………… 74

宿陽武谷 ……………………………………………… 74

早發陽武谷 …………………………………………… 75

板市河橋 …… 75

程嬰故里 …… 75

旅宿忻州，喜晤謝若園刺史 …… 75

晚宿陽曲灣 …… 76

晉陽客舍感懷六首 …… 76

過青蒿嘴偶感 …… 77

再過黃土寨 …… 77

關城鎮 …… 77

夜宿麻會 …… 78

麻會曉發 …… 78

忻州道中 …… 78

過二十里舖 …… 79

忻口再憩逆旅 …… 79

忻口道中 …… 79

早發原平紀事 …… 80

崞縣懷梁明府 …… 80

寄懷朱明府 …… 80

由崞縣赴代州，望山巔積雪 …… 80

早發代州 …… 81

傅家坪 …… 81

路經廣武 …… 81

由廣武西赴榆林 …… 81

榆林旅次 …… 82

早發榆林歸寧武，中途漫興口占 …… 82

道經南坪有感 …… 83

望寧武城 …… 83

火山 …… 83

道經鶯橋 …… 84

西寨 …… 84

汾河源 …… 85

因勸農,遂行養老禮 …… 85

二馬營 …… 86

寧化堡 …… 86

勸農回郡,再過鶯橋諸村 …… 87

和趙會遠孝廉見贈原韻二首 …… 87

甲子人日郊遊 …… 87

偶興 …… 88

九日和趙會遠絕句二首 …… 88

詩卷八　關山遊草

關山遊草補序 …… 89

乙丑三月望後行春,乘風至陽方口 …… 89

陽方口 …… 90

大水口 …… 90

廄馬 …… 90

雪後早發樓溝堡 …… 91

午過三岔 …… 91

夜宿五寨縣 …… 91

乙丑九月三日度雁門之代州口占 …… 92

峨口道中 代州東五十里,自此入山之五臺,乃直隸龍泉關路也 …… 92

臺懷宿顯通寺方丈 今改永明寺 …… 92

菩薩頂禮佛 …… 93

夜宿崖頭村 …… 93

乙丑秋奉檄出查户籍之作 …… 93

晚投滋潤 …… 93

偶成 …… 94

老羊寨北望 …… 94

北望有懷 …… 94

登高寓目 …… 94

出行夕歸口號 …… 95

旅夜口占 …… 95

捧檄有懷 …… 95

謝却酒肴 …… 95

即事口占 …… 96

過山陰市作 …… 96

懷古 …… 96

有懷 …… 96

由大黃巍歷辛村查户籍 …… 97

出行之作 …… 97

紀事 …… 97

曉發山陰之應州 …… 98

應州道上 …… 98

夜宿邊城 …… 98

出山陰東郊北過桑乾之作 …… 98

車中野望 …… 99

應州佛宮寺木塔 …… 99

應州漫興	99
佛宮寺夜雨	100
自應州入山陰界上逢李明府	100
寓山陰聖母宮	100
塞上有懷	101
客夜	101
雨後山陰曉發	101
恢河曉漲	102
朔州逆旅詠懷	102
夜發朔州	102
自朔州昧爽過陽方口	102
居渾源永安寺對恒山霽雪	103
丙寅三月山陰旅懷四首	103
贈應州羽士楊襲元	104
客寓渾源，或有索詩者，詠懷漫應之	104
廣靈公務寓聖壽寺方丈詠懷有序	105
丙寅重九	105
十日	106
九月望後三日雪霽有作	106
周忠武廟四首	107
西巡盛典恭紀	107
六一舉子，欹枕感懷有作	108
詩卷九　汾水辭	109
汾水辭原序	109

誥封通議大夫多公，崇祀浙江名宦，讀《政蹟實錄》，

恭紀五言排律百韻……………………………………109

　黃蘆嶺……………………………………………………111

　永寧喜雨…………………………………………………111

　永寧閱城作………………………………………………111

　早發南溝口之臨縣………………………………………112

　臨縣………………………………………………………112

　三交鎮……………………………………………………112

　孟門鎮……………………………………………………113

　早登寧鄉之石樓…………………………………………113

　雲七里山…………………………………………………113

　王村杏花…………………………………………………114

　馬村山……………………………………………………114

　駐石樓，學元丁帶吳山縣體偶作五首…………………114

　石樓春雪三月二日………………………………………115

　雪霽早發石樓……………………………………………115

　早發隰口鎮………………………………………………115

　黑龍溝山…………………………………………………115

　出山志喜…………………………………………………116

　早發中宨之孝義…………………………………………116

　登介休城…………………………………………………116

詩卷十　麗澤堂稿………………………………………117

　麗澤堂稿補序……………………………………………117

　曉發晉陽，歸汾州輿中感懷……………………………117

　讀唐太宗御製晉祠碑……………………………………118

　晉祠古柏行………………………………………………118

戊辰初度詠懷，時年六十有三 …… 118

重九汾州登城曉望，歸而有作 …… 119

晚過晉祠經棗林偶占 …… 120

夜宿清源縣 …… 120

清源曉發 …… 120

和平遙李明府元韻 …… 121

早發汾州之孝義 …… 121

早過孝義逢李明府 …… 121

平遙書院喜晤李明府三子一孫 …… 121

歸郡城輿中即事 …… 122

雪霽登郡署樓四首 …… 122

雪晴郡齋即事 …… 123

冬日觀童戲 …… 123

西院偶興 …… 123

有感 …… 124

詩卷十一　務滋堂稿 …… 125

務滋堂稿補序 …… 125

歸興詩二十首 有序 …… 125

五月十二日得內子手書感而有作 …… 128

題別汾署 …… 128

遊崇善寺 …… 129

千壽寺 …… 129

鑛鐵歌 …… 130

憩陽曲灣千壽寺，因宿方丈 …… 130

過趙北口 …… 130

歸程詩三十首_{有序} ……………………………………… 131

詩卷十二　暮雨鳴秋 ……………………………………… 135

暮雨鳴秋原序 ……………………………………………… 135

喜晴 ………………………………………………………… 135

和朝鮮貢使尹散官韻_{辛未冬月} …………………………… 135

賦贈朝鮮貢使四休居士尹冢宰 …………………………… 136

對月秋懷詩三十首_{有序} …………………………………… 137

甲戌重九日夕偶興 ………………………………………… 142

十日登高野望 ……………………………………………… 142

乙亥重九 …………………………………………………… 142

丙子上元夢登文昌閣,寤而欹枕有作 …………………… 143

老菊行 ……………………………………………………… 143

杜工部華陽石研歌 ………………………………………… 144

宜興茶鐺歌 ………………………………………………… 145

英石盆 ……………………………………………………… 145

和王惠吉攜友過訪原韻 …………………………………… 145

贈凌懷法二首,仍用前韻 ………………………………… 146

文卷一　代北文集 ………………………………………… 147

修建萬壽亭恭紀 …………………………………………… 147

寧武東關久安門望華樓記 ………………………………… 148

新建寧武府廟學碑 ………………………………………… 151

新建神池縣廟學碑_{代縣令李識蒙作} ………………………… 153

寧武府上喀中丞條議 ……………………………………… 155

設立鶴鳴書院詳定始末 …………………………………… 163

周將軍祠春秋許定始末 …………………………………… 165

周將軍祠准祀始末……………………………………………… 167

衛廣文撰著《仲氏易說》序…………………………………… 170

吴秋喦詩序……………………………………………………… 171

送王天章歸省序………………………………………………… 172

送同寅周西畇歸養序壬午舉人，湖南寶慶府邵陽縣人，名邰生……… 173

送同年朱太樸之任江南序朱名諶，字子誠，號太樸，陝西平凉人…… 174

文卷二　西河文集 ……………………………………………… 176

調授汾州府各屬札諭一通……………………………………… 176

汾州府上準中丞條議…………………………………………… 178

汾州府興復西河書院詳請始末………………………………… 181

西河書院學規十三條…………………………………………… 183

與寧武太守周砥峰書…………………………………………… 188

上中丞阿公乞休書己巳四月十七日…………………………… 188

上藩臬…………………………………………………………… 189

上黄冀寧道……………………………………………………… 190

原吏部尚書德公稟……………………………………………… 190

答蒲州李太守書………………………………………………… 191

徐介巖詩序……………………………………………………… 191

李膚士行實紀略………………………………………………… 192

王節婦實行録…………………………………………………… 193

歸里後焚黄祭告魏家莊先塋文………………………………… 194

歸里後焚黄祭告石家營先塋文………………………………… 195

膴菴居士自撰墓表乾隆二十二年二月，年七十二……………… 196

雜體 ……………………………………………………………… 199

小序……………………………………………………………… 199

陳母邱孺人孝行傳……199

閔瘋子傳……201

重修聖水庵記……201

爲王毅齋畫像述夢記……202

定數紀聞……203

夢仙記……204

元旦慶雲現於寧武……204

書曾南豐二女墓誌銘後……205

祭彭東璧文……206

再致王恕堂太守書……207

寄河津施明府被議南還書……208

寄原寧武吳明府書……209

世藏端石硯銘 長七寸，廣五寸，厚寸許……209

水晶印色合銘……210

古鐵力筆海銘……210

風形端硯銘……210

端溪方長研銘……210

端溪宋研銘……211

花梨筆斗銘……211

豆斑柟筆斗銘……211

鐵力筆斗銘……211

瑪瑙水丞銘……211

磁蟾蜍水丞銘……212

硼磁水丞銘……212

水晶圖書銘……212

水匙銘 …… 212

碧瑪瑙水丞銘 …… 212

英石筆山銘 …… 213

綠磁筆山銘 …… 213

筆銘 …… 213

墨銘 …… 213

靧面銅盆銘 母劉恭人妝中遺器，至乾隆丁未，九十八年 …… 213

圖書合銘 …… 214

會圍短檠銘 …… 214

燭剪銘 …… 214

白銅手鑪銘 …… 214

殊缾銘 …… 214

木櫃銘 …… 215

小几銘 …… 215

鬚鑷銘 …… 215

剔牙籤銘 …… 215

拜匣銘 …… 215

墨海銘 …… 216

方楞面盆架銘 …… 216

椸架銘 …… 216

錫鐺銘 …… 216

古鏡銘 …… 216

酒壺銘 …… 217

酒盃銘 …… 217

茶瓶銘 …… 217

17

鐵鎖銘 ··················· 217

　　花梨算盤銘 ··············· 217

　　五銖錢銘 ··················· 218

　　匙鑰銘 ····················· 218

　　紗燈銘 ····················· 218

　　殿試燭罩銘 ··············· 218

　　殿試硯罩銘 ··············· 218

　　膽缾銘 ····················· 219

　　棕扇銘 ····················· 219

　　竹節匙箸銅缾銘 ········ 219

　　古長笛銘 父贈公遺器 ······ 219

　　蒲席銘 ····················· 219

　　黃山杖銘 ················· 220

　　履几銘 ····················· 220

　　辛酉寧武府署春帖 ····· 220

　　壬戌春帖 ················· 222

　　上元爲百姓演劇聯 ····· 224

　　癸亥春帖 ················· 224

跋 ······························ 227

附刻 ··························· 229

　　寧武府志總序 ··········· 229

　　聖制、御幸 ············· 232

　　星野 ······················· 232

　　沿革 ······················· 233

　　疆域 ······················· 233

城池…………………………………………………………… 234

關隘…………………………………………………………… 235

山川 附古蹟、橋梁、水利、景物、辨証 …………………… 235

學校…………………………………………………………… 236

衙署…………………………………………………………… 237

田賦…………………………………………………………… 237

郵驛…………………………………………………………… 238

鹽法…………………………………………………………… 239

風俗…………………………………………………………… 239

物産…………………………………………………………… 240

兵制…………………………………………………………… 240

武事…………………………………………………………… 241

科目、武途…………………………………………………… 242

職官、名宦…………………………………………………… 242

人物…………………………………………………………… 243

孝義…………………………………………………………… 244

列女…………………………………………………………… 244

祠廟寺觀 附塚墓 …………………………………………… 245

府藝文………………………………………………………… 246

屬縣藝文……………………………………………………… 247

篇什…………………………………………………………… 247

祥異…………………………………………………………… 248

附錄………………………………………………………………… 250

　輯佚詩文……………………………………………………… 250

　　修補城東來龍引…………………………………………… 250

腰帶山絕頂 …………………………………………… 251
傳 ………………………………………………………… 252
　　魏元樞傳 …………………………………………… 252
　　汾州太守魏公傳 …………………………………… 252
　　魏元樞傳 …………………………………………… 255
　　《與我周旋集》簡介 ……………………………… 255
後記 ……………………………………………………… 256

序

詩文之道，得之乾坤清氣，惟不急一時之名者，乃能歷劫而不毀。世俗毀譽皆不足憑，延至數百年後，遇巨手主持文運者別裁僞體、鑒定而表章之，然後大行。文既可傳，亦必待其時其人而後傳也。然非由子孫門人校刊流播、呵護珍惜以永之，一紙之書斷爛於泥窗覆瓿者，良可慨矣。若夫道德勳業彪炳千古之人，皆無意於爲文，偶爾載筆，率多不自收藏，而後之人景其高躅，殘篇剩墨莫不殷勤綴葺，壽諸梨棗，使來哲共相寶惜，如諸葛忠武之集是已。至如黃叔度，德量宏深，初無撰述，論者比之於顏子，而《天禄外史》一書，覽者皆知爲贗作，亦終不忍毀棄。甚矣，文者言之枝葉，惟發於根本者真而可貴，豈剪綵融蠟者之足儗乎？

豐潤魏先生臒菴，起家進士，仕至太守，力行其所學，進退皆合於古人繩墨。晚歲里居，自訂其所著十五種，曰《與我周旋集》。蓋其始也肩户劚研，不假師友之助，繼也當官清梗，不肯俛仰隨人。方其命筆落紙，盎盎然真意流溢行間，一切塗澤雕纂之習刊落殆盡，所謂特立不懼，獨有千古者歟。

嗣君明府凜齋與余爲車笠交，以傳相諈諉，並屬校定其詩文。春秋兩易，始克卒業。蓋讀其文而因以得其爲人，因得其爲人而文益可重。既爲之傳，參訂其詩爲如干卷，文附諸後，從陶集、杜集例也。大致詩主寫懷，文皆紀事，未嘗爲空虛繆悠不切之説，質有其文，炳炳琅琅可誦也。余於此道殊淺，而凜齋不以屬之他人，其必有取於拙直之素者耶？凜齋方履亨途，卓有聲績，不但寶傳先集，家學治譜，闡繹前徽，循吏、文苑，後先濟美，斯集必爲藝林拱璧矣。爰拜手而爲之序。

乾隆壬子嘉平日洛南後學薛宁廷譔

序

歐陽公有云："文章止於潤身，政事可以及物。"故其與學者語，惟談吏事，未嘗及文章。雖然，文章之於吏事，有二道乎？必刑名法術而後可以爲治，必風雲月露而後可以爲文乎？修辭立誠所以居業，二者特異流而同源，未可判然以爲兩事也。

豐潤魏臞菴先生舉雍正元年進士，與先文端公爲同年生，由郎署出典大郡，愛民慎獄，禮士勸學，所至以治迹聞。晚年家居，自定其集十五種，詩計十二卷，直抒胸臆，無詞人繪章締句之習。所謂潤身以及物者，先生殆兼之矣。

今年春，余行部德州，道出歷下，晤先生叔子禮焯凜齋明府於邸舍，相與敘世講之好，因以遺集索序。余少侍先公江南，而先生歸自汾晉，後遂不復出，南北異轍，故未獲躬撰杖履，與聞緒言，乃距先生之卒已三十有四年。而余與凜齋宦遊同方，得以其蕪陋之詞，挂名首簡，可不謂厚幸與？洛南薛補山太史爲先生傳，稱其詩集"指事類情，藻不妄攄，而舉念必在民莫"，知言哉！余無以易之也。凜齋來山東，初攝利津、樂陵二邑，皆有賢聲。今方令濟陽，傳先生治譜以教養其民，政通人和之暇，當必有所傳著，紹其家學，則循吏、文苑萃於父子之間。余雖不文，尚蘄爲凜齋序之。

乾隆壬子四月朔日年家子慶霖拜撰

汾州太守魏公傳

魏元樞，字聯輝，號膻菴。遠祖曰來興，在明洪武時有軍功，以千戶世襲，家江南邳州，分防塞外小興州，後遷興州前屯衛於豐潤，遂家焉。傳世至國初失職，始以儒顯。有爲即墨主簿者曰世道，生諸生端。端生諸生廷基，工行草，與董宗伯其昌齊名，自號冷灰道人，是爲元樞之曾祖。祖鍙，增廣生；父濱，諸生，名行具載邑志；母劉氏。

元樞於兄弟五人中最少，早委身於學，而家塾少墳籍，適書賈寄卷軸數千，因得縱覽，通大義。其視鄉里同輩鮮當其意，以爲不足師友，獨扃戶誦讀達旦，探古人奧賾，久之，劃然開解，下筆汩汩來矣。方棨如宰豐潤，奇其文，拔冠童子軍，充博士弟子。又數年食餼，假館授徒以養父母，洎乎喪葬盡禮，均有聞於鄉人。先是，奉父命，兄弟析居，元樞不能止而心傷之，將己所分產盡推與諸兄。後四兄早世，迎養嫠嫂終其身，子女婚嫁皆賴焉。自其未第食貧時，內行已卓卓如此。

雍正元年，春秋兩試皆捷，遂成進士。五年選河南靈寶縣令，蒞任月餘，因公罣誤去官，特旨送部引見，以主事用。明年補兵部武選司主事，調刑部貴州司。元樞感特達之遇，勵精奉職，折獄每多所平反。上聞而嘉之，賜珍果香藥，同官皆不得預。十一年，由員外遷江蘇司郎中，會爭一獄不能得，即乞假歸里。上聞而驛召，限日行六百里入對，獎諭以辦事勤慎，不肯隨人俯仰，使復其所，而堂上官竟至降謫。蓋世廟之明目達聰，幽遐畢燭，而元樞執法不阿，誠足以動天鑒，亦史册所希聞也。

乾隆三年，外轉寧武府知府。府固新改，至即請創寧武廟學，起鶴鳴書院，延師訓課，士風立變。又請祠祀明死事總兵官周遇吉，以勸忠義。纂輯府志，八年始脫藁。攝同關同知兼署雁平道事，派監三州邑賑務，不避勞怨，實惠周於郜屋。十一年，蒲州屬廣靈、安邑、萬泉饑民聚衆脅官，起大獄。太府素稔其才，檄往查辦。或勸嚴設防衛，元樞曰："此饑民耳，非畔也，何張皇爲？"竟以單車往。衆情洶洶，元樞諭以禍福，開倉先賑十日，馳還面陳情形，且白擅輒開倉之意。太府悅，欲題請賑兩月。元樞以麥秋尚遠，乞再加一月，皆得俞旨准行，人慶更生者萬口讙呼。

明年調繁汾州府，積案數百，月餘皆爲審結。仍修西河書院，祀先賢卜子，振興文教，懋遷逐末之俗，至於今科第不絕。

又明年，年六十有三，慨然曰："吾歷任中外二十年，幸無大過，今衰矣，宜早退以返初服。"上官留之，不可，奏准以原官致仕。囊無晉物，行李一老書生爾。瀕發，遠近士民攀送，童孺皆爲涕泣，街衢至擁塞不可前，數日始得離郊郭。

又明年旋里。舊有讀書小齋曰尺蠖，葺而居之，破床敝几，日坐攤書課子，不問門以外事。自訂生平十五種，名曰《與我周旋集》。蓋其介特本於天性，形諸吟詠，無矯飾焉，未嘗以仕宦少移。顧薄於己而厚於物，出俸餘置義倉以贍宗族，婚喪皆取給其中。略倣范文正公遺法，刊碑塋域，刻所授誥封二代四品之文，以榮其先，皆竭力爲之。卒於乾隆二十三年二月十三日，春秋七十有三。幼學壯仕，晚而怡志林廬十年而終，進退衷於義禮，君子韙之。

妻王氏，繼以張氏、劉氏。子四：禮焜、禮煜、禮焯、禮烜。焜，張氏出，餘俱出於劉。禮焯，庚寅科舉人，簡發山東，以知縣題補署利津、樂陵，皆有善政。孫二：士堂、士域。士堂，諸生，焯出，爲禮焜後，亦佳士也。

舊史氏曰：歷代史皆立《循吏傳》，而惟兩漢爲最盛，彼其悃愊忠愛，去三古淳風未遠也。元樞苦學如匡衡，執法如張廷尉，治民如黃霸，興學如文翁，持操如楊伯起，禔躬型俗如第五倫，勇退如二疏，皆漢人也。唐之元結、何易于猶當遜之也，他何論已？

余校其詩集，指事類情，藻不妄攄，而舉念必在民莫。行部所在，摩拊黎庶如家人父子。其於諸邊亭鄣阨塞、守禦堅瑕，考古証今，必挈其要而策其全。時際太平，中外無虞，在他人或視爲迂圖矣，所謂民之保障異於繭絲者，文章經濟兼之矣。

乾隆庚戌六月下澣洛南薛宁廷撰

詩卷一　尺蠖引

尺蠖引補序

先大父綸叟公隱居不仕，晚年自號緘結道人，搆草廬五架，以時息遊，課子於其間，顏其額曰"尺蠖齋"。跋云："君子藏器於身，待時而動，苟非其時，遯世無悶也。且天下未有屈而不伸者，亦未有不能屈而能伸者也。君子盡其在我，待時而動已，諸子勉乎哉。"先大夫於諸伯父中齒最幼，而髫齡嗜讀，有夙慧。大父愛之，恐其過勞，輒教以擊劍彈箏。蓋自幼迄成立，奉色養，勤攻苦，三十年恒於斯矣，故初年之詩皆以《尺蠖引》名篇，凡以明初志也。原存古近體一百五首，茲錄三十六首。男禮焯補序。

車軸山無梁閣①

一峰何處生，插地如邱阜。千仞根焉托，直從鼇背有。崚嶒高不②極，中涵造化久。伊是何年人，建閣摩星斗。塔勢並倚天，俯瞰雲霞首。登臨四望開，惟與絳霄友。南極瀟湘目，萬里可引手。北眺盧龍塞③，雄

---

① 本詩題，光緒《豐潤縣志》卷十二、《國朝畿輔詩傳》卷三十二作"登無梁閣"。
② 不，光緒《豐潤縣志》卷十二、《國朝畿輔詩傳》卷三十二作"未"。
③ 盧龍塞，光緒《豐潤縣志》卷十二、《國朝畿輔詩傳》卷三十二作"百二城"。

關懸臂肘。左右指虛無,日月穿戶牅。長嘯動天地,沉瀣入吾口。何須問蓬萊,大觀能不朽。

浣　女

館娃宮貯若耶空,千載長聞越女風。世上效顰多少婦,可能甘讓種蠱功。

送周都司之任玉田

金泥忽下鳳皇樓,玉滿琪田襯六驪。自古英雄依日月,於今名將屬風流。柳枝低蘸桃花水,雲影同隨桂木舟。萬戶侯封應拭目,驪歌別恨欲橫秋。

晚　望

遠近層山圖畫中,登臨遙指入高空。明霞翠靄重嵐氣,都變斜陽一抹紅。

送友人之楚

驪駒初唱咽聲乾,晤久方知別去難。一片風帆飛漢水,十年客況憶長安。南溟春樹江天曉，北海秋雲落日寒。佇看衡陽回雁到，雙緘幾下最晴巒。

班荆久識龍駒駿，握手難成楚些吟。月映征鞍霜氣肅，星隨遠斾曉雲深。愧無寶劍千金贈，每憶蘭言一片心。翹首關山山外路，相逢知在幾遙岑。

崆峒懷古

崆峒之山山凌空，蜿蜒縹緲仙人宮。明月峭崖懸玉鏡，白雲高嶺連飛虹。廣成幽洞知何處，鶴吟猿嘯惟清露。問道於今不計年，玉牒金符久不度。舊迹茫茫半流水，眺想多因傳誤矣。悲歌慷慨入青冥，遙情空隨煙霧裏。誰論胸中多瑰奇，日月詞賦寫希夷。青山槎枒仍太古，地久天長無改移。

南莊即事

徙倚高原望眼賒，疏籬茅舍是誰家。幽人春晝門常掩，開遍空庭桃樹花。

贈高通元道士

天台舊路問長生，流水桃花滿澗明。石髓延年非藥性，胡麻飯客共身輕。山藏白日春常曉,地隔紅塵夢亦清。仙境迥然人世外,容吾來往話蓬瀛。

庚子下第作

鐵戟雕戈敢戰聲,驚魂草木盡成兵。羞看霸越稱勾踐,終恥興齊讓管生。騏驥自應空冀野,鷽鳩曾許奮雲程。憑誰直瀉天河水,撩洗胸中磊塊情。

九月望後志感

升高枯壁上,命也夫如何。衰鬢臨年少,羞顏對客多。疾風呼倦寢,狂雪入悲歌。更笑張平子,說愁總未苛。

深夜長無寐,呫書自向空。魚龍爭怪變,燕雀盡帡幪。杜甫詩雖好,王維曲未工。驚人別有調,不在綠桐中。

賀周都司晉武清海防遊擊

風流推雅士,武略冠群英。知己盟肝膽,寧民慰友生。三年今隔面,萬里舊長城。捧日君恩重,擎天衆望傾。令嚴威海表,譽滿動王京。計日蹀吳壁,拔矛壓晉營。辟疆嘶陣馬,行部看春耕。獲隼高墉峻,伏戎野莽平。黿鼉供架槊,鮫鯉聽談兵。烽火連潮靜,樓船破浪輕。龍韜資水戰,魚鬣起邊聲。蜃氣磨星劍，鯤濤拂曙旌。塞鴻隨一笑，石虎射三更。露布提戈寫，洋帆入貢誠。風波恬島嶼，珍怪發蓬瀛。山岳終難撼，雷霆久有名。詩書輝甲胄，禮樂化鯢鯨。買舶全通道，星槎此問程。暮雲連旆暗，野墅帶花明。錫馬康侯早，遥看百世榮。

晚行山村

竹籬茅舍景蕭蕭，日暮歸鞭帶月搖。山外村煙穿石隙，雲間老樹拄天腰。鐘聲遠近空王寺，曲徑高低野渡橋。人靜紅塵飛不起，更餘清興過僧寮。

題河西廟壁

城俯長溪溪抱樓，每逢佳境便①淹留。閒中習靜常棲寺，物外忘機恣看鷗。漫說請纓能繫越，誰言投筆便封侯。行藏由己原無定，屐齒頻須訪舊遊。

贈別朝鮮金中丞歸國

朝鮮自古文章地，況是君家邁等倫。折俎已承天上賜，形鹽驚見宴中新。來庭最喜圖王會，復命應知頌聖人。溟海波恬仍獻賦，白駒常得樂

---

① 便，光緒《豐潤縣志》卷十二作"快"。

嘉賓。

漫道班荊少片言,兩心已寫靜無喧。相期致主懷冰蘗,莫使來王壞館垣。覆幬詎因山海界,車書長作蕩平藩。已知把臂難前定,瑞雉逢迎滿故園。

和高麗使臣登薊州獨樂寺閣

金天法界覆空壕,海客登臨駐節旄。盤谷晚霞浮檻動,漁陽春色入樓高。因緣度世歸形幻,寂滅無心脫劫牢。勝跡已超出入涅,須憑珠玉落添毫。

甲辰除夕

四十方當強仕日,風塵老我客中身。忽驚華髮催雙鬢,取次屠蘇到尾春。鵬徙天池懷六月,雁行草閣聚三人。良宵莫遣尋常過,共醉辛盤待曉新。

平生不解題詩味,説到題詩語未休。誰向汝南逢月旦,久曾江左入陽秋。初增季路重絗愧,辜負樊英答拜儔。不駐羲和天上轡,又傳春思過黔婁。

乙巳初春紀遊

初春乘興出郊坰,四望溪山列畫屏。平步高原堪放眼,偶逢牧豎欲忘形。隔林隱現樓臺暗，依舍迢遥草木青。滿目韶光須領略，何煩兀坐檢《黄庭》。

感　　舊

結髮同牢十二年，匆匆生死隔重泉。垂髫弱女牽衣泣，失乳嬰兒抱濕眠。玉鏡塵封人獨去，瑶琴月冷雁孤旋。功名遲慰陪燈火，花誥空期被墓田。

淡泊由來性自安，饘鹽朝夕有餘歡。三秋布被重加補，十載新衣久尚完。儉歲遞經常半飽，深冬酷冷不言寒。嬌兒幾度思瓜棗，襁負徘徊看早欄。

男子無能百事羞，立身不獨愧箕裘。未酬司馬題橋志，已失梁鴻舉案儔。鶺翼長歌空有恨，牛衣獨泣倍含愁。營齋營奠難相負，惆悵青青草滿邱。

十里平原孤塚存，霜天月黑泣飛燐。情牽兒女知腸斷，葬遠翁姑少鬼親。漿水我忘澆雨露，歲時誰與薦蘋蘩。浮生宦海知何處？可許幽魂一問津。

馬亦文見訪對談之作

瘦骨枯顏已絶倫，今年應比去年新。家饒萬卷堪稱富，囊澀一錢不愧貧。佳客談深清似水，寒燈挑盡冷於春。斗牛明月徘徊上，坐對宵光净洗塵。

林下翛然見伯倫，終年快飲興長新。憑將落拓參天地，羞把雲霄冒富貧。月滿南樓清入坐，鶯歌小苑已生春。開懷但寫樽前句，莫步康成車後塵。

　　公庭萬舞愧伶倫，五斗誰干天祿新。入世迂疏同落魄，放懷天地不憂貧。浮名忍作風霜老，杯酒須消花月春。最喜故園清韻好，汲泉滿釜不生塵。

　　文采風流已少倫，況逢佳夕對牀新。煙霞豪興能偷懶，松菊荒園可救貧。檢點胸懷無長物，品題詩酒有餘春。分明此意同人解，不染西風庾亮塵。

登資生臺

　　極目登臨嘯海天，天空高遠與雲連。春山掩映孤村小，綠水微茫落日懸。曲徑歸鞍分暮靄，平沙征雁入晴煙。俗緣未了凡心在，囑付松風自護禪。

齋中偶成

　　風塵勞勩笑成虛，三徑雖荒有敝廬。揩紙偶然臨碎字，開函隨意檢殘書。窗搖花影翻新樣，月透簾紋印舊除。無限流光容領略，好憑清夢到華胥。

丙午三月之望雨雪彌日紀事

大造生意何磅礴，斗轉執徐草木樂。欣欣向榮舞春風，甲坼根荄皆有托。萬紫千紅鬭芳妍，角巾遊嬉談玄著。挈榼提壺問黃鸝，被禊流觴曲水酎。元氣氤氳沛大澤，芻狗于焉識櫜籥。偏宜細雨洗春叢，如酥小潤花瓔珞。豈意飛廉慣放狂，吹沙走石天漠漠。連霄晦霾無顏色，教人詫訝天公錯。半夜淅瀝灑窗櫺，亦醒幽懷聲濩濩。凌晨黑雲壓城頭，遙山遠翠已失昨。茅屋蒸鬱如釜底，冷然空幰齒格格。羲和駐牧沈虞淵，大地乾坤返渾噩。燕雀雌伏庭戶寂，予亦屈蟠學尺蠖。牢騷子弟多春愁，況是春寒凍魂魄。幸有谷神長不死，爭如窮鬼相束縛。閉戶擁衾檢老莊，欲泚禿友探隱約。推窗裊露滴鸚鴆，忽驚遙天成碧幕。是誰擊碎水晶盤，是誰傾倒珍珠箔。烏鵲豈非白鶴種，疏籬誰令墁成堊。大者如拳小如粟，紛紛攘攘逐簷落。平憑樹外萬種花，思登雲裏千重閣。指點混茫作梅莊，收拾珠玉爲城郭。空中雪猛地中雨，紅罏點點誰銷鑠。失候豈不笑天公，到地猶能免殘虐。靈苗幾許經摧折，應快培蒔深根脚。陰陽既已不能賊，日月翻覺成寬綽。雖復三日雪霏霏，此心生意常躍躍。況當三農望雨時，千里沾濡起民瘵。十年無此三月雨，有雪無傷乎耕鑿。惟願統論大恩膏，莫以非時成駭愕。大麥小麥滿南畝，飽飯轉眼得餺飥。但借飢疲流徙人，雨雪淋漓臥溝壑。彼蒼大虐亦大仁，覆載隨人稱善惡。豐凶未必天能主，自是隨分分厚薄。我今遙窺化育情，老生常談聊忖度。

石　鼓　歌

　　周宣纘緒克中興，大功播敷日方昇。鼓鼙聲清勞將率，赫赫濯濯庥福凝。因思當年鎸石鼓，作歌揚烈何其武。纍纍大文成貫珠，煌煌貞珉雄萬古。神物鬱律人難識，不記甲乙埋塵土。雷霆霜露拭其面，垢膩時時洗風雨。籀史古蹟焕星躔，只今惟見蛟龍舞。蝌蚪詰曲不可讀，詳形測貌煩訓詁。點畫縹緲曳晴雲，鋒稜淋漓歧素縷。或爲薤葉禾穎垂，或爲鳥跡龜紋譜。靄靄靂靂月半蝕，斑斑駁駁虫新蠹。模糊最訝瘢胝多，髣髴猶能以意補。九鼓有文一無文，超然評議潔其身。藉使沈淪長棄野，法物倔彊自有神。繄誰徙者鄭餘慶，遷汴來燕貌幾病。巋然彪炳太學中，遠媲詩書輝孔孟。河生龍馬肇羲畫，洛出神龜九疇贗。遙遙前後相頡頏，下嗤秦漢陳符命。燕然泰岱勒功德，迄今久已值掊摒。夏鼎商盤不復存，惟兹數石筋骨勁。

題　天　宫　寺①

　　天宫古刹隔煙村，曲徑通幽到法門。樹裏鐘聲疑上下，雲間塔影失朝昏。龍蟠寶柱無花雨，石卧荒原有慧根。忽過化城聞戒律，令人却愧②給孤園。

　　髫年此地幾經過，轉眼興衰慷慨多③。臺上畫垣馳野馬，亭邊春草卧

---

① 本詩題，光緒《豐潤縣志》卷十二作"遊天宫寺三首"。
② 愧，光緒《豐潤縣志》卷十二作"憶"。
③ 多，光緒《豐潤縣志》卷十二作"歌"。

靈鼉。風來簷際聞鈴語，雲度林梢聽鳥歌①。且喜遠公飛錫到，方知蓮社本②煙蘿。

　　升高望遠叩禪扉，樓觀參差聳翠微。幽③逕引泉僧洗缽，虛窗啄木鳥忘機。橋通南北人勞憩，座領煙霞客懶歸④。一味清凉何處覓，紅塵隔斷是耶非。

---

① 此二句，光緒《豐潤縣志》卷十二作"雲棲簷際因風入，鳥度林梢叫月多"。
② 本，光緒《豐潤縣志》卷十二作"即"。
③ 幽，光緒《豐潤縣志》卷十二作"竹"。
④ 此句，光緒《豐潤縣志》卷十二作"興愛煙霞客倦歸"。

詩卷二　遠遊草

遠遊草補序

　　先君子既成進士,歸里候銓,以爲太史公遍遊天下名山大川,講業齊魯之都,作文遂有奇氣。非獨文也,秀才而任天下,五方之風土不齊,習尚各異,以及山川人物風謠,無在不可以廣聞見而資政理,於是有事乎遠遊。然考之於詩,往來保陽之唐縣居多,次則一至山左,即興盡而返。觀《舟中口號》之作,亦可以知其所遇矣。原存古近體七十首,録二十六首。男禮焯補序。

望　薊　州

　　漁陽名鎮甲燕東,峻嶺回環百二雄。煙樹蒼茫依畫堞,浮圖高聳入晴空。霜矛電戟隨流水,鶴唳風聲伴曉虹。唯有長安千古道,車書萬里往來同。

早發別山微雨初晴

月映曲廊曉，披衣夜未央。聞雞彈佩劍，驅馬破晨霜。雨過山情綠，雲回樹色蒼。畫圖身在上，行道興偏長。

早發良鄉縣

一夜新霜着樹濃，鄰雞呷喔促行蹤。長驅已過鴻恩寺，初聽林間報曉鐘。

早發保陽遇風

捲地驚沙撲面來，沿溪衰柳朔風哀。朝暾欲上寒生背，曉霧初飛雪滿鬢。客話長途聲斷續，馬嘶空戍意徘徊。馳驅自笑緣何事，不作金門獻賦才。

保陽陳度川招飲，晤同年單生我，因共留宿

寒風夜雨最關人，況在他鄉少至親。同譜天涯新聚首，斯文寓內古稱鄰。樽開北海情何遠，榻下南州意倍真。傾蓋論交多快事，為停行屐共

逡巡。

途中別單生我

聚首渾無幾，倏然話別離。分投各極目，回轡更臨歧。酒易都亭醉，人從落照移。定知今夜裏，清夢尚相隨。

晚歸唐縣

客裏復爲客，看山不到山。興臨歸路盡，人帶夕陽還。秋色紅兼紫，嵐煙翠點斑。暮雲凝望處，遙指作鄉關。

岡北道中

一帶溪山入畫圖，遊人問路指樵夫。溪環竹樹分煙雨，山護樓臺半有無。雞犬聲從雲外覓，兒童笑向柳陰呼。逍遙行過重岡北，三古遺民老帝衢。

夜　風

旅人僵卧空齋暮，忽驚半夜朔風怒。捲石飛沙屋動搖，雷霆走雨傾不住。紫濤頓起海雲生，溯湃激薄相回互。厲風已濟衆竅虛，泠泠琴筑聲無數。排山崩崖突欲出，駭馬游龍邈追附。來往無跡問端倪，遠近殊難分散聚。正疑風從天上行，旋聞聲在庭前樹。牀頭寶劍鳴不已，大葉扶桑絕島度。吁嗟哉，朔風哀，砭肌刺骨變天地。英雄對此相徘徊，遊子羈棲莫動色。君不見沙場戰士苦，披霜壓雪卧龍堆。

登　　高

他鄉九日亦登高，樹戰長風瀉海濤。極目遙岑千嶂暗，傷心行役一人勞。天連野色秋無賴，座入寒煙興轉豪。總是山河渾不異，相將遮莫醉醇醪。

唐縣旅寓題壁

他鄉僑寓無閒事，興至愁來總賦詩。遠室又當三匝後，拈鬚惟有數莖知。搜窮眼底非佳話，酌盡壺中有醉詞。正欲推敲逢客至，成章遮莫愧陳思。

贈劉闇若先生

開樽復見孔文舉，愛酒新交阮步兵。雅量從心全是静，高談絕俗並無爭。傳杯幸托忘年誼，進履還求辟穀盟。已坐春風一夕話，逢人到處説先生。

　　大儒門下三千士，老子胸中十萬兵。水鏡雙懸常自朗，文壇獨占有誰爭。龍門共入南樓座，驢背歡交京兆盟。珠玉盡從咳唾落，餘波流潤到狂生。

　　白髮翁然過七旬，囊空學富不爲貧。時乖難定文章價，情放常因詩酒淳。山水品題無剩展，門庭瀟洒見高人。閒園日夜栽桃李，竚看春風化雨新。

楊椒山先生祠

　　先生往矣風猶在，四壁琳瑯寫義肝。論古聰明求已昧，題詩容易立朝難。誠知視死如歸去，無過讀書識大端。試看典型真不遠，願移身後俟旁觀。

椒山先生畫像

　　先生遺像寫英風，寫盡鬚眉恐未工。烈骨不隨刀鋸斷，丹心自與帝天通。疏留裂牘推先見，氣奪權奸識匪躬。豈是殺身博令譽，甘將鼎鑊感宸聰。

唐縣寓劉大公璽家賦贈

　　五日風馳到博陵，龍門何幸比年登。故人熟後寒暄少，惟子呼來宛轉詹。牆護莓苔石字厚，榻懸塵土簟紋增。周旋庭戶無拘束，始信人間耐久朋。

羨君國士久無雙，陌上相逢識舊龐。攜手漫臨垂柳路，談心共對面山窗。樽開北海人如孔，賦有南華筆似江。一度論文一度好，不知身是在他邦。

登唐縣毘盧閣

寶閣崔嵬倚碧霞，登臨極目畫圖賒。晴峰突兀三千里，芳樹參差十萬家。清磬每聞天外響，石牀常雨日邊花。勝因已許通靈鷲，不用恒河誤泛槎。

趵突泉

趵突奇泉宛在中，源頭何日闢鴻濛。由來壯勢天池運，遂使清流地肺通。噴薄雲霄吞海月，飛騰珠玉散春風。分明身到瀛洲裏，別見乾坤有化工。

爭賞澄流倚碧闌，珠璣錯落灑驚湍。蛟龍戲舞鯨波吼，樓閣春生夜雨寒。豈有雄文傾歷下，願移仙境報長安。直須破浪乘風去，指點滄溟寫大觀。

聞道不平則有鳴，泉泉皆作不平聲。風雷催助朝宗勢，星宿遙連天漢精。元氣渾融無濁水，餘波澤潤到蒼生。汪汪一畝澄泓內，照盡鬚眉萬古情。

舟中口號

春水平湖十里明，一舟飛渡載愁輕。堤頭柳色臨風笑，道是無端冒險行。

宿三河縣

寒暑遞更歲序闌，馳驅車馬客途寬。初疑楊子爲《賓戲》①，今信韓非作《說難》。雞肋久傳貪蜀隴，蠅頭空笑走長安。行行漸近枌榆社，風景依稀耐飽看。

還鄉橋

朝雲縈故里，隔岸見山莊。煙樹連沙白，流澌映日黃。兒童驚遠客，雞犬辨歸裝。獨憶高堂上，無言泣數行。

范　蠡

吳沼功成泛五湖，奇謀千古羨陶朱。浣沙不借溪邊女，陪隸焉能仗鼓枻。

---

① 蕭統《文選》卷四十五收錄揚雄《解嘲》和班固《答賓戲》。

詩卷三　蟋蟀秋吟

蟋蟀秋吟補序

漢王褎《聖主得賢臣頌》曰："蟋蟀竢秋吟。"夫蟋蟀，蟲之小焉者也，其鳴不鳴，烏足以儗賢臣？及讀《七月》之章，又爽然自失矣。蓋其爲物雖微，而其用甚大，天之所命以司秋者也，故韓子曰："以蟲鳴秋。"先大人雍正二年夏五①授中州靈寶令，以執經生見忤上官，到官五十日而罷，旋奉恩綸，來京引見，時九月初六日也。其間題咏，皆之任被議待命僑寓流覽之作，自名曰《蟋蟀秋吟》。豈有不平之鳴與？實自鳴其豫耳。原存八十有九首，録三十四首。男禮焯補序。

少　年　行

秋日雲深冪遠天，蕭蕭匹馬入寒煙。王孫落魄鋒稜在，猶是三河美少年。

---

① 文集卷二《膗菴居士自撰墓表》云："丁未二月授河南靈寶令"。

從 軍 行

寶劍琱弓出鳳城，立功絕域久知名。誰憐大將標麟閣，不許邊庭有射聲。

妾 薄 命

綠鬢朱顏玉骨寒，鏤將冰雪作心肝。自憐出嫁同兒戲，悔不當初擇壻難。

鉛華洗盡露天真，羞與鄰家強效顰。夫壻不憐妾顏色，鏡臺輕易贈他人。

稠 桑 驛

路險連雲上，秋風馬首長。遙天通一線，曲徑轉稠桑。山市人煙小，花陰野吠狂。從無識傲吏，競說少年郎。

老子故宅 靈寶北關

仙人遺蹟事悠悠，荒草深宮鎖碧秋。豈見遙天飛紫氣，空聞關上駐青牛。猶龍未可求形象，靈寶爭傳葬土邱。誰強著書嗤尹喜，不將柱史問東周。

信宿朝邑縣遇雨感懷

本是愁懷少解方，更逢秋雨送淒凉。三千里外一身客，十二時中九曲腸。海內誰親寒徹骨，天涯無夢憶還鄉。生平豪氣連宵盡，慷慨猶然燕士狂。

妾薄命

妾身本是良家女，自來生長金閨裏。晉時王謝唐杜韋，門第高華故無比。衣製芰荷差齊紈，手盥薔薇瑪瑙盤。樓頭針線雞鳴起，春風不解羅幃寒。堅貞白玉出閨苑，侍女摘花羞柔婉。一朝門戶巧相當，百輛流霞開翠幰。自從結髮事舅姑，妾有夫兮夫壻殊。無非不遺父母罹，齊眉忍羈封侯軀。驀地忽驚風雨惡，從軍萬里戰沙漠。可憐傳聞信將疑，綺窗無聲空淚落。安得窮邊轉戰歸，軍中錫命紫泥飛。勉勵兒夫敬事君，圖畫麒麟侍禁闈。

寓靈寶苦秋雨

中天皎日秋亭亭，倏忽天地盡晦冥。十日九日長混沌，全是鴻濛未闢形。近看庭樹若相泣，遠望層山遮翠屏。丁零滴破愁人耳，那更夜雨還復傾。瀟瀟淒淒聲不斷，蕉葉梧桐和雨亂。朦朧展轉欲成眠，又挾悲風滴牀畔。待將煙雨和漁歌，寒江空載滿船簑。潛蛟欲舞鰲欲泣，淫雨霏霏可奈何。奈何望日朝復暮，青天不見隔煙霧。煙霧重重不肯開，問誰指引青雲路。從來天高日色晶，遠近迷濛豈天意。安得大風一起浮雲飛，掃蕩陰霾騁天驥。

中秋贈林蓮峰、吳贊元兩明府

海天寥廓雁飛高，待月空山秋滿袍。好友常懷雙進酒，旅人竊效一投桃。網罟今已猜仙令，媒鴆應難問楚騷。相憶莫銷真本色，由來慷慨屬吾曹。

萬里浮雲喜漸收，何妨偃蹇亦風流。相逢快領樽前酒，閱世饒他水上漚。醉眼笑看深夜月，狂歌直入滿懷秋。定知豪爽無邊際，蝶夢徜徉任馬牛。

中秋無月絕句五首

把酒臨風邀月明，披襟徙倚立前楹。忽驚梧葉當筵落，誤認風聲作雨聲。

待月中秋坐夜涼，嫦娥應喜露新粧。誰知嬾對愁人面，却入浮雲深處藏。

竊藥曾聞上玉京，尋常三五儘多情。如何不見中秋月，知向關山何處明。

寂歷空山塞草荒，遙聞絃管送淒涼。繁音不入嬋娟耳，惹得愁人柱斷腸。

浮雲隔斷三千里，舞劍悲歌興未闌。自是有情天上月，可曾飛去照長安。

吳贊元賦詩見贈，次韻答之

學得支離術不經，猗蘭誰復問幽馨。庭空任入秋雲碧，人去平分嶽色青。却喜玄言霏洛水，何時賭酒到旗亭。相憐恰比相看好，文字神交寫性靈。

秋山晚眺

潦倒山中汗漫遊，已登絕壁復登樓。煙雲入座當佳客，燕雀來歸擁醉侯。擬御天風凌倒景，平舒夕靄鎖飛流。眼前領取渾無盡，應笑心驚宋玉秋。

漫興

饒將跅弛獨風流，翹首雲間四望秋。豈是梁鴻歸海曲，應同杜甫客秦州。詩多漫興無佳話，步爲閒行更遠遊。學得逍遙第一義，不將愁緒上眉頭。

澠池縣登秦趙會盟臺 即秦王擊缶、趙王鼓瑟處

霸圖今何在,臺上生秋草。二水尚環流,一邱臨古道。瑟音已隨流水去,擊缶空聞秦懊惱。夕陽一片下山紅,英雄萬古朔風掃。

渡洛水之登封縣 澗瀍伊洛合流處

一川集衆水,擊楫放中流。接岸秋煙老,揚舲曉霧收。漁歌爭晉譙,樵客臥唐郵。又渡迷津去,雲峰縹緲遊。

緱氏嶺謁浮邱伯廟

中嶽嵩山天下奇,西接緱氏連雲霓。記碑約略六十峰,峰峰直與青天齊。神仙窟宅不可極,傳聞子晉吹笙在峰西。浮邱何不跨鶴來,誰留遺像臨山谿。朔風颯颯噓地籟,凉月皓皓啼天雞。白雲靉靆數千尺,疑是神仙乘鯨鯢。予亦矯首望天外,何無仙子相提攜。磴道上接青霄路,豈即羽化凌虛梯。月落空山東方白,絕頂蒼茫風淒淒。

登天中閣

閣勢天中起,嵩山四望中。雲霞鋪下土,冠履近蒼穹。日午圭陰直,樓高嶽氣空。頓忘塵世事,俯視笑鴻濛。

馮異廟

廟在洛陽東四十里。《漢書》①:光武以異為孟津將軍,軍河上,與恂合勢,以拒朱鮪等。異又南下河南成皋以東十三縣,及諸屯聚,皆平之,降者十餘萬。

大樹將軍舊有聲,千年廟祀接東京。參天松柏排兵仗,繞砌雲霞列羽旌。自是遺民食舊德,強如漢史記勳名。蕪蔞亭下倉皇處,蕪蔞亭在滹沱河南數里。展拜今餘百世情。

許遠墓

在洛陽東四十餘里偃師界。按《張巡傳》:"初,子奇議生致一人慶緒所②,或曰:'用兵拒守者,巡也。'乃送遠洛陽,至偃師,亦以不屈死。"

---

① 以下文字出《後漢書·馮異傳》。
② "子奇議生致一人慶緒所"句,《新唐書·張巡傳》"奇"作"琦","一"作"五"。

造物何太惡，玄黃倏溷眩。欃槍起河朔，遂使海宇煽。列鎮聞風靡，保障資一綫。併力捍江淮，艱難四百戰。孤城外援絕，飲血志不變。天欲成烈名，寧與救兵便。城破歸鯨鯢，勁節經千鍊。中丞舌尚存，罵賊動雷電。先生義從容，前後交相見。肅然拜邱壟，慷慨增歡忭。賀蘭許叔冀，至今污史傳。賢人亦衰草，徬徨企前彥。

白馬寺

寺在洛陽東二十里，此佛法入中國，漢明帝所創之第一寺也。初名拓提，後人欲毀之，見白馬繞寺悲鳴而止，故名白馬寺。寺東有石浮圖，高七八丈，傳即如來二弟子及舍利瘞處。唐宋以來皆奉敕重修屢矣，而規制未甚宏鉅，或滄桑變遷之故。寺後有碑刻，詳記始末，文筆草書頗妙，乃寺僧自為者。予遊其地，僧久飛錫，摩挲悵然者久之。一官新解組，訪勝恣閒遊。望塔知因果，逢僧喜逗遛。冷然清俗念，渺矣鮮同儔。古佛威新殿，鯨鐘起畫樓。漢碑原沒字，蘭若等虛舟。高閣通天路，懸橋界地流。殿後方丈清幽絕勝，都非凡景，地勢獨高丈餘，飛橋可渡。優曇開上界，梵唄韻高秋。支遁談何遠，懷書字肖虹。摩挲忘客倦，坐臥此心幽。勝蹟來西極，良緣始豫州。止疲依寶剎，失路狎江鷗。回首斜陽晚，歸途細雨浮。是晚遇雨。

鞏縣

澗瀍伊洛合流，至此入黃河，即秦漢隋唐之洛口廒倉也，又云鞏關。漢唐都咸陽，漕運皆達於此，李密據金墉，故發廒倉之粟以賑貧民，蓋天下之積貯也。因陝州三門之險，舟不能直達咸陽，而潼關車路崎嶇，故貯於此。光武都洛，以食便也。唐開陝河，其功不成，天子每率百官就食東都，長安大飢，斗米千錢。觀天下之形勢，知秦之務耕織、盡地利，有以也夫。

驛道連峰峻，猶聞屢建倉。山城環衆水，曲港纜風檣。飛軌通江海，雲輸接洛陽。斗杓移漢晉，日影盪隋唐。竊據窺神鼎，安瀾慶享王。沿堤留戍壘，覆路藉垂楊。虎旅狎鷗鷺，雁臣儀鳳凰。中原深駐蹕，列服便輸將。舟避三門險，車馳五夜裝。旌旗輝豫野，畜牧放嵩旁。扼塞乘東壁，勾陳肅尚方。何須籌玉食，共喜覲明堂。錦繡花非麗，游觀物鮮臧。落霞棲古澗，夕日捲寒霜。石馬高陵墜，金龍陛岸狂。抗懷追往昔，舊蹟賸蒼茫。

虎牢關

汜水縣北五里，汜水古成皋也。三關者，北曰虎牢，中曰成皋，南曰旋門。兩崖土山壁立，中通一綫，自汜水達滎陽數十里，雖非凌雲鳥道而不可度越，崇岡峻嶺，南連嵩山百五十里，黃河故道直流山背。古時足稱天險，董卓使呂布屯虎牢三關，以扼東路諸侯之兵。

古壘插天高，未知起何代。中原勢平坦，矗起若邊塞。蜿蜒闢蠶叢，雲霞俯相礙。車馬競喧豗，奔挈裝若袋。仰視惟綫天，不見星辰在。四顧皆壁立，凜冽森盼睞。深谷路無轉，巉岏但一塊。危崖壓上頭，有如覆鼎鼐。屈曲陟高嶺，懸壑依垂佩。時有回風悲，周身羅煙靄。大河足下流，山陰通地肺。森森衣帶細，驚濤如珠碎。下瞰數平疇，城郭小如沫。炊䆖盤絕壁，廬舍繫絲纇。鳥道躡天根，駐足無可退。古成埋叢莽，彷彿堆石礧。一夫但當關，足使千人廢。上扼敵之吭，下拊敵之背。壯哉有此險，峻命天地配。不知幾千年，推遷奪寓內。聖世會車書，天險失其態。萬里靜擊柝，中州更無閡。雲棧叱馭過，況此接闠闤。日暮下山脚，馳驅幸無悔。

古　成　皋

今汜水縣屬鄭州，自此達滎陽四十里，皆天險也。漢高所據以當項王，項王欲烹太公於此。其東南皆古鄭地，鄭有虎牢之險，姜氏為太叔請制，莊公曰："制，巖邑也。"即此地，且鄭國無更險於此者。

漢楚逐秦鹿，轉戰成皋跨。項王戰無敵，風雲生叱咤。起兵八歲間，自號西楚霸。草創都彭城，實與漢王暇。圍城周數匝，怒置高俎架。吾翁即若翁，烹翁分桮桮。當時漢三軍，曾不聞驚詫。如何數十罪，弒帝遂不赦。君父一絜量，沛公定瘖啞。天之祚漢室，不厭英雄詐。後世史臣欺，文飾遂無價。豈知根本薄，終令千載訝。僥倖亦成功，仁義歸假借。當時非紀信，坐陷楚機攢。烈士骨飛煙，漢王車凤駕。咸陽封佐命，頓忘成皋下。尚不念生我，豈知憶袍卸。韓彭歸俎醢，天下兵已罷。漢王真寡恩，豁達全虛假。悠悠滎汜水，抱城流日夜。昔日鼓鼙聲，剩有哀湍瀉。

桑林禱雨處

天方厭夏德，征伐開商祚。揖讓變局初，哲王赫一怒。有截入并包，天下沾霖雨。奈何七年旱，四海失耕作。詎因氣數薄，知是蛟龍誤。聖人有何罪，六事責沈錮。青青桑林下，耿耿向空訴。夙昔簡帝心，豈因俄悔悟。七年同火宅，焦山沃時澍。精誠望雲霓，知勇綿歷數。至今行道周，猶作千年慕。願爲聖人氓，幸來禱雨路。津津問舊蹟，依稀聞《大䕶》。

中牟魯恭祠

漢代多循良，中牟有三異。佛肸昔以畔，魯恭遂以治。三代不易民，此言驗純粹。閱歷幾千年，廟貌享不匱。縣令誠微渺，立功遠弗墜。日久見遺直，豈不風有位。悚然肅行旅，如見神明吏。猶是漢衣冠，絕非今禮器。碑古字剝落，庭虛尚幽邃。爲報宦遊人，過祠厲名義。

狄梁公墓下[1]

天不厭唐祚，巍然生梁公。頹波屹砥柱，萬古仰高風。上下數千載，忠義見英雄。漸漬移國運，興亡調不同。委曲終有濟，斡旋轉虛空。曾無動聲色，奸讒計已窮。宵小弗能賊，制伏若鬼工。天后任驅使，狡黠成癡聾。絕不知艱險，王臣故匪躬。玉步還舊物，房陵竟返桐。聊似遵時晦，已覺闢鴻濛。身名兩俱泰，嶽嶽燭蒼穹。荒碑臨古道，長照夕陽紅。盱衡憑弔處，精神百世通[2]。

---

[1] 此詩題《國朝畿輔詩傳》卷三十二作"狄梁公墓"。
[2] 此句《國朝畿輔詩傳》卷三十二作"百世精神通"。

丁未十月自汴北上，黃河阻風，復歸汴梁

策馬出汴城，四野黑雲濕。風沙捲地來，鐵鏃透骨入。鳥雀驚噪起，爭向寒林集。空曠絕行人，疾驅河已及。百丈湧鯨波，沸騰向人立。不知何水怪，溯洄相嘘吸。怒氣冲長空，疊浪猛催急。兩岸色震駭，虩虩各斂戢。榜人潛遁藏，惟向蛟龍泣。立馬獨踟躕，回轡增憂悒。

汴城復寄舊館，翌日大雪

海內誰復親，孤館依賢主。三下陳蕃榻，若依伯通廡。放口談天地，捫蝨問今古。深雪壓重簷，翛然侵牖户。竹爐茶正香，庖厨盛脩脯。且博一日歡，再搏扶搖羽。宇宙笑勞人，靡靡戀圭組。

詩卷四　就日篇

就日篇補序

　　先大夫之言曰："靈寶被議,絶意進取矣。"迺引見。時上詢疏防之故,奏曰："臣初仕,不諳律例。"隨奉清字旨："此人忠誠,可習部務。"遂授兵部主事,特調刑部,間一月而陞員外郎,兼攝駕部事,又明年晉階郎中。自揣愚昧,何補休明？異數疊遭,夢想不到,於是感激涕零,愈自刻勵,專心名法,以平反爲己任。時都下以詩相矜尚,而先大夫初入都,每樂與賢士大夫遊,相與咏歌太平之盛。洎聞先達論新城司寇詩名滿天下,而子孫式微,豈非以精聚於彼,則慮疏於此乎？遂引以爲戒。計任京職凡九年,得詩一百一十五首,録四十八首。男禮焯補序。

送賈夢因之任定陶

　　列宿明東壁,光芒燭定陶。郊原霏雨露,名姓倚雲霄。花密千村麗,庭閒一鶴驕。登臨收海岱,作息適漁樵。夜柝春風静,朝煙野市遥。已知沙嶼上,鸂鶒舞晴潮。

賦得滿城風雨近重陽 并序

辛亥秋，予官秋省，適金谿同年王海賓、山左進士閻子廷佶、江右雷子御乾、孝廉傅君騰蛟、粵西梁君士綸，在部觀政，共數晨夕。簿書之暇，閒談筆墨。時九月初二日也，斜風細雨，彌一晝夜。予問："外間詩題頗有佳話否？"王子曰："都中以'滿城風雨近重陽'為題，吾輩搜索枯腸，苦語不稱。"予因約各賦七首，不全者罰出斗酒。嗣諸公或五言、七律、古風、截句，各奏所長，而無七字通拈者。予因乘興走筆為之，諸公謬為許可。予不忍棄，陵而存之，以誌一時友朋之盛，非敢云詩也。

其 一

驅馬長安道，極目秋光滿。取次龍山會，聯翩共履坦。造化亦多情，盛筵添左袒。清曠接混茫，異境闢新竅。黑雲壓城頭，風雨咽弦管。不廢我浩歌，拊膺音節短。豪興出層霄，此中知者罕。豈因名利牽，不讓江湖散。耳熱酒杯深，近節寒亦暖。世事安足論，煙霞邀疏懶。

其 二

風雨連朝滿鳳城，節逢重九客思清。宜人樹色參差見，入座秋聲滴瀝明。但有曠懷堪俯仰，漫勞雲物作逢迎。題糕盛會知相待，預洗塵襟醉帝京。

其　　三

天因重九近，細雨逐斜風。明暗朱樓遠，蒼茫紫陌通。帶雲封樹影，裛露數花叢。翹首青霄外，高飛何處鴻。

其　　四

重陽來，莫虛擲。重陽近，當攜取。攜取眼前休浪過，眼前攜取亦今古。且酬詩酒暢懷抱，痛飲高歌抒肺腑。君不見男兒意氣自雄深，跼蹐高厚何足數。又不見文章千載冲斗牛，雷電淋漓走龍虎。經文緯武掉臂行，我輩年華當卓午。濯纓豈似請長纓，醉羽何如馳檄羽。況是重陽近，滿目皆風雨。指顧長安百萬家，幾處涼飈吹牖户。五色文脩五鳳樓，可能澤被稱黻黼。塞上黃雲接地陰，沙場白雪深於股。何當櫛沐度祁連，凍坼肌膚荷戈櫓。與君車馬踏泥淖，衹是高堂恣歌舞。謖謖清風拂林端，蕭蕭疏雨穿廊廡。菊有華，朋有伍，罍有酒，盤有脯。未至茱萸插帽時，饒將雲物先吞吐。是耶非耶，奚逸奚苦。方今天子正宵衣，良辰不禁釀金酤。

其　　五

爲邀龍山會，先期買良醖。抗懷落帽風，逢人數久近。豈意逼重陽，風雨生妒忌。靉靆遮遥天，霢霂涵塵垽。涼風撲面來，吹我薄裳紊。狂興偏勃發，轉添詩酒分。似嫌氣清朗，減我良朋韻。方知天地寬，行樂原不靳。我欲揖襄陽，把袂亟相問。

其　　六

天將風雨催佳節，拂洗秋光上九重。風送樹聲歸曉佩，雨攜寒影度高峰。山萸分潤盃先釅，籬菊吹香興亦濃。戲馬呼鷹成底事，好尋奇句躡仙蹤。

其　　七

宦比秋容淡，悠然任頡頏。窮通守一轍，歲月又重陽。爽氣延清景，幽襟受早涼。獨因佳節迅，先進故人觴。酒滿浮生量，花深落有香。興酣誰賞識，神旺對徜徉。簾靜知風細，歌闌聽雨長。霏微滋晚圃，瀟灑入虛堂。樓閣寒應瘦，松筠老未霜。暗雲侵袂濕，白露點人蒼。美景開新畫，名賢少穢腸。抗情懷古昔，風雨共翺翔。

冬日復行阜城郊外感懷

雕鞍金勒過城西，萬里霜風送馬蹄。是處松楸臨古道，誰家旌旆遠荒蹊。深情細訂雲山色，雅尚何勞月旦題。不讀莊生《齊物論》，焉知紱冕亦塗泥。

紅葉霜林護遠堤，浮圖縹緲望中迷。遼金勝蹟寒煙外，燕趙悲歌落日西。下隴牛羊平野闊，盤空鵰鶚暮雲低。吾生饒作風塵客，囊盡山川付小奚。

辛亥除夕

四度流光五鳳邊，頻催華髮照盃前。獨將燈火收全臘，細把雲霞檢舊篇。磊落不防朝市隱，鼎鐘誰論古今賢。壯懷一夜難消盡，可許羲和暫駐鞭。

四十六年事事非，又驚寒峭換春歸。紅顏入鏡憐新老，離緒充腸比舊肥。邸第風光杯酒迅，天涯兄弟尺書稀。只今惟有鄉園夢，誤把朝衣當芰衣。

癸丑除夕

千古茫茫著此身，漫言文字即經綸。每添華髮慚微祿，慣把屠蘇伴比鄰。檢點故人佳句少，唐僧貫休每於歲除搜輯詩藁，云：當與故人守歲。揶揄笑我熱腸真。浮生應在浮名外，方朔金門再問津。

四十八年眨眼過，朝回顧影笑婆娑。但逢佳節偏驚老，況是先春自和歌。風月故園應入坐，衣冠傳舍愧鳴珂。不知歲暮愁多少，都付燈前一醉酡。

帝里煙花幾萬重，調羹宰相盡夔龍。千門宿火燒殘夜，六載瞻雲候曉鐘。許國誰當天下士，知音喜有歲寒松。時人莫祝春光早，好向春光認舊蹤。

爲惜良宵欲款留，醉餘清興滿皇州。人雖漸老神猶王，官不邀榮世少尤。好古每慚窮萬卷，捫心何事可千秋。堂堂歲月知難住，細檢行藏當酒籌。

甲寅元日立春雨雪

爆竹聲喧處處春,雪中煙樹萬家新。化工猶恐春難遍,粧點河山一色勻。

人　日

造化夫如何,駒隙遂飈疾。初春宛猶昨,春朝今第七。賢哲滿長安,幾許當人日。洗拂風塵面,是耶非本質。悠悠問東君,爲誰促暖律。白髮戀雙鬢,督我核名實。展轉問夙夜,慚惡故無匹。古人還可作,髣髴若接膝。魯國有男子,南陽多隱逸。高風邈難攀,罕然想萬一。詭遇獲者誰,誰污青史筆。吾生也有涯,君子修之吉。造物忌高名,束身在巾櫛。純氣得委和,搔首安所詰。音外動心賞,希聲在琴瑟。感此春風長,相對得捫蝨。

元夜賦寄王毅齋廷尉臧、冠山吳大來孝廉

良辰逢夜好,玉宇净浮雲。皎月懸庭近,仙韶隔樹聞。腸因愛酒俠,春許向天分。獨笑支離技,悠悠誰與群。

閒館輕塵静,疏狂不自羞。每遲高士駕,時與古人遊。燈火連宵艷,

雲霞入望收。曠懷殊有得,身世又何尤。

清明日同奚泉亭、黄覺山遊萬柳堂

萬柳園林勝,王孫結駟遊。同來尋舊蹟,未肯愧前修。地爲元廉希憲別業。小逕依欄曲,長松俯磴幽。機心應已息,相對幾沙鷗。

九日奚惺齋邀同黄覺山、王萊堂陶然亭登高,歸飲齋中,同賦得眺字

吾生歡未極,所喜多同調。登高酬令節,望遠恣臨眺。晴煙亘碧空,悲風吹萬竅。快哉達者襟,昂首一長嘯。扶搖若可接,指顧依仙嶠。斯須盡俯仰,賢愚入憑弔。蒼然秋雪飛,似有蕈鱸約。傲骨人所嗤,嶢嶢惜峻峭。縈此素心人,相視惟一笑。歸進菊花酒,樽前恣跼跳。秋色下夕陽,虛窗留返照。胸臆寄雲霞,陶然忘長少。杯深興亦狂,四座競輝耀。賭醉惟適情,世事付難料。當軒新月來,霜天一雁叫。歲序感物華,風流起波俏。戲馬與龍山,何必今古肖。放懷天地闊,搜討窮奧窔。純氣守委和,高談兼衆妙。泠然塵氛清,願無嚇津要。

除夕和王毅齋見示原韻

乍驚青鬢改,劇憐歲月速。擾擾輪蹄中,何以酬天祿。門庭清似水,

聊堪質幽獨。郎署倏七年，常恐愧初服。此中和者希，猗蘭寧自馥。千秋冰雪心，白璧齊好肉。一枝適鷦鷯，偃鼠亦果腹。閒居憶故人，冲澹同山谷。卓哉達者胸，歲寒友松竹。投桃寫素懷，尺書夜深讀。纏綿有真意，摩挲忘三復。相見但覆杯，莫問成都卜。

乙卯人日

歲月閒中換，七日喜來復。形癯神不疲，閉門謝徵逐。此中長有餘，竹爐茶自熱①。清暉何處來，新月照深屋。徘徊境闃寂，澹泊貧亦足。空宵得危坐，忘機若槁木。翛然還自酌，酣適量其腹。及此春始和，公事不局促。繁華紛帝里，轉盼春歸速。誰彈孤商調，一笑杯中綠。

上元後二日齋中對雪

紛紛飄落入簾親，豈有幽懷戀主人。自是門庭清似水，只宜冰雪近為鄰。酒豪遂使新愁減，詩癖能消宦況貧。借問長安誰好事，春情牽惹宰官身。

閒居偶占，適奚惺齋過訪，足成之

心跡了無事，日長只閉關。簷雀下几噪，紅魚引餌還。共此忘機趣，

---

① 本詩押入聲韻，依《廣韻》，復、逐、屋、木、腹是屋韻，足、促、綠是燭韻，屋韻和燭韻可以通押，而熱是薛韻，不可以通押。熱疑為"熟"字之譌，熟是屋韻。

草色映簾間。隨意啜新茗,淡泊怡蒼顏。小逕亦花發,紅紫紛斑斕。開卷不知疲,拋枕傍池山。忽聞聲剝啄,良友相追攀。共賞愧無奇,清談可訂頑。洒然長笑別,此意非塵寰。

鶴影二首

託體雲霞上,疑從象外求。淡分松下露,虛觸野塘舟。動定渾無意,翺翔適有儔。翛然長自得,遐舉竟誰留。

獨有幽閒性,翻宜色相身。春陰輕護夢,良月遠傳神。已覺高蹤迥,不參浩劫塵。忘形覘化理,清曠渺無垠。

送同年傅成山同知廣西泗城府

六管極邊倚重名,八年萬里再南行。細圖王會環瓊海,雍正戊申任廣東,由瓊州之臨高令,行取工部。滿載天香入泗城。挹我心期同月皎,探君懷袠共風清。長安對酒長相憶,遙指星雲接帝京。

長句代柬寄答傅起山

君家去我幾千里,我今思君萬里天。良朋對酒儼昨日,起山觀政刑部時,與予同司相善也。屈指夙昔已八年。況君遠宦逾三載,翹首跂足空雲煙。北溟炎荒浩無極,飛鴻遊鯉俱迍邅。茫茫宦海紛難定,懷抱何由落君邊。

詎知十年拙宦依然在，秋官冰署相糾纏。長安人士競徵逐，老我癡頑誰九歎。退食高臥孤館寂，我仍與我常周旋。驄馬五馬不須計，祇宜因任托自然。三復舊詩憶良友，月照屋梁花樹前。曉起門外聞剝啄，三十六鱗來自滇。開緘故人恍相對，往復同訊辭連綿。象箸玄纁珍什襲，起山寄贈象箸、通海緞，故云。高情雅貺何誠專。更有珠璣寫胸臆，使我追維疇昔懷群賢。辛亥九日集，起山及王海賓、閆廷佶、雷鳴陽飲酒賦詩。只今相憶不相見，有如參商殊次躔。雲中引手如可接，天公應許作比肩。愧我無可報瓊玖，漫賦長句酬瑤篇。封題遠寄付君手，目極芳草何芊芊。德音饒有心期在，時復因風次第傳。

遙和傅起山寄贈原韻

底事疏慵傲五侯，祇因心似泛虛舟。一簾細雨人皆醉，辛亥重九前連日微雨，各以"滿城風雨近重陽"爲題。萬里高懷客寄秋。日麗蒼巖輝健筆，雲封苗錦下碉樓。新詩仍是陽春調，黃鶴清風憶舊遊。尾句係起山辛亥原唱首句也，自注云：某年九日登武昌黃鶴樓，某年九日登順德清風樓。

鍾天星輓詞十首 并序

天星名震乾，江西分宜人，嶔崎兀傲，以任氣忤鄉里，避地京師，精堪輿遁甲之術，吾邑鄉先生招致相塚，邑中山川吞納八九矣。予昆季過與之談，較勝從前以術來者。先是，曾王父大年公精堪輿，置地於石家營南，前對秦望山，久之未阡，雍正癸卯四月，予邀天星阡之，改葬先大夫母恭人及兄嫂凡三穴。是年五月,予舉京兆,十月成進士,地吉不如是速,而會逢其適,亦可釋疑。丁未夏,予官靈寶,逾月去職,天星未知。明年攜跛弟相訪,道死,瘞靈陝之交,弟乞食歸。歲庚戌,同年分宜習敏來言,予悵愕累日,因製輓歌十首附習南,旋寄天星子以弔之焉。

西江江水薊門山,萬里遨遊任往還。物色相期天下士,君非無意到人間。天星謂予即當飛越,其亦塵埃之物色矣。

磊落嶔崎矯不群,昂藏誰識出塵氛。白衣送酒君逢我,性嗜酒,不可多得。青眼相看我憶君。

胸羅星斗氣如虹,收拾山川入眼中。青鳥不知何處是,惟餘明月與清風。

踏遍山村與水湄,南針指處會生春。堪憐世上風塵眼,未識楊公解救貧。

混沌鴻濛別有天,羊家已許占牛眠。原來牆外桑榆地,一度金針在眼前。

世外知音有寸心,相逢意氣渺千金。雲中悵望冥鴻遠,豈有伯牙浪鼓琴。

正訝此公何處去,驚聞客死在崤函。可憐一片空山月,長照孤魂繞翠嵐。丙午春,天星辭行西上,云欲之秦晉川蜀。

宦況牢騷百事違,那知佳客遠來依。鏡中花月因緣相,忍使他人作令威。

誰與埋骸馬鬣封,首邱何日樹楸松。三千里外天涯鬼,知在關山第幾重。

不盡雲山不盡愁,死生身世兩悠悠。傷心傷處人知否,只在黃河九曲流。

九日黑窯廠登高，懷王阮亭先生，追和原韻四首

茫茫今古欲誰哀，且伴浮生上此臺。浩落衣冠同逆旅，徜徉屠釣共銜杯。寒煙入座秋光老，返照投袪快友來。爲盡閒中一日興，東籬莫漫問花開。

誰與旗亭賭濁醪，奚囊傍我到蘭皋。放懷天地千年腐，盡捲雲山一代豪。自喜疾風吹勁草，焉知滄海駕洪濤。逍遙倏已忘身世，華髮無勞首重搔。

四顧蒼蒼萬木支，樓臺樹影互參差。天垂高幔摶風近，酒飲荒原弔古悲。指點谿山渾似畫，盱衡雄略細於絲。流連幾許牢愁意，都入浮雲過眼時。

秋滿蒹葭漾碧波，雅遊逸興定如何。風生易水增長慨，地接金臺起浩歌。大漠孤煙依目盡，空林夕靄閱人多。塵埃誰竟能投筆，博望乘槎已渡河。時尚西師未旋。

送同寅周西昀歸養①

楚客燕人各一天，相憐別調共纏綿。半生拙宦貧如洗，萬里歸舟夢亦仙。已沐殊榮依子舍，饒將清望奉高年。秋風多我蓴鱸興，一曲驪歌意惘然。

---

① 本詩題，《國朝畿輔詩傳》卷三十二作"送周西昀歸養"。

周西昀買舟南旋，行有日矣，大雨如注，阻留者數日，復走筆成此贈之

彼蒼惜送別，應知在遠道。悠悠道阻長，極目平原草。那更布帆風，令人傷懷抱。挽袪知難留，且喜逢霖潦。未能長對歡，仍許時相造。一日亦千秋，何況頻傾倒。高堂暮倚門，遙計歸來早。三逕松菊多，稚子朝擁掃。焉知癡友生，暫願淹留好。

題宋貞媛 有序

貞媛，長洲人，博學工詩，候補郡司馬宋某之女。邑庠程樹玉聘室，未嫁而夫歿卒，矢志歸於夫家。同年婁江黃熾嵒，持貞媛《上父書》《讀陳烈女傳有感》《五哀詩有感》《古風二章》示余，并為貞媛徵詩。余三復其辭，生感生敬，爰樂得而表章之。

扶輿何磅礴，正氣渺無垠。超出塵劫外，天地自秋春。造化依我立，寧須問鬼神。三綱不可斁，所繫在吾身。賢達殊落落，矧其在婦人。詎知此正氣，閨閣乃最真。髫齡識大節，凜凜見嶙峋。丹心非繼起，精誠足引伸。守禮壹不變，經史闡義新。稽古破萬卷，女德益以醇。從容噬激烈，要歸在成仁。異室而同穴，終古有婚姻。確然貫幽顯，賢聖若比鄰。以貞爲衆幹，忠孝屬君親。瑤函展書讀，感慨到冠巾。

詩卷五　歸懷雜詠

歸懷雜詠補序

　　先是，勢家子某殺人，應抵，當事者欲出之。先大夫執不可，而令他司鞫之，讞已成，遂不畫諾，而謝病賦閒。歸里甫三日，世廟聞之，責當事者曰："刑部第一血心辦事官，何故令其引退？"命馳驛來京面詢其事，盡言無隱。上韙之，命復厥職，當事者左遷焉。意《歸懷雜詠》其在斯時乎？不然者，草茅下士，甫蒙不次之擢而勇於求退，豈人臣之義哉？斯集本有原敘，而未嘗明言其故，恐不察者或以為無端之寄興也，故採舊聞而補之。原存三十五首，全録。男禮焞補序。

歸懷詩三十首　并序

　　年華易逝，真同過隙白駒；人壽幾何，未見傳書青鳥。視昌黎之豁齒，未四十而已搖；感潘岳之鬢毛，及三旬而遂變。少紛多慨，老大徒傷。擬遯跡於滄江，愧點班於畫省；敢云退而學《易》，實因年已知非。隴上輟耕，飽饜雲霞之氣；路旁售履，不聞車馬之聲。寫朝參於曙色星光，寄情性於春花秋草。不堪持贈，聊以自怡。雖復事與願違,亦覺形同心泰。臨風掉鞅,遊天地以俱寬;顧影揮毫,儼山川之在座。率填胸臆,非云世外清音;止供揶揄,留作客窗夜話云爾。

鳳城晴曉五雲開,鵷鷺爭看列上台。山客已教承雨露,腐儒何幸到蓬萊。野田分綠侵歸袂,夏木移涼待舉杯。謬許四時稱仕宦,三槐擬向碧空栽。

卿雲旭日滿長安,甘雨和風送小寒。十載丹心抒殿陛,九霄晴色墮闌干。未因溫飽才通籍,宜向林泉早掛冠。欹枕閒窗眠較穩,煙霞有夢未凋殘。

爲愛風流矯不群,思吞湖海結氤氳。能除客感藏圭角,豈有形銷到齒齦。眼底流光今又換,山頭明月有誰分。徜徉領會天然景,宇内閒情靜不聞。

凝眸長見曉雲低,草樹青葱萬綠齊。日近每疑干氣象,天空何處掛虹霓。一枝已許巢春苑,十畝終應老夏畦。風片煙波無管束,閒穿犢鼻聽黃鸝。

疏狂誰令出蓬茅,擊水搏風笑斗筲。薪盡火傳緣底事,郢歌人和豈前交。太平有象容疏懶,神鬼多情入解嘲。閒伴漁翁江海去,無瑕清賞任推敲。

浮生何事種情苗,車馬長安引路遙。多病自憐疏劍佩,閒身終許到漁樵。良天霽色開新畫,極目晴巒認舊椒。爲愛故園窗下竹,清陰久已報相邀。

不信悠悠亦有神,浮生未解悟迷津。漫言燕趙餘慷慨,豈礙唐虞作隱淪。是處雲山青浩渺,望中芳草碧鮮新。取攜無盡君須記,莫負人間自在春。

山連絕塞水連空,野色蒼蒼有徑通。家在夕嵐朝靄外,人留宿霧曉煙中。久憐縮地無仙術,偏愛停橈遇好風。已覺故園春寂寞,那堪秋色到梧桐。

出門東望意何如,雲盡山根舊草廬。忍令蛸奴長守戶,須知燕子待營居。三春月落梨花夢,一院風平鳥篆書。喜有可人清供在,徬徨無那費躊躇。

行年何許未知非,徙倚彤闈望落暉。萬里轍環終稅駕,一生心事寄高飛。蒹葭遠護漁燈暗,衰笠閒從野市歸。報道長安春最好,可將幽意換輕肥。

請纓投筆贈奇男,柏翠松青認舊菴。山色多情遊屐膩,溪聲有韻水泉甘。群同鹿豕由天放,境入煙霞任我貪。痾疾已深邱壑癖,幸餘清嘯砭癡憨。

戶外一泓野水澄,年年宦況冷如冰。每看松菊慚元亮,豈為蓴鱸憶季鷹。桃李芳園春聚首,桑麻深巷夜呼朋。鄉關饒有天然樂,直在雲霄第幾層。

險路經過驟片帆,曾嗤司馬濕青衫。乾坤浩浩容吾懶,雲水悠悠何處讒。葉落空山秋欲老,蝶來清夢興非凡。勞生好寄浮名外,莫羨臨風有報緘。

長雲千里聳奇峰,何必深岩隱臥龍。世外希夷澄肺腑,煙中林水翳行蹤。稽天逸興高延賞,任土殊勳懶受封。最喜崇阿風氣古,從無爭戰霸山容。

磊落徒傷忙裏過,春風秋月幾蹉跎。那堪楊子形偏瘦,翻似相如渴較多。酒為畫蛇從客醉,夢同蕉鹿聽人歌。相看不盡青山色,已恐移文到玉珂。

郎署七年附列星,時時幽興寄山靈。夢回春雨桃花岸,思入秋風木葉亭。野鶴因心翔復下,閒雲何意整還零。悠然亦有誰拘束,天色蒼蒼海氣青。

詩卷五　歸懷雜詠

遥指荒原問落花，已隨流水到天涯。東風細送三春雨，曉霧晴開幾縷霞。人孰無情誰遣此，客來何處竟忘家。長空背月孤飛雁，應羨深林集暮鴉。

底事勞生惹物牽，雲情雨態互纏綿。凌霄高樹回風緊，逝水輕舠落日懸。遥指鯤鵬揮羽翰，長憐螻蟻附腥羶。何時了却塵緣債，静對晴空萬里天。

長安遊興已闌珊，滿曳風塵載月還。詎忍離筵輕濺淚，無如鄉思屢相關。半生軒冕邀恩重，絕世疏慵放老閑。泉石自來無俗韻，白雲深處聽潺湲。

夕日猶餘倒景長，閒庭春晚落花香。清癯帝錫山林色，淡泊神開藜藿腸。風味幾酬天上月，流光取次鬢邊霜。灞橋柳暗催歸騎，莫報鐘聲落未央。

雲盡天高四野垂，颭風何處向人吹。萋迷原上王孫草，寂寞空山野廟碑。造物有情能逸我，古今多慨更攀誰。閒庭月色明如鏡，獨許清光照滿帷。

晴波遥想漲新江，一葉因風溯舊邦。拚與詩僧今結社，豈真國士古無雙。千秋宰相開東閣，六月羲皇卧北窗。户外紅塵飛不到，滿簾花影醉春釭。

村居寂静憶知音，卧聽園林變夏禽。入座多情參客話，臨風有韻曳秋砧。閒行隨意依芳樹，清賞經時對碧岑。尚有故山深處好，松風謖謖伴瑤琴。

三日歸程日日乖，心神咫尺夢無涯。久因惜別詩腸鈍，偶爲知音酒興諧。我欲御風天上去，誰將憂思世間埋。只今快意加餐飯，山月湖光想舊儕。

心上園林已遍遊，沙禽野鳥盡相求。故人並在青山足，知己遥同白雪舟。兩地關情春色淡，十年別況客顏羞。塵埃尚胃思歸轡，笑煞鵜鶘唱逗遛。

囊空如洗馬蹄輕，更喜鶯花照眼明。赤茆暫寬重戴笠，青帘高揭擬行旌。雨鳩晴雀春秋筆，竹色松聲月旦評。都付奚僮收不盡，更於何處着浮生。

睡餘風雨動波濤，啟戶徘徊百感勞。未許危途能叱馭，須傾濁酒對《離騷》。人歸深巷年華闊，老臥卷阿逸興豪。回首都亭亭外柳，可將翠縷繫征袍。

林泉太古見農夫，荷雨擔雲好畫圖。北里饁耕看揖讓，西園留客醉糢糊。箇中情性機忘我，世外衣冠信有徒。村外一犁春水足，放懷天地老蓬廬。

剩有餘閒不用占，心情到處事廉纖。靜看依檻濂溪草，細檢栖塵鄴架籤。老圃秋深還把菊，新林春曉好攜柑。撩人佳話南岡下，黃綺相招許笑拈。

遥指煙蘿認小村，青蒲紅杏老乾坤。空巖疏越聞樵響，古渡蒼茫繞蓽門。詎有東山開綠野，但尋北海倒金樽。不令塵世勞生事，攔入閒宵役夢魂。

留別王萊堂奉酬原韻二首

回雁高飛避弋深，人間尚恐逐遺音。空林眳月修凋羽，天路瞻雲想盍簪。幾許涼風生北廡，無邊秋色盪南金。相知莫漫悲歧路，忍負平生一片心。

蒼茫遥指是家山，策蹇青門款款還。功業望君新別贈，翠樽遲我老餘間。饒將華髮歸三徑，豈有童顏佇九寰。名利無關心已靜，不須物色碧雲間。

留別奚惺齋二首

十載神交甫共群，芝蘭獨許挹清芬。誰來燕市稱知己，每愛江南更有君。落拓聯牀同散吏，風流絕世對晴雲。祇今容我東山臥，一度相思一醉醺。

逸韻高風幾擬傳，冷於秋水淡於煙。貧將徹骨堅庭訓，學詣知天覺後賢。剩有令名垂百世，不妨拙宦笑千年。襟期別在相關處，鶴唳長空月滿川。

燕山行

大河之北燕山矗，崚嶒崒嵂森肅肅。萬水朝宗到溟渤，扶輿奇觀推甸服。山川間氣無盡休，聖哲賢達相追逐。靈秀寧能剔根芽，千載遙遙空山谷。燕趙昔稱多慷慨，吾徒剩有襟期在。明月入懷冰玉骨，風流自不雜腥穢。等閒置身萬仞巔，每向遙天吸沆瀣。吁嗟萬物各有得，底事分別情與態。抗志雲霄矯不群，手扶旭日浩無垠。饒有精光徵皎烈，漫勞蛟螭共氤氳。悠悠世上迷五色，猶辨中天星宿文。況逢卓識小天下，一覽萬象空浮雲。人生榮悴復誰定，不愧幽獨皆坦徑。人生適志復何為，青山久待發春興。掉頭不顧正拂衣，長與漁樵相酬贈。五柳何當再折腰，肯使岩阿不相認。長此戀戀適增羞，豈真經濟傾王侯。古來男子報知己，迂疏何以酬荊州。鳳翔千仞龍深蟄，知止何人居上頭。東風馬首西風掉，去去終須不可留。

詩卷六　晉郵草

晉郵草補序

　　先大夫官秋曹秩滿，循例外放，簽掣寧武，時乾隆三年，歲次戊午也。寧武於晉省爲極北偏，其在古也爲林胡、樓煩之地，秦漢以來漸入版圖。勝國設關於此。李自成之亂，周將軍遇吉死焉。雍正三年始改并衛所置府，撥大同郡屬之，神池、五寨五縣隸焉。兵燹之餘，事皆草創，百度未修，先大夫實出守之第二人。是年七月請訓後即日赴任，劃疆界，閱城池，查關津，籍戶口，嚴保甲，而後晉謁撫軍，極陳利弊，條議六事焉，議載《代北文集》。斯集皆戊午、己未自京赴任，由府至太原，查閱所屬情形，途間紀程之作，故名曰《晉郵草》。原稿一百五首，錄五十一首。男禮焯補序。

新樂途中聞砧

　　長途秋柳正蕭蕭，斷續飛鴻入沈寥。已是客懷傷晚歲，忽驚砧韻徹清霄。人遊古塞青萍冷，草襯平原白馬驕。翹首故鄉千里外，一回回望一迢遙。

早發獲鹿縣

路遠嚴城夜未闌,涓涓涼露濕征鞍。星環列岫天梯近,月落荒原野水寒。窄蹬乍旋騾意怯,急灘複渡役行雜。崎嶇已似王陽道,見說羊腸更幾盤。

兩山夾路入長溝,盡日馳驅憾逗遛。孤阜畫烏占堠吏,遙天飛鳥似浮鷗。炊煙半縷來深塢,佛磬一聲下石樓。此境更饒清絕趣,莫將圖寫寄皇州。

固　關

重關天設險,曲路轉旋螺。只有山當面,疑無鳥可過。將嚴兵氣肅,商悅旅行多。爲問宦遊興,棄繻定若何。

井　陘　道

昔聞井陘險,今予到井陘。山勢盡紆曲,回環若戶扃。高嶺夾長路,九折未足形。峻坂臨絕壑,俯視如建瓴。牽衣下危磴,前後互叮嚀。仰看飛鳥沒,一線入青冥。狹徑轉山脚,猝見畫烏亭。隔崖自誰何,遥遥不可聽。並無驅車者,軌迹何處經。緩轡心仍悸,匹馬各伶仃。不知淮陰將,何計疾如霆。渡軍拔趙幟,安步同郊坰。乃知張耳拙,頓使國士靈。不有李左車，千載誰惺惺。懷古爲憑弔，蒼茫跡晦暝。

平 定 州

山勢忽中斷，雄城跨澗西。峰尖排峻堞，樹杪唱天雞。市帶村煙合，人從落照迷。深宵占步野，秋色正凄凄。

晚宿神池縣

古塞繞神池，荒原草木悲。暮雲千嶂密，殘雲八風吹。水細朝宗駛，天空大幕垂。凄凉山上月，獨覺照行帷。

早發五寨赴偏關，中途口占

雪盡高原驛路明，朔風吹馬逆長征。戍樓鉦礮知官長，野店丁男拜旆旌。詎已赤心孚菩屋，莫將黃卷負平生。關山皓月今長在，挹取冰輪四望清。

晚 投 三 岔

斗城堅鐵甕，雉堞與雲齊。野曠飛煙渺，天高遠樹低。澗空冰作柱，徑仄馬登梯。寥廓關河外,淒淒落日迷。

由三岔赴偏頭關,屢陟山頂,中途口占

曲磴盤空探化元,高山登處躡天根。星辰環拱躔襟袌,日月升沈變曉昏。大漠平臨吞絕域,飛流遙指接崑崙。漫言車騎歸城市,疑是扶搖落絳垣。

登偏頭關

雄關扼勝護神州,千古誰曾壯遠猷。塞上旌旂開壁壘,胸中兵甲屬風流。天驕種盡荒原草,秦帝邊防落木秋。此去龍沙堪極目,高樓憑弔思悠悠。

風雪中疾驅過永興堡,夜投草菴,慨然成詠

疾風吹雪甚於雪,雪壓重裘如不裘。騎馬畏寒頻上下,肩輿龜手屢淹留。人生貴賤雖殊等,行役艱辛各有儔。夜黑踏冰投塿館,石牀土穴冷颼颼。

九月晦日過八角堡,晚宿神池縣,是夕大風

風疾山高日昏黃,萬竅怒號虎豹狂。墮指裂膚兒未已,砭肌刺骨寒難當。峻嶒更上緣何事,雪没馬胸冰在地。遥指孤城雲霧深,問人言可三更至。

十月朔日,早發神池縣,度黃花嶺,歸寧武

峻嶺出雲上,危蹊一線遥。石樓通野燒,嶺上有磚石所甃敵樓,門户四出,内可藏兵百餘人,此明代置以防險者,沿邊多有之。古徑卧山樵。百二秦關在,三千組甲凋。時平烽火息,閒煞霍嫖姚。

壽袁約之

聞説江南文物地,江南名士皆國器。吾生未始渡江東,長安交遊尚名義。文修五鳳氣吐虹,往往風塵爭把臂。何意疏狂老癖生,君家兄弟謂雋異。憶昔中州困窮途,阿兄青眼忘榮枯。推食解衣紛相贈,高懷直與青天俱。只今返棹江波緑,令兄西崖先生名珂,原任陝州牧,入爲兵部郎。余心遥逐江水曲。極目雲津暮色深,阿弟訂交差不俗。多材多藝世所希,詩成編貝聯珠璣。有時千言倚馬待,揮毫落紙煙雲飛。攜手杖策遊塞北,朔風朔雪盪胸臆。夜深説劍酒盃寒,肝膈直窺天地色。落落襟期深結納,歲聿云暮開

民臘。約之十二月初七日生。恰值佳節誕奇人,四十三年今再匝。三千里外客并州,震却霹靂貫斗牛。莫言海内無知己,對酒高歌,爲暢先生盱衡萬古之風流。

初冬赴太原,早發寧武

邊氣嚴冬爽,高城蘸曉霜。人從官署發,風到客途長。峻嶺生天籟,迴流枕石梁。朝煙何處起,遥指見山莊。

路經常珍,復過懸岡

地峻關南險,官閒晉北多。踏冰尋野渡,驅馬繞荒坨。樹密迴風亂,煙深曉氣和。重過信宿處,猶識舊山河。

懸岡道中

山上層雲已盪胸,更聞山下水淙淙。避人倏起雙飛鳥,知我遥看一樹松。高揭青帘邀過客,回看朱斾下游龍。馳驅又到斜陽外,叱馭應慚問舊蹤。

早發柳行村

皓月隨鞭影,清霜結綬花。人寒同鳥疾,氣暖有村遮。酒熱紅爐火,香深白碗茶。行行問客意,何事出官衙。

太原冬暖

戍季留冬日,於今曬晉陽。朝煙仍結碧,宿麥半抽黃。柳嫩酣秋色,瓜多切晚香。路旁多市西瓜。綠同春草發,是處有蹄場。

宿忻州,夜得羽書,知阿少司空偕準噶爾、額爾沁各使入覲,誌喜四首

五夜披衣讀羽書,欣聞萬里下雕胡。南夷不俟勘筇杖,西極行將入版圖。左袵陪臣囂氣靜,右賢質子野心無。應知韓范揚威遠,終使成功屬鉅儒。先是,大學士鄂公經略西事,大學士查公為大將軍,阿公己丑翰林。

重門高敞絳雲間,詔諭人從絕域還。日暖龍堆邀劍佩,風清狼子化冥頑。呼韓願保假中塞,頭莫遙歸多玉山。且喜和戎鐘鼓在,空憐博望老朱顏。

《旅獒》重譯盡來王,宛馬連鑣貢尚方。雲外有天皆覆幬,寰中無地不冠裳。玉門金鎖閒魚鑰,鐵甲銀裝爛錦箱。西北春深春似海,均沾化雨慶

明良。

　　大漠寒煙接九霄，忽驚天使駕星軺。層陰積凍呈冰鑑，野水浮沙襯玉橋。神武摧鋒兵不戰，氐羌悔過勢全消。於今善閉無關鍵，共看旒裘肅早朝。

早發黃土寨，路逢微雪

　　黃土寨，古狼孟城也，詳見《水經注》，又名黃頭寨。

　　未是神仙境，琪花沒馬蹄。灑空隨鳥落，拂樹覺雲低。應化及時雨，莫侵高士棲。悠悠感行路，襁負逐東西。

雪中輿夫

　　負重行來穩，相催踏雪忙。氣蒸霜滿背，汗滴雨盈眶。天予貧非病，人惟弱役強。痾瘝須一體，心事付康莊。

　　未定息肩氣，前途又邁征。望村晴樹遠，指嶺曉雲生。鳥道盤空下，回谿入步輕。行行君且止，沽酒慰勞情。

陽曲灣

　　曲灣灣下路，小憩亦風流。地勢盤桓勝，山情圖畫幽。酒香浮綠蟻，茶嫩點磁甌。兀坐旗亭下，翻嫌冠蓋游。

晉陽懷古

趙氏何功主晉陽，三分割據倚遐荒。摩笄未了同懷恨，授簡應多挾詐方。尹鐸保障鼂晉室，孟談游說蠱韓王。祇今猶恨汾河水，爲湧狂瀾灌知襄。

漢帝河東作股肱，千金一諾付名卿。傳車已見徵循吏，相印何嘗到老成。詎有青蠅集北闕，再無丹詔下西京。君臣遇合每如此，辜負南陽有季生。

隋家王氣聚關中，獨把河東倚上公。佐命親賢居肘腋，勤王勳業屬英雄。天摧淫虐三綱斁，世比干戈四海窮。知爲太平開聖主，故將形勢築離宮。

晉陽道中望塞上諸山

遠山出沒界層雲，天柱疑從北斗分。列嶂有情環秀色，夕嵐無盡駐斜曛。關門古戍消烽火，塞上屯田徙牧群。最是幕南形勝處，長城高矗鎖氤氳。

早發石嶺關

太原直北百里，連山石壁，歷代以遏南北之衝。

石嶺開關塹石頭，太原南鎖背忻州。虎風嘯澗吹黃草，鳥道盤空下紫騮。五夜戴星天幕近，千秋扼險地形幽。棄繻思酹終童酒，乘傳爲消萬古愁。

晨過麻會堡

日照高林上，霜清野趣多。開雲篩凍雀，展鏡渡冰河。宿霧肥巖石，朝煙暢太和。良時有逸響，遙聽飯牛歌。

崞縣喜晤梁明府

一自離冰署，相思已七年。曩時梁守銓吏部，觀政秋曹，予任貴州司主事。故鄉高嶺外，游宦塞雲邊。物阜知仁浹，途清喜令賢。道周爲把臂，郭李未應仙。

客至如歸舍，高燈照綺窗。茶香分嫩葉，酒洌洩磁釭。話舊渾忘倦，惜群認故龐。兩人均未老，拙宦幸成雙。

早發崞縣

夜黑星光爛，霜深雞未啼。澗橋緣嶺峻，譙鼓下樓低。燭遠人迷步，石尖馬怵蹄。何如枝上鳥，猶許日高栖。

代州懷宋將楊無敵

　　北漢有名將,何以入宋朝。長城當萬里,君恩接九霄。累世鎮邊塞,胡塵慘不驕。白髮老霜鬢,八子各雄驍。天地不改色,已許汗簡標。豈意太原勢,羸弱不崇朝。銜璧謁聖主,英雄氣盡凋。獨餘代州守,孤城倚寂寥。誓欲甘一死,凜凜肅清宵。飲血守堅壘,射書忽見招。痛哭辭故國,努力結還鑣。人盡號無敵,契丹魄全消。主疑不大任,節制權阻撓。潘美少智術,王侁逞虛憍。降將忕見忌,谷口訂相邀。日中輒引還,轉戰遂無聊。重創死報國,生氣炯昭昭。豈不得其所,何以忘久要。遲死逾十載,相距千里遙。

雁　門　關

　　稽天高嶺峻,鎖鑰伴雲霞。疆域無雙險,車書自一家。凌空分鳥道,懸磴落冰花。遙指胡沙外,迢迢入望賖。

　　何代扼重險,風寒古雁門。壁垣餘戰色,樓櫓冷朝暾。閱世紛多慨,安邊可細論。庸知天下勢,控制在中原。

廣　武　舊　城

　　西去廣武三里許,堅城深塹,以南扼白草坪之路,今止居民數家。

計前明築此，須帑何下數萬金，棄之無用，良可惜也。廣武大城雖扼雁門北陘之險，闖賊一至，代州迎降，直過廣武，遂破寧關。前明築城防守，但美觀瞻，寇至則閉門自守，掠足任其自去。緣邊堅堡不下數百，兵樞之謀國，經略之防邊，大抵然也。乃知狄武襄城青澗，不置甕城，以爲邊將貴戰而不貴守，真名言哉。

要徑伊誰築，民膏盡幾何。方城覘楚弱，紫塞入燕多。但有修齋計，長韜擊賊戈。謀臣竟如此，風雨泣銅駝。

自雁門投宿新寨孫秀才園亭，爲賦二首

廣莫寒生面，斜陽馬首長。凍鴉歸舍早，殘雪透林光。歧路逢佳士，清樽出畫堂。風塵已暫息，良夜即仙鄉。

問訊君家世，耕田且讀書。映幃萱暢茂，遠砌桂扶疏。婚姻皆和協，塤篪遞唱于。自饒天性樂，不羨駕高車。

賦留新寨里民

扶杖迎新吏，殷勤慰老翁。牛羊陳野牧，禾黍喜年豐。禮拙天倪動，言憨至性通。應知凝盼者，屬望在微躬。

驅車行塞外，丁壯覺官親。五袴來廉范，一年借寇恂。仁風將坼甲，德草已迎春。憂樂相關處，直須問古人。

駐車老營，大雨彌日，詩以誌喜

山村處處勸春耕，甘雨和風倍有情。最喜及時均霢霂，應知造物樂生成。新抽綠草林巒秀，盡洗紅塵宇宙清。幾度重關開帳幕，雲霓已許伴雙旌。

奉檄查勘關隘，自水泉營、草垛山、驢皮窯，又出紅門口，至將軍會堡，沿邊之作① 時庚申四月二十有四日也

長城盡日此經行，誰挽天河洗五兵。磧外風高飛鳥沒，回中沙軟馬蹄輕。烽煙已靖千秋色，旌旆空懸萬里情。甌脱遍沾新雨露，不妨縛袴到儒生。邊外昔爲土嘿忒部落駐牧，今北徙數百里地，歸版圖矣。

驅車千里出重關，高捲雙旌過市闤。豈有胡笳吹漢月，曾無牧馬到陰山。連天阡陌新疇暗②，邊外居民星列耕作，歲輸官米十餘萬石。卧草牛羊野性閒。王化於③今訖海外，何須亭堠列雲間。

五雲高望是長安，歧路何知行路難。出塞幾經聞鼓角，犁庭今已變衣冠。邊外土俗一如中華。笛吹楊柳開春色，歌動漁樵起夏寒。時將五月，塞外結冰，行旅着裘。善閉無關包有截，封侯且莫話登壇。

---

① 本詩題，乾隆《寧武府志》卷十二作"查勘關隘，遍歷大邊內外紀事"。
② 暗，乾隆《寧武府志》卷十二作"拓"。
③ 於，乾隆《寧武府志》卷十二作"衹"。

立秋日獨坐二一軒偶興

支頤對南山，白雲紛簇簇。秋風時往來，蕭散無拘束。青天雲外生，晴樹雲中矚。一鳥忽高飛，點破微茫綠。齋曠闃無人，雲來良可漉。際此思扶搖，即景隨所觸。冷然見沉寥，豈復戀徵逐。嗟哉冒塵纓，山雲空滿目。

哭奚惺齋先生

我生迂狂世所絕，與君相逢便相結。長安落落稱交遊，照人肝膽若冰雪。十年秋省為同官，促膝把臂每心折。正氣昂霄骨嶙峋，讀書談道矜名節。足跡不踏權貴門，姓字常在御屏揭。獨立不阿鶴出群，寵辱無驚緇寧涅。門前桃李遍天涯，衣鉢惟傳道義訣。先生講明正學，為孝感涂大司寇高弟，鄉會五次分校。鍼心砭骨愛良朋，與予同官時，有聞過之言。分過讓能恭同列。先生為曹郎，往往代人受過，既無德色，亦無怨言。腐儒拙宦將終身，朝衣典盡懷冰蘗。陶然相對海天空，曾無毫末輕取擷。不加不損尚名義，遙遙差堪繼前哲。使之正色立朝廷，定知梗概堅金鐵。斧扆欲試經濟才，特將名郡畀人傑。乾隆二年，先生出守大名。豈知勁骨與剛腸，不忍墨吏恣饕餮。時長垣令貪婪不法，先生按其贓私，移揭劾之。小人難退正人去，萬姓吞聲氣結舌。棄如敝屣駕征帆，采石灘頭一身潔。先生當塗人。長安道上少音塵，林宗巷外滿車轍。考德問業對青雲，至樂本然無欠缺。奈何天阨吾道窮，頓使絳霄德星滅。兼之伯道竟無兒，九閽欲叩空嗚咽。阿弟今喜登賢書，先生季弟名杰,乾隆戊午举於京兆。先生邱隴已高凸。十年握手歡平生,五載睽違成永別。三千里外天南北,懸河淚落心凄切。嗚呼先生知未知,與君再世相傾竭。

詩卷七　塞鴻吟

塞鴻吟補序

蘇文忠公《和澠池懷舊》詩云："人生到處知何似？應似飛鴻踏雪泥。泥上偶然留爪指，鴻飛那復計東西。"言寄跡之無定也。於時先大夫守寧武閲七年矣，日遠長安，久羈塞上，簿書期會，表建無由。蓋自辛酉以往，無日不有高飛遠引之思焉。斯集自辛酉迄甲子，凡四年，得詩一百四十六首，而以《雪夜紀夢》一篇冠於簡首，玩其詩與序，其殆命名塞鴻之意與？兹録六十四首。男禮焞補序。

送鄒濟之任蕪湖巡檢 有序

寧武縣尉鄒濟，吳江人，奇崛士也，頗能詩，工小楷。辛酉秋，陞任蕪湖湖口鎮巡檢，來辭，因漫作長歌，送之。

大夫有氣骨，不以窮達變。丈夫有經猷，各以崇卑見。宰相可名醫，愛人情無倦。一命已爲榮，再命良弗賤。求仁強恕行，毋忘爲小善。千古幾達官，碌碌如馳電。瞻彼汗簡中，小臣列循傳。大名難幸邀，芳稱有餘羨。鄒尉去之日，民爲立碑。正氣百代存，豈因元會轉。天道視人情，祝詛換恩譴。庶幾夙夜中,兢惕更百鍊。仰以迓休徵,俯以成詒燕。鄒生亦傑士,涸跡成急悁。長材寧棄學,大器從不炫。詩須有奇氣,政忌如激箭。洗濯冰雪肝,對我千里面。臨別贈長句,期汝作名掾。

雪夜紀夢 有序

　　人生如寄,何必幻之非真;塵世難醒,誰悟緣之多假。夙昔鍾情,邱壑冠蓋即流水高山;從來抗志,雲煙光陰同鏡花水月。惟有得心之趣,乃開入夢之因,遊雪夜之名園,鼓鴻鈞之妙理。三秋行盡,塞無南下征鴻;十月將交,舟掠東來孤鶴。是則蓬壺閬苑,長依赤縣人間;化羽蛻蟬,不啻白駒隙影。遂借虎僕,爰寫魚情;人不我知,境惟獨造云爾。

塞上驚早秋,九月雪逾尺。千山呈變態,栗冽氣奪魄。澗水結堅冰,石齒封微隙。亦欲騁興遊,朔風攢如磧。蕭索生意衰,俯仰乾坤窄。高鳥戢深巢,行道蛻足蹠。避冷同蟄僵,屢駭箭穿骼。鷦鷯一枝寄,龜縮永朝夕。南窗日已紅,輾轉憐踧踖。當此廣莫野,每憶在夙昔。小圃多晚香,殘英把滿搯。遠岸曳敗柳,綠葉紆攀摘。霜果柿正肥,下土懸星赤。寒泉過修篁,泠泠佯潮汐。出入獲所求,偃仰娛笨伯。桃源今何許,娜嬛不可適。忽夢學仙人,引玆塵壒客。曷來在人境,轉瞬入姑射。未悉是何代,迥非尋常陌。華堂起飛甍,鼎彝間球璧。圖史盡奇古,博物困綜核。百卉任紛綸,交互覆階石。移足跨濠梁,鯈魚俯可摭。鳴禽變叢樹,葉底相嘈嘖。翺翔適其性,人來生悅懌。更穿廊廡窈,洞壑空肘腋。危亭出嶕嶢,履旁千仞劃。陰崖送風長,泠然善擺擲。楸枰方具陳,仙人初罷奕。再尋細草深,繞池踏長舃。爛漫詫紫紅,名字無箋釋。獨有擘窠花,五色蓝四闢。盤桓忘歸暮,焉知腐鼠嚇。小隱隱邱陵,誰使疆早畫。掉臂遊未已,絕壑分投屐。靜觀萬物理,忍使牛服軛。長生不可期,會須埋蹤跡。歲寒友松筠,良天讀《莊》《易》。及今撤津筏,我與我莫逆。嗤彼碌碌者,干時仗長策。事與浮漚輕,忍使心爲役。所幸得天放,徜徉成拙癖。此中宇宙寬,喧囂遠相隔。便作五嶽遊,恔脫婚嫁責。何處發清鐘,倏忽仙被謫。推我下桐樊,墮之舊裯席。回首望佳境,尚思攀欄栅。懊悔夢易醒,東方猶未白。

壬戌九月望後晚宿三岔

四年策五馬,幾度過高亭。驛吏知行意,邊氓稔客星。自驚秋鬢白,空負寶刀青。深夜燒官燭,磻溪憶鶺鴒。

高　　松

孤松仍舊色,峻嶺傲長風。疏秀情何朗,鬱蟠意不窮。下臨千仞壑,高拄九霄空。介石根偏老,朝暾映海東。

壽謝己人參軍 有序

癸亥人日,參軍六十初度也,府僚賦詩為壽,或以示余,頌禱兼妙。謝籍餘姚,名廷恕,宦寧垂二十年,俸當量移,不佞守郡逾四載,行當避賢路。聚散之故，有慨於中，為賦一章，永懷抱焉。

六旬今度歲華新，涑水涔山護健身。絳縣老人長甲子，高陽苗裔降庚寅。週迴天運無窮算，瀟灑閒銜總是春。大史占星歡未極，瑤光應已化麒麟。時謝未有子。

過崞縣延長社

樹密野風綠，山深佳趣多。怒雷喧水碓，急瀑瀉懸阿。牛上高原牧，樵來遠岫歌。車中攬不厭，暮靄綴行窩。

水　磨

細流分一線，勢豗怒雷奔。旋轉侔天地，推行盪曉昏。機緘百齒合，生養萬家村。應笑桔槔術，勞心日灌園。

宿陽武谷

險扼重關勢鬱蟠，邈荒曾限北樓煩。何年闢地通夷道，伊古徂征至太原。秦漢河山誰百二，宋遼爭戰幾瀾翻。楊家健將今安在，水齧雲根沒舊垣。六郎城、孟良寨故跡皆在峪中。

早發陽武谷

聞雞頓起舞,爽氣一何佳。殘月凝虛照,疏星落水涯。煙晴高樹出,山凈曉風揩。乘興侵晨發,馳驅適客懷。

板市河橋

亂流滙野渡,千尺架虹橋。浴鷺從人到,眠鷗狎馬驕。半巖聞戍鼓,側岸轉星軺。遥指春煙外,山城鎖碧霄。西山上有古戍。

程嬰故里

平野渺無際,抗懷國士賢。任難真不易,之死矢彌堅。心血孤兒盡,功名諸將先。事成甘一劍,英氣滿山川。

旅宿忻州,喜晤謝若園刺史

十載交情萬里親,況兼同譜近爲鄰。謝名庭琪,籍粵西,丁未進士,癸卯同舉於鄉。今官忻州,余官寧武。風清襦袴稱廉吏,話沁心脾是解人。饒我壯懷歌永夜,多君佳興氣成春。晉陽此去誰知己,擬向宣城再問津。

晚宿陽曲灣

白水青山逐巷斜，紅塵深處是誰家。危巒礙日藏幽徑，屋後土山壁立數十仞。古戍臨簪漱晚霞。窗南高處有古廢堡，睥睨下瞰，近在眉睫。甕滿浮蛆催客醉，主家釀酒。庭餘野馬繫松花。院植雙松。勞生若夢今何許？已煮黃粱未種瓜。

晉陽客舍感懷六首

擾擾晉陽道，於今過四年。風塵埋劍氣，鬚鬢老寒煙。季布真來毀，長沙劇可憐。嘯歌且不廢，搔首獨嘐然。

邂逅逢知己，塵埃物色高。伏跧良有數，顯晦定誰操。國士紛多慨，佳人已二毛。生平餘傲骨，不奏鬱輪袍。

古琴彈別調，謖謖出松風。不患無真賞，常懷毋苟同。春秋多善氣，天地亦虛中。靜聽七弦急，曲終意未窮。

孤硯一檠照，春寒夜未闌。主人常愛客，逆旅自彈冠。劍俠今無術，瑟門昔已難。相如休作賦，揚意久凋殘。

自慚驅五馬，庖目本無牛。至道抒全力，安民展數籌。曹參知入相，李廣竟難侯。惜未忘機盡，同群海上鷗。

邸舍若相憶，驅車入北門。高衙投刺遍，小榻伴燈昏。五柳慚陶令，三年老季孫。料應還故我，山水賴評論。

過青蒿嘴偶感

彌望白雲山外齊，雲間仍有上天梯。月中落子秋光滿，海岸乘槎日影低。蝴蝶華胥同是夢，文犀薏苡另成題。長途風雨渾無賴，亂捲泥沙入馬蹄。

再過黃土寨

橋圮山高水復深，磷磷白石俯千尋。人同飛鳥翱翔落，雲度懸崖下上陰。峻坂鹽車悲服驥，遥岑嘉樹羨春禽。竭來且飲旗亭酒，一片孤城問賞音。

歸路迢遥接帝京，風流太守役王程。仙人舊說邯鄲道，估客新來張掖城。塞北明駝種自異，關西汗馬價何輕。已知珍物歸天府，聞道終軍尚請纓。時有番戍鄂爾坤之役。

關 城 鎮

四圍山勢列層城，嶺樹疑從雉堞生。點綴芳菲人入畫，賡揚風雅鳥諧聲。一天霽色開春曉，十里清陰護客程。遥指玉京何所隔，萬峰深處塞雲横。

夜宿麻會

驛路忻州如砥平，人歸野店旅魂清。州牧謝君，時稱其賢。簷牙風吼撓方寸，贏項鈴搖報幾更。一點微雲侵皓月，千秋良賈市青萍。深宵客夢偏先覺，誤認松濤作雨聲。

麻會曉發

起看河漢淡疏星，征斾搖搖赴北陘。霧曉人迷延鷺埭，春寒酒煖畫烏亭。折梅驛使勞相贈，州牧謝君遣馬招邀，未晡而行。問字高賢許再經。三疊陽關千里月，巑岏惟見數峰青。

忻州道中

霜威凛冽耐朝寒，馬踏平沙驟錦鞍。殘月銀鉤搴大漠，群山螺黛畫雕闌。河橋冰泮魚龍迅，高閣雲封燕雀歡。翹首春煙何處歇，喜逢晴日照雲端。

巖城當路扼咽喉，晉北關南獨此州。古閱興亡悲戰伐，今餘鎖鑰寄懷柔。千重雲樹連村暗，萬縷炊煙繞郭浮。極目周原芳草碧，誰家黍肉餉春疇。

過二十里舖

鵲噪高林逆客旌，鬖鬖柳色繫冠纓。山河綿邈春將半，車馬馳驅路已平。千古論人應到我，一生求己不徒名。青蠅腐鼠無須計，饒舌靈均未解醒。

忻口再憩逆旅

掃逕歡迎客似歸，高齋爽氣溢春暉。庭前芳樹遮烏帽，屋後青山逗翠微。好鳥識人歌入座，名香愛友戀行幃。梁間燕子結同社，莫旁尋常門戶飛。

忻口道中

旭日中天春色饒，王孫芳草路何遙。登車攬轡情慷慨，弔古籌今慰寂寥。投筆封侯開異域，曳裾爲相笑荒朝。一麾自向嚴疆去，或有龔黃許見招。

阿儂何以二千石，汲古奚稱一斗才。上下無求容我拙，後先絜矩倩誰媒。訧詩難藥三生癖，愛物常然歷劫灰。薑桂有根終是辣，亂山深處伴江梅。

早發原平紀事

夜半風聲惡，雲垂雨勢濃。驅車登驛路，攜夢上高峰。序正當春令，天如改仲冬。每思經此地，風雨撼孤松。四年以來，往來經此遭風雨雪者屢矣。

崞縣懷梁明府

再至關南路，重經崞縣橋。故人萬里外，鄉夢一心遙。戍鼓隨車發，鳥鳴如見招。酒香昔逆旅，沈醉結還鑣。

寄懷朱明府

甲第風流望，官賢署崞州。政驅河外虎，人下帶間牛。燭燒三更宴，神清萬頃秋。緬懷如昨日，嘆息此淹留。

由崞縣赴代州，望山巔積雪

彌望垂雲罩四簷，漫空春雪落山尖。天憎嵐氣青如瘴，一夜西風撒白鹽。

早發代州

堅城通紫塞,嚴令肅清宵。高斾懸星斗,重門鎖寂寥。春寒動朔氣,雪老沒冰橋。驅馬侵晨發,雲間萬嶺遙。

傅家坪

路似連雲棧,山村止數家。軒窗當瀉瀑,庭戶入飛霞。架木橋通奧,鑿崖日漏華。往來經過處,馳逐極天涯。

路經廣武

徙倚古城下,朔風萬里侵。層雲平野合,積雪亂山深。戍廢栖鴉盡,村荒古木陰。寥寥關塞北,何處問知音。

由廣武西赴榆林

道僻行人少,風多馬欲還。朔雲飛古塞,春雪落空山。天地饒寬闊,魚龍混等閒。蕭蕭看白髮,嘆息老朱顏。

榆林旅次

夕日和雲下，停驂野店家。故園千里夢，新霽一庭霞。潑墨塗詩草，浮杯落雪花。宦遊原是客，莫漫笑天涯。

清狂憐太守，瀟灑作行人。役衆七騎選，途長一硯親。山光寒有韻，邊月曉生春。塞北饒佳興，天教惠遠臣。

早發榆林歸寧武，中途漫興口占

踏雪尋蹤過遠山，小橋流水細潺湲。載將旅夢盈車去，欲聽雞鳴早度關。

和會村東望早霞，又催車馬度平沙。不知何處飛晴雪，疑是巖梅落凍花。①

王宛莊前駐使星，一年一度坐高亭。風帘颭處沽春酒，遙酹群山早放青。

茅柴酒暖帶餘酣，醉後登車漫捲幨。是處好山不用買，雲霞有脚就清廉。

---

① 《國朝畿輔詩傳》卷三十二收錄此詩，題爲《早發榆林歸寧武》。

道經南坪有感

逸興飄蕭滿道周，常登絕壁復高樓。白雲無賴渾歸岫，明月難圓未上鈎。青草綠楊春寂寞，殘山剩水自勾留。探囊尚恨無佳句，痛飲村醪獨唱酬。

望寧武城

風催車騎過山西，塞上天高望不迷。日映樓臺丹臒近，煙含城市水雲低。二千石守非能吏，十萬人家認舊蹊。積雪半消稽事近，遙聞布穀喚春犂。

火　山

山在分水嶺北，乃煤窯自地遺燒，俗呼萬年火，非宋之火山軍，在今河曲縣也。按《宋史》：募人耕火山以北。此山之北，正即武州，州為今神、五二縣地，平曠可耕。武州東為朔州，正屬於遼寧武，亦朔州境。且遼宋屢爭天池廟下地，池在火山東南，遼宋必以分水嶺為界，故宋人列屯，自雁門徑陽武谷迤西，而北達於岢嵐。以寧化為軍、州，地甚迫隘，於時東拒勁遼，北控悍夏元昊驍桀之姿，宋以不內侵為幸。先置火山軍，後亦旋罷，蓋畏夏人之逼也，而謂敢耕於夏人巢穴之外，誰則應募耶？故不履其地而盡信書，未敢以為確也。癸亥初夏，因勸農之便，始過此山，歌以紀之。

洪荒闢盡澄渣滓，沈灰猶爇竈極底。大冶陶鑄古頑囂，絳煙裊裊長空裏。群山皆綠此山紅，列屏環繞連蒼穹。不辨燒劫自何代，疑從盤古留化工。紫塞之山山巚嶪，魍魎豺虎張鬐鬣。烈焰焚之一炬空，跟踵奔走踵相接。雲間遙指不周山，蚩尤倔彊逞冥頑。媧皇補天真巨手，五色煉石今斑爛。蓬蓬勃勃煙直上，文成龍虎恢奇狀。紝縵晴空散綺霞，灼炙爲除青草瘴。自東徂西皆一燒，重泉滾滾沸海潮。元氣凝結坎離濟，陰火潛然助沃焦。山巔草木空中盡，嵯岈盤石終不隕。日日層巒浮曙煙，此中真有幻中蜃。聞說薪盡惟火傳，爭道死灰不復然。爲報地底萬年火，閱歷滄桑種火田。

道經鶯橋

山村①危巖下，柱礎剛雲足。炊②煙屋上來，縷縷與石觸。人語谷傳聲，高下遠相續。灌木蔭原田，蕩漾層波綠。驅車此中行，傲吏或③不俗。主伯偕亞旅，裹露耕朝旭。遥見饁餉人，歷歷沿谿曲。

西　　寨

策馬行斷磧，路石惱無賴。猶喜南山松，曳韻入襟帶。飛雲深樹來，

---

① 村，乾隆《寧武府志》卷十二作"橋"。
② 炊，乾隆《寧武府志》卷十二作"吹"。
③ 或，乾隆《寧武府志》卷十二作"差"。

悠揚挾青靄。正苦迴谿長，舉目見天外。豁然境開朗，山水氣清泰。林巒爭秀發，村墟抱回瀨。麥壠曉風過，波浪勢汪濊。泉聲奏琴筑，淙淙動天籟。固知宇宙寬，此覺乾坤大。欲却軒冕榮，買山良無害。何須五鼎食，胡麻事粗糲。身心同孤往，泉石肝脾繪。

汾河源

駘臺導汾河，千里勢洶涌。血食長不磨，直與參星重。灌溉資樂利，繄豈萬家隴。奈何山下泉，出坎似乳湩。亦有濫觴流，涓涓疏毛氄。乃知成巨浸，稽天縱初壅。我來尋幽壑，探奇忘足腫。登虬踞仄峰，劃然嘯危聳。萬派落軒窗，四山亦星拱。疑是避暑地，遺蹟詢邱壠。尚友千載人，磨巖題蒙茸。崖畔有宋元祐六年知寧化軍事太原王餘應等十人題名。

因勸農，遂行養老禮①

驅車西崦外，山村頗幽雅。古木蔭流泉，人情更瀟灑。童子俱歡迎，聯②鑣騎竹馬。中有白髮翁，台背出蓮社。停車細問訊，壽考各純嘏。耄耋間期頤，詩書雜弇野。殷勤效乞言，胸臆姿③傾寫。何計遍庇覆，相將歸大廈。踟躕爲動容，惠此高年者。傾囊出其望，分餉佐杯斝。小惠終弗周，徘徊依松檟。攬轡復登車，夕照蔀屋下。

---

① 本詩題，乾隆《寧武府志》卷十二作"勸農西南鄉，遂修養老故事"。
② 聯，乾隆《寧武府志》卷十二作"連"。
③ 姿，乾隆《寧武府志》卷十二作"恣"。

二　馬　營

　　西南七十里，瞥見大邑聚。煙火數百家，簷牙面場圃。水綠繞塍畦，山翠勢交互。犁耰滿高田，聞說得甘澍①。牛羊散②四野，雞犬蔽深樹。疑是桃花源，豁然開朗路。憑車遙指點，閒雲藏古戍。白鳥浴沙灣，驚飛入煙霧。居人逆使君，雜沓不知數。停驂問疾苦，一一到童孺。官此逾四年，尚知絜好惡③。老弱紛稽首，捫心問舉措。何以答蒼生，鷹鸇逐貪污。所愧非股肱，河東留季布。直道猶三代④，拙吏守樸素。

寧　化　堡

　　兩山夾汾水，逼仄勢如削。雉堞俯深谿，惴惴插危脚。斗城鑿雲根，未夕日已落。峻勢勞攀援，尖徑滑飛雀。背水不可陣，當關自束縛。不知宋室意，何此置郛郭。將怯無敢戰，踞險耐慚怍。縱敵恣長驅，收保藏寂寞。我增弔古慨，登陟感蕭索。嘆息俯頹埔，於今廢鎖鑰。雲深夏尚寒，地磽賦仍薄。亦有詩書彥，願學溯伊洛。比户傍巖岫，樵汲歸雲壑。咄咄堡中民，有如居劍閣。

---

① 此句乾隆《寧武府志》卷十二作"問説春雨足"。
② 散，乾隆《寧武府志》卷十二作"嬉"。
③ "官此"二句，乾隆《寧武府志》卷十二無。
④ "鷹鸇"至"三代"四句，乾隆《寧武府志》卷十二無。

勸農回郡①，再過鸞橋諸村

看山了無盡，畫圖任舒卷。春煙入渺冥，細流涉清淺。奇峰訝變怪，馬首迎石轉。雲出②幽徑滑，斑駁歷苔蘚。陰晴不可測，嵐光幻幽顯。巖巔間綠紅，太古遺籀篆。遠壑嘯長風，高原陟絕巘。正疑境逼仄，空曠得平衍。行行到③關城，雲煙戀綏冕。

和趙會遠孝廉見贈原韻二首

江左有佳士，謁來恣傾寫。矯矯青雲端，奇興每瀟灑。思欲絕塵鞿，並轡馳天馬。鳴鳳飛翱翔，羽儀九霄下。五緯躔壯懷，吐漱成風雅。玉樹倚長空，瑩然托大廈。

中夏朔氣清，姱修瞻大美。誰當容我拙，好我君未已。謖謖聽松風，聯牀下夕晷。筆妙鍼膏肓，詞落三峽水。形骸淡相融，問答忘彼此。復彈廣陵散，誰賞絃外旨。

甲子人日郊遊

甲子天迴人日好，登高春色滿雕闌。城尖迥仄雲峰立，水白沙清野雪

---

① 郡，《國朝畿輔詩傳》同，乾隆《寧武府志》卷十二無。
② 出，《國朝畿輔詩傳》同，乾隆《寧武府志》卷十二作"歸"。
③ 到，《國朝畿輔詩傳》同，乾隆《寧武府志》卷十二作"至"。

乾。朔漠萬年歸鎖鑰，風流終古屬衣冠。太平最喜邊氓樂，雞犬聲中曉夢安。望華樓即東郊門樓也。

東郭山迴春水長，深深古木蔭文昌。三垣秀色鍾魁斗，五緯光芒入戴匡。法相幾經寒夢雨，精神何代寄空桑。同來勝地瞻檟楠，塔影遙懸月桂香。文昌廟。

尋春選勝入春山，上下溪橋傍市闤。詎有元戎行小隊，不妨太守暫遊閒。仙源近接紅塵境，丹訣長流白水間。指點鳳城雲樹外，閬風深院駐朱顏。呂仙祠。

峻坂遙連城上樓，飛泉激水漾春流。長虹倒影垂千尺，冰鑑稽天憶十洲。緩步漫誇曾叱馭，卬須猶羨共登舟。澄波靜對心神澈，好濯塵纓狎白鷗。關河橋。

偶　　興

高秋爽氣動峨冠，草色蕭蕭拂畫欄。迥有孤亭臨絕塞，誰憐霜鬢老層巒。萬金良藥療愁在，十斛明珠買日難。回首故園驚蝶夢，煙波深處憶垂竿。

九日和趙會遠絕句二首

老鬢凋殘感物華，平臨高閣思無涯。是日登望華樓。難搜好句添秋色，都爲佳人怨落花。會遠托病，未同遊。

看盡雲山關塞長，虛無指點縱翱翔。煙光斂處斜陽下，應笑悲秋客斷腸。

詩卷八　關山遊草

關山遊草補序

《關山遊草》者，合《黃鵠謠》《鳳噦集》統爲一卷也。先大夫守寧既久，而乙丙兩年無日不往來於關山雨雪之中，故詩以紀事，而別其集爲三：一曰《關山遊草》，爲吾寧民遊也，方春始和，勸農養老，週迴千里，不遑寧處焉，計得古近體詩十一首；一曰《黃鵠謠》，蓋往來山陰、應州、渾源、廣靈，救荒請賑，蕆事之作也，得詩七十首；《鳳噦集》者，丙寅九月皇上奉皇太后巡幸五臺，紀盛典也，計得詩十九首。三集本各爲一帙，而《關山遊草》與《鳳噦集》篇什較少，補山先生欲合《黃鵠謠》共爲一集，而以《關山遊》該之。焯恐失其分集之意，故雖合刻，而仍存篇名於簡端，以備參考。共錄八十七首。男禮焯補序。

乙丑三月望後行春，乘風至陽方口

初日正曈曨，春風何淡蕩。驅車出國門，六轡絶塵壒。浮雲起天末，山色萃奇狀。幽壑嘯回飆，須臾滿千嶂。平地泛波濤，策馬破層浪。雖未請長纓，意氣恣雄壯。盱衡今古情，遐哉詎可量。

陽方口①

寒澗漲春水，冲激荒城下。蟄龍窟其間，洄洑吐石罅。直囓危垣落，中流湧長壩。沙磧立春鳥，微逕頹雲榭。炊煙點層霄，晨星明已乍。條風從東來，吹面如鏃射。落落墟里人，寥寥若冬夜。嗟哉昔雄邊，名城震夷夏。南登橐邐臺，憑弔生嘆咤。太平良已久，邊防人所詫。

大水口

屢次經行地，忽忘是塞垣。戍樓春草沒，馳道野禽喧。九譯同車軌，重門倚化元。天王尊大統，有截笑屏藩。

廐馬

盡是驍騰種，嗟伊伏櫪鳴。因風思致遠，逐日想長征。棧豆何終戀，春泉入望清。燕臺市駿骨，空憶有高名。

---

① 《國朝畿輔詩傳》卷三十二收錄此詩。

雪後早發樓溝堡

塞上逢春晚，雪深沒馬蹄。隔溪煙樹合，接嶺曉雲低。混沌含元氣，光輝使物齊。忍將清白色，輕涴錦障泥。

絕巘紆迴上，層雲繞腋生。帝閽初日近，閬苑曉風輕。俯瞰空中閣，能馳域外情。渺然小天下，峰頂恣游行。

午過三岔

路轉山城近，旌旗出曉霞。寒煙雲外矗，山市雨餘譁。草嫩抽新葉，泉新湧雪花。都亭客小憩，何處問天涯。

五馬經行地，高軒歲幾過。每憐青鬢老，強使醉顏酡。投筆羞金劍，登車愧玉珂。蒼茫茲又去，君憶復如何。

夜宿五寨縣[①]

解袂來[②]高館，風寒晚倍清。窗虛人對月，天靜夜無聲。劇有幽居興，忽[③]添世外情。野雲依檻落，似欲結同盟。

[①] 縣，乾隆《寧武府志》卷十二無。
[②] 來，乾隆《寧武府志》卷十二作"臨"。
[③] 忽，乾隆《寧武府志》卷十二作"仍"。

乙丑九月三日度雁門之代州口占

趙陘高未極，重度雁門關。衰草迷荒戍，飛流界遠山。鳥歸落木下，樵背夕陽還。去去驅前路，秋風上客顏。

峨口道中 代州東五十里，自此入山之五臺，乃直隸龍泉關路也

野曠邊聲急，登車意若何。風來知樹密，雲盡覺山多。鷗鷺眠洲渚，簪纓上薜蘿。忍將《遂初賦》，長誦過崇阿。

驛路出霜曉，揚鑣過市闤。清泉飛絕壁，幽鳥入空山。日遠寒潭闊，秋高野樹斑。畫圖看不厭，誰謂老朱顏。

白雲嶺上合，微雨自西來。樹杪猿通徑，蘆汀雁旅哀。時頗歉收。乘軒羞赤芾，隤馬憶金罍。百里禪關迴，悠悠望五臺。

崎嶇陟峻嶺，策杖強登臨。不有出塵想，何勞外物心。晴雲生兩腋，灌木俯千尋。遙指隔林壑，眈眈虎正吟。

臺懷宿顯通寺方丈 今改永明寺

名山多古剎，勝地倚峰腰。方丈曲廊繞，佛燈孤塔遙。夜深聞虎嘯，梵靜覺蟲囂。夙有煙霞癖，息機耐寂寥。

菩薩頂禮佛

佛燈常未息，深殿不知寒。此處雲山好，幾忘宇宙寬。明心噓喝棒，真解不登壇。六十行年化，身慚現宰官。

頓悟非真悟，參禪詎解禪。因緣無意合，花果蒂何年。清净空山色，光明印月川。箇中離即處，回首兩茫然。

夜宿崖頭村

驅車路出亂峰間，百轉溪橋見市闤。處處園林通活水，家家廬舍傍青山。俗如太古塵囂靜，人住桃源雞犬閒。遥指嶺頭新過雨，寒泉飛落響潺湲。

乙丑秋奉檄出查户籍之作

野曠人行少，憑軒望翠微。雲緣高嶺盡，風定曉寒歸。境曲花當軾，村荒鳥上衣。徘徊無限意，庭户老蜘蟖。

晚　投　滋　潤

興出邊城好，峰迴徑轉紆。亂雲投夕鳥，灌木聽吹竽。落拓思杯酒，激昂憶狗屠。四山秋色暮，前路正崎嶇。

偶　　成

誤托樊籠裏，生平有曠懷。謝安終洒落，鄭綮詎優俳。朗誦《樓東賦》，漫遊槐市街。星文凝瑞氣，博物在天涯。

老羊寨北望

塞上秋高爽，長風送馬蹄。幕垂鹽澤外，日落醋溝西。雙闕連雲峻，三城入望低。謂三受降。踟躕何所憶，衰草正淒淒。

北　望　有　懷

升高瞻北斗，縹緲入關雲。不有車書合，焉知夷夏分。白登思漢相，青塚憶明君。欲讀平戎策，長城日已曛。

登　高　寓　目

白日空山裏，秋光捲幔來。霧深霜葉嫩，雲動水簾開。清嘯孤城迥，長歌旅雁迴。未應爲客倦，更上最高臺。

出行夕歸口號

四嶺夕嵐重,煙沈壯士戈。回峰藏雁塞,亂水入渾河。班馬嘶風駛,飛鵰過磧多。不因使異地,何故駐沙陀。

旅夜口占

地僻宜爲客,身閒等繫匏。疏星臨毳帳,新月到松梢。雞伴深宵話,詩憑落木敲。興豪莫久寄,終恐代傷庖。

捧檄有懷

銜散花畦静,深宵下羽書。廉公猶跨馬,園吏羨爲樗。劇有登山屐,終慚上笱輿。濟民真乏術,誰已戒衣袽。

謝却酒肴

渺渺雲中鶴,青青嶺上松。塵埃常不染,哀樂詎相逢。牧遠歸牛疾,村虛濁酒醲。周旋得我趣,獨對最高峰。

即 事 口 占

山高水亦遠,凜凜涉秋江。豈有青衫濕,何勞白璧雙。天晴沙襯路,雲盡月盈窗。瀟洒黃華館,深宵有吠厖。

過山陰市作

太古山猶静,邊氓氣自淳。趁墟無長物,煎土滯餘春。客話分穅豆,天倪入笑顰。重關千里外,欣對故鄉人。時新舊尹皆籍畿輔,而市亦有之。

懷 古

大漠黄雲起,沿邊列虎賁。烽煙萬古息,胡越一家尊。偉略驚西膽,殊勳壯北門。玉關且莫閉,屏翰在崑崙。

伊古徽音遠,遥遥見一斑。山川天地色,人物漢唐間。虎變雲雷奮,龍光日月攀。勳名留雁代,百世壯雄關。

有 懷

瀚海隔天末,邊山萬仞攢。人耕甌脱盡,馬獵穆蘭寬。溟涬垂雲濕,風驕楛矢乾。四方如有志,莫戴進賢冠。

由大黃巍歷辛村查戶籍

月明人渡水,寒影落空潭。煙靄迷青嶂,歌謠入錦函。到村知俗樸,策馬問泉甘。歲事愁三老,良朋慰盍簪。

出 行 之 作

登陟地形高,長風送海濤。碧山寒客面,紅葉點征袍。漢塞悲秦月,江蘺憶楚騷。燕人自慷慨,濁酒一酕醄。

紀　　事

乘傳緣民事,芒芒問北鹽。村名。鶉衣百里結,菜色幾人添。一筆勾何易,千夫米未沾。誰憐溝壑瘠,疾視上堂廉。

地薄民生若,沙多水盡鹹。霜風厲九屬,膏雨望三監。不有天倉滿,焉知牧宰凡。行行重嘆息,黯淡掛歸帆。

曉發山陰之應州①

午夜星軺遠，清霜結綏花。有田皆斥鹵，無地可桑麻。馬飲長城窟，人吹蘆葉笳。壯遊良足慰，乘興度龍沙。

應州道上

險非邛笮路，叱馭愧王陽。目攝龍城近，天連馬首長。山川環甸服，禮樂到殊方。車騎經行處，應嗤使節忙。

夜宿邊城

地勢連魚海，將軍駐柳營。鼓嚴千戶靜，鐘落一天清。霜重瑩戈戟，風狂咽旆旌。封侯良有術，愧不請長纓。

出山陰東郊北過桑乾之作

荒城臨古道，秋色下空亭。瀚海浮雲白，燕然夜氣青。心搖光祿障，人訝使臣星。曉度交河北，回頭憶趙陘。

---

① 《國朝畿輔詩傳》卷三十二收錄此詩。

車中野望

驅車臨絕巘,霜月伴鳴騶。地迥通滄海,天低近斗牛。大荒分部落,高闕界遐陬。節制推都護,不登越石樓。

應州佛宮寺木塔

《志》稱高三百六十尺,周半之,直上五層,中皆佛像,絕頂攀鐵索而後可登。遼清泰二年田和尚奉敕建。

契丹事業久沈淹,入望空餘寶塔尖。三晉雲霞依藻井,五原鴻雁下飛廉。正傳閼氏樓臨鏡,已道單于輼載鹽。倘有佛靈真不滅,一回憑弔一掀髯。

應州漫興

平野孤城鎖落霞,三岡四鎮護龍沙。雙流遠下蟪螰塞,高嶺遙看獫狁家。千載荒原埋俊傑,滿林秋色到桑麻。盱衡今古頻搔首,五夜星文動使槎。《志》稱應州三岡四鎮,李克用墓在州東十里。

佛宫寺夜雨

昨夜風吹塔上鈴，聲和急雨落空亭。驚回秋夢知何處，獨對佛燈一使星。

千里回風捲旆旌，南山白雪北山晴。不知秋意分多少，塞草青黃夾路平。

自應州入山陰界上逢李明府

境上初辭應使君，忽驚雙旆點秋雲。相逢一笑山陰道，三日重來日又曛。

白雲漠漠籠平沙，塞外荒城棲暮鴉。官署故園何處是，又將行李駐星槎。

寓山陰聖母宮

危樓百尺勢連天，笛裏關山月正圓。堪歎五原楊柳盡，無邊秋思滿山川。

塞上有懷

江東爲憶春前柳，塞北重登萬里樓。日下魚龍沙岸曉，雲迎鴻雁海天秋。高歌遠和寒山漏，逸興空憐雪夜舟。每擬乘風三島去，漫勞煙雨助勾留。

客　夜

孤館樓空夜色凝，冰輪獨喜伴孤燈。天垂大漠塵氛净，坐入深宵客感澄。五柳逕荒慚尚友，一溪月滿憶高僧。頻搔白首彈長鋏，忍向秋風老季鷹。

攲牀擁被未知寒，愁思悠悠起萬端。北斗光搖瓜戍冷，南溟雲暗雁飛難。游魚自有濠梁侶，杯酒誰逢洛水灘。今夜西風天際落，莫吹清夢渡桑乾。

雨後山陰曉發

午夜疏鐘度遠岑，寒雞初唱古城陰。雲凝凍雨當軒落，霧結林霜繞市深。擬向遥天餐沆瀣，誰當大旱作甘霖。揚鑣塞外空山裏，莫負西歸慰好音。

恢河曉漲

夜雨瀟瀟出塞聲,恢河極目早潮平。雪消巫峽巴山遠,雲盡蕭關瀚海晴。破浪誰當開萬里,題橋終古見雙旌。臨流借問褰裳侶,此去長安定幾程。

朔州逆旅詠懷

前路悠悠何所貪,朝看山色暮山嵐。風煙誰贈閒名姓,牛馬儂須應二三。嵇阮終嗤稱曠達,老莊不自覺癡憨。從今學得長生訣,挫銳同塵一渾含。

夜發朔州

月照高林上,寒雲出遠關。宵歌聞子夜,星迴緯空山。戍火風旗動,霜橋野水灣。乘輈遵大路,應御曉霞還。

自朔州昧爽過陽方口

百里歸程強半行,遙看煙霧鎖孤城。天雞欲報群山曉,星滿銀河月正明。

居渾源永安寺對恒山霽雪

　　恒山雲盡曉天低，雪霽層巒玉案齊。色映華夷撐塞北，寒凝象緯倚關西。從來潔體凌空峻，詎有清光入望迷。遥接化城銀世界，更於何處問丹梯。

丙寅三月山陰旅懷四首

　　塞上東風散曉霞，稽天芳草護平沙。懷人萬里傷春暮，弔古千秋感鬢華。秦月漢關高闕迥，燕南趙北地圖賒。盱衡宇宙歸憑軾，開遠何須博望槎。
　　三月春光對客親，八年作客傲風塵。故園花事應憐我，絶塞嵐煙已笑人。世上誰歌蕉鹿夢，雲間虛指化龍津。殷生莫作書空字，須信浮名造物嗔。
　　孤館高樓接翠微，夕窗日暖倚斜暉。誰家燕雀迷芳樹，何處笙簧動錦幃。工部詩雄終潦倒，文園病渴亦輕肥。於今莫較先賢價，轉瞬春殘柳絮飛。
　　六度驅車駐塞垣，千村望眼指熊轓。驚看春色風雲落，已覺荒原草木蕃。歷盡名山餘健骨，欣逢佳士愛危言。殷勤爲報長安客，季野陽秋屬負暄。

贈應州羽士楊襲元

世外樓真地，偏於世上真。未知仙子性，誰是箇中人。瓊島邀明月，關元問谷神。窈冥昏默處，橐籥自長春。

客寓渾源，或有索詩者，詠懷漫應之

千里逢迎絶塞春，山雲海月伴風塵。蛟龍亘古藏霖雨，文字誰將泣鬼神。尚友幾人當快論，吹笙何處慰嘉賓。晴峰別去頻回首，一路花香結繡茵。

含笑春山曳緑袍，望中芳樹倚天高。晴峰有路懸千丈，白鶴聞聲落九皋。功業何年歸畫閣，神仙長是出風騷。浮生果許無涯算，蘿薜終當易節旄。

放懷宇宙一高歌，芝蓋何妨掛緑蘿。世事漫驚同逝水，壯心終欲挽天河。千秋幾度逢麟鳳，萬卷頻澆到叵羅。爲問嗣宗青白眼，莫教沈醉感蹉跎。

物望由來屬大官，問予何事擁雕鞍。雙旌千里排雲出，四牡群黎刮目看。伏櫪寧忘開遠志，據梧不信濟時難。而今莫漫談方略，伊古何人詠《伐檀》。

廣靈公務寓聖壽寺方丈詠懷 有序

　　近無詩興，廣邑公務坌集，未遑也。四月之晦，午後稍清，翌日將返，因思不可無詩以紀此役此地，率咏羱壁，輒然自笑也。

塞上孤城面面山，一庭空翠鎖煙鬟。泉聲雨後雲中落，樹色晴開堞外閒。劇有歸鴻飛夜月，遙憐馴雉卧田間。年華禾黍青疇潤，滿載衢歌入醉顏。

客館窗虛暑漸侵，望中樓閣愧登臨。攤書飽後仍攤飯，閱古愁多更閱今。濟世幾人堪尚友，籌時千載問知音。蒼茫絕塞山川繆，好聽空林變夏禽。

弔古何須發浩歌，驚人功業幾煙蘿。青山到處開青眼，碧水從來湧碧波。誰定風期登上坐，不妨名世老中阿。步兵沈醉官厨酒，歲月於今貯叵羅。

年來駑馬宦中身，不合時宜愧古人。五夜星文藏劍氣，三春花事付迷津。鄉關雲物遙天外，宇宙文章絕塞真。我法定富歸我用，客懷原未減風神。

丙　寅　重　九

蕭然秋色滿山樓，海闊天空望九州。野靄蒼茫迷過雁，江沙平遠卧閒鷗。長林落水來何急，高嶺斜陽劇可留。徙倚闌干歡未極，涼風吹袂起離憂。

朔氣凌霄草樹淒,人依畫閣望中迷。風迴絕域驚寒早,水界長空覺岸低。千里身遙憐塞北,三秋雲淡落天西。茱萸懶向登高佩,環署群山檻外齊。

十　　日

天風吹落雁聲哀,獨立空庭望眼開。是處春花芳徑老,無邊秋色大荒來。誰求菊薏延長算,剩有醇醪覆舊杯。轉瞬重陽又昨日,神仙燒劫幾沈灰。

瓠落浮生感慨多,天涯風景定如何。人傳姑射乘雲氣,我拜索郎入叵羅。百歲幾消千日酒,重陽又是一年過。懸春初照扶桑外,莫策白駒莽渡河。

今日風光昨日同,黃花仍照酒杯中。周迴天運秋將盡,節序人間興未窮。傑閣重登餐爽氣,當筵清賞入高空。從來河朔推能飲,直笑平原尚不雄。

九月望後三日雪霽有作

塞上深秋候,山空雪映袍。輕雲當戶盡,寒月出林高。潔體來天色,清光入鬢毛。徘徊共欣賞,何必醉香醪。

已覺秋容淡,忽驚雪滿山。清陰遠近合,野色有無間。巷靜幽人臥,庭空詞客閒。應知寒谷裏,凍雀欲飛還。

周忠武廟四首

猶羨分符節鉞雄，長城天倚氣如虹。獨新壁壘中權勁，净掃欃槍百戰功。邊月當門寒甲冑，池兵匝地擾鴻濛。平生報主惟忠義，尚欲扶桑早掛弓。

時危長劍盪重陰，百世忠臣傳此心。肯使妖氛終蔽野，全將鐵膽鑄精金。擎天有柱星辰繫，絕塞同仇日月臨。國步斯頻王業盡，將軍生氣尚千尋。

萬里江山草昧荒，孤城宗社寄存亡。軍噴戰血征袍濕，鶴唳回風堠火涼。願化百身爲厲鬼，可憐一炬訴穹蒼。祇今俯仰瞻遺像，猶見鬚眉怒戟張。

取義成仁誦虎臣，丹心亙古自長春。精依望帝山河在，典重秩宗俎豆新。中饋英風摶皎日，死綏驍將誓重闉。於今不數雙忠廟，但使南雷配遠巡。

西巡盛典恭紀

乾隆丙寅九月十日，皇上奉皇太后恭謁泰陵，因幸五臺，敬紀四章，以志瞻依愛戴之微忱云。

帝座高居象緯中，長安望日曉雲東。天心密勿苞元化，斗柄招搖動紫宮。四海承歡依豹尾，五臺仙境啟鴻濛。微臣留滯周南久，珥筆還能紀聖功。

聖德緝熙孝德純，橋山弓劍薦精禋。焄蒿霜露行秋令，畿輔關河近北辰。親奉慈宮天下養，香生佛界塞垣春。翠華臨幸瞻雲日，禮樂昭明俎豆新。

鑾輅金根出尚方，德音六月貴明堂。乘輿警蹕開山色，佛果吉祥接帝鄉。天際五雲瞻紞縵，寰中八駿佇騰驤。西華首紀西巡狩，時邁朝宗軼夏商。

馳道秋高上碧霄，平臨法駕麗山椒。八荒庭户天樞静，萬姓謳歌帝澤饒。錦繡川原輝冀野，氤氲風物入簫韶。承恩細草還當輂，雪裏曇花知未凋。聞聖駕於九月二十三日駐蹕菩薩頂，次日立冬，先於十九日大雪。

六一舉子，欹枕感懷有作

丙寅翁舉丙寅兒，十月中辛夜半時。詎有添丁能跨竈，喜援吉夢賦新詩。肩隨三子詣堂構，特立一官老父師。願廣本支百世緒，雁行莫漫望天池。

詩卷九　汾水辭

汾水辭原序

本不工詩，公務甚夥，老之將至，江郎才盡矣。寧武偶一弄筆，不忍焚棄，賅而存之。丁卯秋調授汾州，公私交迫，日不暇給，曷有閒情吮毫敲韻耶？因臬憲多公索題，應教爲賦五言百韻，并七律一章，嗣巡境內，輿中口占三十餘首，錄成小帙，即以《汾水》名篇。原存三十八首，錄二十四首。

誥封通議大夫多公，崇祀浙江名宦，讀《政蹟實錄》，恭紀五言排律百韻

世紀風雲會，祥凝帶礪時。扶輿開泰運，豪傑應昌期。夭矯攀鱗勢，飛騰附翼姿。鼓鐘依禁籞，閥閱行裘箕。功鉅延宗社，培深厚本支。南陽稱戚畹，北溟奮鯤池。薩鹿疏洪脈，巫閭降福祺。乾坤資發洩，宇宙毓靈奇。山嶽眞精現，星辰朗曜垂。丕承惟厥德，受祉正無涯。繩武輝勳伐，經文啟學知。束脩應利見，玄解早深窺。鳳彩咸爭睹，龍媒詎久羈。白雲飛玉署，赤芾授彤墀。擣笏邦之彥，臨軒帝曰咨。塵寰希雨澍，大寓竚星馳。高厚恩何重，淵冰志不欺。貔貅寒組練，耄稚慶恬熙。霧霽吳山曉，

109

潮平海日曦。庭閒琴自静,衙散鶴相隨。約法恢王制,衡書寓母慈。凡民輸血氣,以禮作藩籬。遍德能加彼,推恩但舉斯。紀綱條弗紊,寬猛措咸宜。度式宫懸節,躬同洞屬持。和倪因曼衍,真宰絶紛披。飭已徵剛毅,誡民乃悦怡。虛懷謙樂只,雅抱藴温其。樸俗還三古,高標植四維。絜方倫中矩,妙用運成規。偶攝銅章綬,誠求蔀屋私。停車詢疾苦,攬轡憫癃疲。聽訟使無訟,人飢猶己飢。燭奸驚鬼蜮,服衆廢鞭笞。婚媾觀班馬,塍畦遍接羅。濕薪嗤政蹙,乾肺斷邦疑。潔志明吾素,貪心笑彼癡。莠言興寶藏,厲禁矙穿碑。化洽呈三異,年豐秀兩歧。雙符原毋我,群牧道撲伊。熊軾初膺拜,鶯聲早備儀。江湖花岸潤,秔稻水泉滋。弊絶魚粘棟,風淳指攦倕。瞻蒲巡緑野,載酒聽黄鸝。樂土農桑適,春臺婦孺嬉。飶馨寧壽耈,滯秉濟阽危。近壤膏先渥,遐陬惠亦施。出塗商有願,罔利爾何爲。抑末除苛榜,平争質約劑。淵源通食貨,叔季競刀錐。曾鄙論鹽鐵,焉能忘撫綏。權關敦體制,交務削零畸。剔弊防侵蠹,枇根戒朵頤。胥徒勤藏事,賈販快餘貲。海國千珍聚,洋帆五兩吹。劇繁連借寇,凋瘵遞瞻淇。巨浪平侵版,狂濤浩汩坻。歌匏憐淺揭,仗策悵流澌。捐鏹刊津令,臨流免渡悲。絮柳官久凛,視險客如夷。舟楫看來往,煙波任渺瀰。盛名浮遠邇,韻事化澆漓。皎皎諧媒鳩,蚩蚩鮮儷皮。訟原非雀角,判許聘蛾眉。翮羽迎軒落,嘶驄傍案騎。綱常歸橐籥,禮教入鑪錘。勸相佳鼉麥,勤勞後繭絲。坭壕亡夜吏,讓畔耦晴菑。險健歸逋竄,萑苻守伏雌。雛田馴野雉,食點集祥鴟。戀繢殊三載,明揚重一夔。拱辰躔象緯,列剡質神祇。奏甲循良最,朝來輦轂推。祝鳩分佐理,鷙隼畀專司。海内無冤濫,軍中領虎羆。省郎調琯律,比部識金龜。長子榮家國,賢臣媲鼎彝。身名俱泰矣,弗禄自將之。德邵年彌永,神凝物莫疵。結蓮群老會,譙洛列公詩。朱紱臨斑綵,瑶函覆紫芝。林間鏘玉珮,花下倒金卮。行躡商山履,閒敲謝墅棋。葆真從釋杖,攜幼每含飴。裛露叢蘭茂,臨風玉樹欹。龍光繩燕翼，麟趾應鴻逵。世業綿於後，家聲振在兹。星移秋景暮，雲盡月弦虧。天上瞻乘尾，人間尚祝釐。翠旂低撫彗，蘭藉佐歠詞。感已深淪浹，愴非遠別離。鴻章歌薤露，愚悃奠江蘺。想像冠裳儼，謳思治術遺。駟門留偉績，槐陰庇崇基。祀列春秋典，勳銘日月旗。峴山羊子淚，棠樹召公思。足動千秋慕，真爲百世師。恝蒿聞聲欼，嘉樂繹壎篪。未覺前型渺，憑誰後步追。昭明孚俎豆，作頌薦輀麾。

黄蘆嶺

盤迴出鳥道，車馬與雲連。矯首遙天盡，揮鞭落日懸。松聲留細雨，草色逗新泉。願藉山靈惠，甘霖滿萬川。是夕微雨。

永寧喜雨

風吹鈴鐸落天聲，千里陰雲接郡城。自是群情通帝座，樂觀時雨潤蒼生。無邊禾麥滋春色，到處耕耘慰客程。滿目塵氛歸一洗，翠微山色水澄清。

永寧閱城作

雉堞扼重險，山河壯霸功。烽銷春樹曉，樓峻塞雲空。半壁當秦勁，一城鎮晉雄。登臨恣遠眺，長劍倚崆峒。

早發南溝口之臨縣

二月霜風急，驅車古道深。曉雲凝劍佩，霽色豁山林。冰泮蒙泉活，沙平穉草侵。行行花縣近，不爲聽春禽。

臨　　縣

野水摧沙岸，荒城半剷山。頹垣餘鹿跡，斷礎點苔斑。雲密樓臺暗，官清市井閒。停車詢吏隱，對此老朱顏。

三　交　鎮

《宋史》：潘美帥太原西北三百里三交口，地名固軍，使戍之，遼不敢犯。疑在岢嵐界。今此三交在古臨泉縣南五十里，南達磧口，過河即延綏鎮，乃宋防西夏處，非防遼處也。潘美所戍，疑非此地，詩以存之。

地固三交險，昔傳置宋軍。列營臨石壁，超距觸鵬雲。湫水磨長劍，佛巖掛夕曛。悠悠迷古蹟，憑弔意殷勤。

孟門鎮

河勢西南下,東原問古村。桑麻爭石齒,雞犬適柴門。雨足民情靜,山荒吏過尊。桃源真在此,相對欲忘言。

早登寧鄉之石樓

路出寧鄉亂石間,冰浮餘冷水潺湲。春風自識東君意,二月桃花已滿山。

雲七里山

　寧鄉南六十里,自曹家峪而登,其陰七里,其陽八里,絕頂雲霧終古如一,望之皆從木根石隙而出,日正亭午,仰望晶然,而四周嵐氣迷濛,嗅之味腥。下山清朗,回望煙靄四合,殆亦瘴癘之類與。是山多虎,行者懍懍。

洪荒原未闢,今日此經行。細路穿雲腳,長林過虎聲。嵐深疑五瘴,天近俯雙旌。叱馭疾驅過,悠悠望古情。

王村杏花

滿目春光處士家，淡雲微雨潤桑麻。青松半礙溪邊路，紅杏全開嶺上花。

馬村山

屈磴陟危頂，天風拂袂寒。星辰攀絳闕，虎豹踞晴巒。倒景凌初日，飛雲戀客鞍。臨深常慄慄，何故羨彈冠？

駐石樓，學元丁帶吳山縣體偶作五首

瀟洒石樓縣，群山作子孫。雲寒生几席，嵐色變朝昏。雞犬鳴天半，人家占樹根。不知塵世裏，何處是桃源。

瀟洒石樓縣，民淳太古時。庭空芳草綠，署冷曉雲滋。竟日來山色，經年少訟詞。官無入俗韻，逸興此心知。

瀟洒石樓縣，居民對岸多。面峰開戶牖，碧水架藤蘿。巷曲依巖轉，雲輕帶雨過。南山饒灌木，城上聽樵歌。

瀟洒石樓縣，屹然占巨峰。層城非版築，百雉已崇墉。俯看雲中鳥，低呼隴上農。四圍春色好，紅杏作花封。

瀟洒石樓縣，石山是比鄰。貨輕緣市小，臥早覺民貧。邃古儒冠在，荒郊虎旅巡。探奇羞未遍,雲濕半埋輪。

石樓春雪 三月二日

千山雨後海雲平,倏捲寒潮白浪生。玉宇光分澄晝夜,瑶池花滿到蓬瀛。郊原菽麥春陰暖,邸第樓臺曉望清。風送使星天外去,應無塵垢上高旌。

雪霽早發石樓

山城雪霽早春歸,草色鮮新柳色肥。馬飲寒泉蹄破凍,燕銜濕土嘴梳衣。雲消石骨晴巒秀,樹點山腰野寺微。父老謂予甘澤好,深耕遥指趁朝暉。

早發隰口鎮

二月空山泠,嚴威結早霜。春林眠凍雀,殘雪嚙寒羊。日淡沙莎瘦,雲開嶺樹殭。東風如有意,速爲助勾芒。

黑龍溝山

又入層山去,盤桓出薜蘿。亂雲封鳥道,群虎數人過。遥嶺晴疑雨,陰巖霧似河。登然爲色喜，深樹發樵歌。

出山志喜

山行十七日，今此別雲端。六彎康莊縱，三更旅夢安。賦詩刊險阻，賒酒酹心肝。仰看飛鴻影，天空振羽翰。

早發中寙之孝義

登山涉水過城西，野色微風送馬蹄。紅杏花飛新麥隴，綠楊絲冒舊沙堤。萬家煙火開晴曉，百雉樓臺俯畫溪。最喜行春春不厭，郊原雨足遍耕犁。

登介休城

憑軾東馳古介州，蒼蒼雲樹接城樓。盈眸近指千家小，極目遥同萬里遊。潞國勳名懸日月，綿山風雨歷春秋。徘徊自笑勞生夢，旌斾心搖海上舟。

詩卷十　麗澤堂稿

麗澤堂稿補序

　　先大夫自訂原集，草錄云：《麗澤堂詩》八十九首，《歸興詩》四十五首，《歸程詩》三十首。詩俱載《務滋堂稿》內，而無《麗澤》之名，今敬表而出之，以無忘名篇之意。蓋麗澤堂即汾署之西書齋也。按，詩多乾隆戊辰之作，錄二十六首。男禮焯補序。

曉發晉陽，歸汾州輿中感懷

　　秋色蕭森滿道周，白雲衰草護行驂。酣眠劇可辭司馬，束帶應憐見督郵。嶺上蒼煙棲幻影，邊庭畫角動離憂。進賢冠下迷途遠，汾水湯湯萬古流。
　　西山爽氣映朝暉，落木紛紛夾路飛。水浸樓臺澄曉鏡，風催車騎破霜威。孤村炊縷平沙遠，野寺鐘清亂嶺圍。無限關情秋色暮，故園松竹倚窗扉。

讀唐太宗御製晉祠碑

太原訪勝蹟，蒼茫每駐馬。晉水曲屈流，徙倚古祠下。晴巒抱叢樹，登陟小平野。捫蘚問唐碑，僧指面峰廈。仰企厪摩挲，雄文等韶夏。淵源千古留，宸衷盡傾寫。揮毫刻琬琰，精光傳大雅。鈎畫銀鐵勁，龍虎勢瀟洒。坐臥不能去，此情知者寡。

晉祠古柏行

左株圍二丈六尺，右株圍一丈八尺。

呂仙閣前兩古柏，蛟龍出蟄露雙脊。膚皮脫盡得天真，偃臥橫斜老日月。髻鬣頭頂長禿枝，雲孫仍然數十尺。是木是石經歲年，往來摩挲光鑑骨。世事滄桑幾變更，此柏鬱律猶夙昔。閶闔無窮死生混，橐籥乾坤天地窄。自是元氣包扶輿，淳質終古詎消歇。陰陽既已不能賊，疾風震霆敢毒螫。昂藏磊落亦癡頑，毀譽誰能抵瑕隙。穆然兩友各西東，潦倒沈冥羨笨伯。太山已嗤大夫名，嵩山應笑將軍役。雙柏輪囷超塵俗，今古方識有大白。

戊辰初度詠懷，時年六十有三

天地豈虛生，混然乃中處。憶昔行志學，雅量在胞與。童孺聳頭角，先達況申甫。豈知慧業菑,中亦更險阻。食息蠹乾坤,瓠落等毛羽。讀書僅議字,浮沈安寄取。壯歲獵科名,立德慚畫虎。宦海掉一舟,每患鯨鯢侮。我與我溯洄,風檣直島嶼。驚濤未肯平,孤帆望千古。以此自嗤怖,幸無蕩規矩。山川屬性定,有常後得主。十載白雲署,恩怨免祝詛。兩領二千石,弇野生肺腑。海闊心愈危,旗搖適平楚。每懷止水清,鯈魚識舊渚。耳順時已過,耄及勤何補。日月忽不淹,視茫鬢霜縷。捧盈兼執玉,升高畏墮土。鳳城匪安宅,西河遊夜炬。漫言華膴榮,達人嚇腐鼠。老驥悵伏櫪,驕嘶空踽踽。報恩藏永懷,敢入騏驎伍。矯首長林外,夕陽嚙芳杜。撫時感物華,百年暮秋緒。覽揆余初度,菊薏雜官圃。擬夕餐落英,軒軒契霞舉。深樹新月來,庭空坐無語。攜幼翩入室,樽酒篚二俎。慷慨獨高歌,俯仰念儔侶。躋堂聊自壽,逸興滿寰宇。好友忽遠來,良會開樽俎。草蔬方具陳,長揖換傴僂。談諧差不俗,絕勝贈縞紵。竟茲一日雅,象同五星聚。愧乏絲竹盛,款洽當歌舞。坐久失塵纓,賞心共樸魯。誰能滯樊籠,風颭破網罟。皤皤老秃翁,殷勤勸清酤。勝地歡讌集,目極閒雲浦。

重九汾州登城曉望,歸而有作

扶桑初日海門東,萬朵芙蓉列嶂紅。天近九霄分爽氣,雲凝三島憶仙翁。層城縹緲晴煙合,高閣崔嵬曉望通。指顧畫圖收一覽,無邊秋思與誰同。

長天秋色滿汾州,山外白雲天際流。極目輕塵馳野馬,遥空霜葉下浮鷗。寒泉鏡净平沙岸,散綺霞飛野戍樓。十萬人家環雉堞,登高疑是泛虛舟。

四面關城望眼開，驚秋鶱自大荒來。浮雲未改蒼山色，紫霧看從曉日催。塞上修翎知海運，高原晴樹倚天栽。凭欄欲鼓凌霄翼，一問乘風作賦才。

　　風催落木下遙天，平野斜陽駐眼前。九日登高今到我，十千買醉古誰賢。據梧獨寫寒煙景，摸鼻空談睡裏禪。徙倚官衙同散吏，故鄉涼月望中懸。

晚過晉祠經棗林偶占

　　殘雪滑長徑，寒流漱石梁。人隨纖月白，嶺度落霞蒼。遠近暝煙合，淒清夜氣涼。悠悠此行役，衰鬢爲誰忙。

夜宿清源縣

　　長空新月好，望眼近城開。野火穿林照，輕鐘越堞來。寒煙沈斷磧，夜景絕纖埃。逆旅方投宿，譙樓鼓未催。

清源曉發

　　霜白天疑曉，星繁夜未央。雞聲催舞後，馬首縱途長。列炬開雲足，蟠冰護劍光。行行四十里，初日上扶桑。

和平遙李明府元韻

相逢相笑惜朱顏，遙指冥鴻落照間。海內秋光生大漠，天中雲影度寒山。詩豪有興歸蘭社，懷古何人出玉關。時有西征大金川之役。漫道腐儒無盛業，每懷投筆欲隨班。庾信詩："定遠未隨班。"

早發汾州之孝義

寒月隨車影，霜堅滑馬蹄。城高朝靄合，路暗野煙迷。獨伴星河曙，平看海嶽低。扶桑望初日，曉色正淒淒。

早過孝義逢李明府

斷岸餘殘雪，孤城背遠山。煙沈行氣暖，風靜樹聲閒。馬影留冰鑑，霜華點鬢斑。故人相問訊，應笑老朱顏。

平遙書院喜晤李明府三子一孫

驅馬藏王事，寒沙踏平遠。道左逢故人，把臂情繾綣。羽書伴星馳，日入駐行幰。高館臨通衢，爽塏擬閬苑。留憩假鱣堂，吏事忻散遣。良晤照華鐙,客主忘紱冕。坐久各前席,談深任舒卷。示我荆山璞,雕琢盡瑚璉。大珠兼小珠,晶瑩屬上選。孺穉秋水清,賢者有餘善。問訊齒與學,腐儒絮規勉。閩海多偉人,君家富墳典。穀詒子復孫,得天良不淺。相期累葉交,後推前亦挽。縶豈山川隔,久要無晦顯。

歸郡城輿中即事

日入山頭黑,仰視天圍小。輕鐘何處來,幽韻聽了了。野曠冷依人,獨伴星河皎。馬飆暗不嘶,車影疾飛鳥。燈火穿林出,瑤光界縹緲。層城暝煙合,巷陌增窈窕。高樓半掩扉,曼聲得微渺。晚歸境轉佳,興寄浮雲表。

雪霽登郡署樓四首

攀梯縹緲步雲濤,面面寒光惹鬢毛。燕士古稱多慷慨,庾樓今許又風騷。放懷象罔天涯近,長嘯清音羽客高。不是西河須郡守,連甍久已竚揮毫。

百尺危樓聳畫簷,接天霽色駐飛廉。雲流海岸當軒闊,日轉峰陰入座尖。時覺臨風生羽翼,饒將遠景蘸鬚髯。一回登眺一回好,無限玄機雪後添。

指點虛無引興深,擬從天外問同心。千秋未改寒山色,一代誰開對雪襟。不盡新晴迎朔氣,閒看高鳥度遙岑。憑欄自解延孤賞,酌酒悠悠慰朗吟。

當空兀坐老瞿曇,野色微茫似蔚藍。幾許流光纏癖性,方停短影照高龕。胸中臧否忘尋尺,海內文章讀二三。身世浮名今我在,朝看山靜暮山嵐。

雪晴郡齋即事

朔雪瞖天地,風猛勢飀飀。亭午忽霽晴,佳日映窗竹。和煦入精廬,層陰喜豁目。筆硯生冰花,呵墨蘸虎僕。迅寫眼前景,佐驅狂滕六。金石發新聲,春信溢深屋。兼得陶家味,活火烹茶熟。疊啜沁脾肝,心賞在幽獨。窮冬正苦短,向暖攤書讀。達哉老禿翁,四海空其腹。

冬日觀童戲

冬日前楹燠,寒威上碧空。身閒如太古,天放屬孩童。喜怒初心見,提攜老態工。圖書今吏隱,指汝付清風。

西院偶興

西院得空闊,目到浮雲外。落日駐遙山,夕嚴收晴靄。長風動地來,乾坤氣清泰。靜見嶺頭松,矯矯出清蓋。高鳥棲深枝,鷹鸇詎能害。當軒敞戶庭,冷然韻襟帶。昂首獨高歌,人聲接地籟。天放焉適俗,四海非云大。差等評腐迂,誰當報績最。性情適卷舒,推移鮮芥蒂。臨風酬一觴,時與古人會。

　　良夜舞胡旋,起對宵分月。俛身睨淡影,浮光輕一葉。人境兩澄清,蹤跡何超忽。但有冰雪肝,肆映鑑白髮。矯矯雲中鴻,冥飛避霜雪。豈無凌風翼,恐傷萬仞節。沍水凍魚龍,鱗甲森澄徹。伊胡潛深淵,時哉爲安宅。静觀萬物理,羨彼雲中客。俯仰酬此夕,風流誰相愜。

有　　感

　　宇宙有變態,風雲難逆測。陵谷幾遷移,滄海桑田出。號物數盈萬,飛躍互改色。所以達觀者,微茫參消息。實腹虛其心,百感不能賊。云何俗下士,擾擾動胸臆。知誘物乃化,攖寧私遂睧。蹙然蹈高厚,俯仰生荊棘。誰則吾喪我,嗒然長自得。順逆等浮雲,此心見天則。物論本不齊,陰陽亦差忒。遥集望古人,知白獨守黑。恣彼沴氣侵,皎皎看旭日。剥蝕何曾損,真人餘定力。

詩卷十一　務滋堂稿

務滋堂稿補序

乾隆十四年己巳夏五，先大夫始得請歸里。務滋堂特林下息遊之所也，而詩半作於晉陽，蓋自丁卯調任之次年，已決然有退志矣。凡偶有詠歌，罔不寄情林壑，觀於《歸興》《歸程》詩，俱名曰《務滋堂稿》，不可以識急流勇退之本心與？原存七十五首，錄四十一首。男禮焯補序。

歸興詩二十首 有序

春秋代謝，閱世生人；天地何情，竟成終古。往者過，來者續，落花流水之間；行無轍，閉無關，夢幻泡影之外。聖賢仙釋，任異道而相安；顯晦升沈，亦更僕而莫數。陳迹云邈，言之洒然，不凝滯而推移，因委順為決絶。非夷非惠，醉受酌臣力精神；守黑守雌，簪纓非本來面目。實惟知止，豈敢矯情？阜物誠民，目拭皋夔之望；吟風弄月，心遊宇宙之寬。緑柳初垂，拂馬首而東矣；黄粱待熟，益劫火以燒之。笑辭麟鳳官僚，重入煙霞伴侶。率抒胸臆，偶寫篇章，語無倫次之分，興奪山林之魄。用資談噱，聊供解嘲。時歲在己巳五月望前三日也。

聲滿長安笑腐儒，十年別況客身孤。雲凝雁塞移熊軾，歌羨龍媒愧馬瘏。早訂買歡陪陸賈，不將生計效陶朱。北山猿鶴應無恙，紙帳梅花伴老夫。

高嶺斜陽欲下時，皇皇策蹇更何之。嵐煙半是沾衣好，野色終嫌到眼遲。澹蕩園林春寂寞，依稀雲樹影參差。一回憑弔一回老，忍令風光傲鬢絲。

春冰履水度寒江，客氣雄心已盡降。落落奚堪長不可，恢恢何必定無雙。留將名姓空山重，劇有詩文健筆扛。喜掛布帆歸路穩，故園花影滿晴窗。

春風吹夢下華胥，每憶南岡舊敝廬。野水蒼茫門對岸，落霞縹緲步凌虛。心遊雲海神無倦，臥枕流泉興有餘。性癖豈關輕紱冕，問年久已近懸車。

浩浩吾生亦有涯，廿年身世入優俳。衣冠淨洗承塵色，山水重償對酒懷。欲買仙緣通地肺，看伊上客驟天街。忘機恰是息機候，莫把玄言贈等儕。

崒嵂燕山聳秀峰，巉岏深處寄高蹤。時從旭日聞鸞鳳，定有飛雲赴袞龍。霖雨詎妨岩穴樂，琴樽終許薜蘿封。歲寒黯淡孤標在，嶺上遙看雪後松。

少年俊爽願無違，轉瞬欣逢靜者機。塵世幾回蕉鹿夢，澄江是處野鷗飛。遙情碧落瞻黃道，逸興青山訪翠微。五馬雙旌緣底事，綠陰深處懶忘歸。

一泓止水鑑形真，何必桃源問隱淪。遠近清光依日月，江山幽韻寄丰神。雪飛天外忘憂侶，草映簾前自在春。詎使煙霞成錮疾，疏狂長願作閒身。

五月淒風送雨寒，徘徊庭院倚欄干。長天雲影來千里，江上愁心入萬端。匡濟未酬身竟老，漁樵有待客辭官。知幾幸免貽尸素，莫待詩人詠《伐檀》。

出世仍然入世群，仙鄉宦海兩平分。歸來且辦千場醉，夢後須瞻五色雲。虛牝誰能操橐籥，少微應不動星文。牀移樹影東西好，多謝繁陰愛使君。

微風疏雨度寒宵，欹枕愁心萬里遙。豈有白駒真戀棧，誰憐華髮半蓬飄。蟪蛄自寄春秋小，鴻雁冥飛羽翼超。信是不歸歸便得，一枝早已待鷦鷯。

已許馳驅敢憶家，漂搖雲海泛星槎。風塵結軼隨流水，旌旆懸心坐晚衙。河畔離亭留別淚，望中晴樹老春華。休官最幸息勞勤，直上蓬萊看落霞。

歸與佳興更如何，披拂長風送浩歌。客笑木彊同散吏，庭餘花鳥戀詩魔。嘐嘐自許依狂簡，落落應難入網羅。請看今秋汾水上，銜蘆歸雁憶鳴珂。

說到休休興轉豪，北平凝望一峰高。官微幸未污三晉，老至猶堪返二毛。天定饒從薑桂性，身閒賸有水雲遭。山魈木客聽經侶，是處逢迎共濁醪。

一葉身輕一葦航，拂衣長謝舊黃堂。非言富貴如朝露，祇戀親朋有故鄉。稚子迎門竹馬短，鄰翁勸酒瓦盆香。都忘白髮添多少，雪月風花賴主張。

山色蒼蒼草色青，更無名姓動朝廷。東園雅集開圖畫，北斗高懸對客星。接引清風長入座，徘徊秋水自忘形。偷閒學盡長生訣，木榻膝穿似管寧。

歸來少事即長生，何必荒唐問玉京。期見羲皇惟一枕，餘將弓冶付群嬰。向平有願償婚嫁，疏受乞骸慰性情。造物無私容我老，山南山北又誰争。

　　盱衡宇宙俯千尋，閱盡升沈弔古今。漫道知希容我貴，長教天定在吾心。高旻雲净三更月，流水音清一曲琴。此外徜徉無別事，卧聽疏雨落空林。

　　老矣無庸感廢興，半爲羽客半爲僧。長抛羈勒行天馬，不憶蓴鱸訪季鷹。處世兩忘青白眼，傳經一任子孫繩。輞川佳境翻新譜，更入煙巒第幾層。

　　欣然揣分便投簪，遠水容吾看蔚藍。咄咄本無書怪筆，雙雙惟伴聽鶯柑。中朝文物驚江左，西晉風流住道南。高寄曠懷兩不盡，長安何暇報空函。

五月十二日得內子手書感而有作

　　月朔別官舍，翩然返故鄉。泥塗不言苦，手書寄黃堂。感卿纏綿意，念汝千里裝。馳驅遠行役，子女兩相望。出入東西屋，雲影落空林。獨步高樓上，閒堦聽雨涼。俯仰雙槐下，游魚自洋洋。花鳥半無主，麻豆倚危牆。綺窗竟日開，入夕惟燈光。中夜不成寐，心隨歧路長。人生貴適志，何寄天各方。惜別應不久，我亦驟康莊。

題別汾署

　　高寄一何遠，官衙徑付官。繁花停客面，雙樹閱新歡。雅誼留雲在，清風掃逕寒。掉頭長此別，擬入數重巒。

遊崇善寺

　　寺在晉陽城東南隅，俗呼新寺。洪武十四年，晉恭王即唐白馬寺增修，為高皇后資冥福，規模宏壯。古柏大數十圍，參天蔽日，省會鉅觀。

　　十載走晉陽，猶如駒過隙。耳目飫塵土，懷刺蹙巷陌。勝地接雲煙，望中仙凡隔。率爾解圭組，俯仰成今昔。不知天地寬，信步暢所適。異境豁然開，拓提指古額。曲徑行欲迷，鬱蒼列古柏。森森數百株，蛟螭看觺觺。寶殿出崇霄，龍象聳奇格。是何幻化理，摹彼由旬釋。虛廊半剥落，鬼怪聞嘆唶。幽鳥下窺人，重蔭布廣席。坐久肝膈清，形忘衣裳碧。午鐘深樹來，知喚赴香積。捫蘚讀古碑，梵偈漫片石。上下數百年，盛衰若朝夕。廟社久滄桑，帝子失宗祐。僅餘空王寺，草色印遊蹟。踟躕心傷悲，千里獨為客。

千壽寺

　　寺在太原西北數里。

　　結夏旅人愁，尋幽訪古寺。晴雲點遠山，雨禾發新致。驅車問仄徑，遙見拓提字。雜木布崇陰，徜徉起清思。樓閣近雲霄，法門詎不二。逶迤步曲廊，薰風空階至。折旋上層臺，千里到俯視。指點晉陽城，眉睫環列肆。日長方丈室，清磬聆幽邃。內懸石磬，厚不盈寸，高尺許，闊尺有五寸，擊之聲清越。逢僧話禪機，過客失沈醉。方丈僧頗諳禪理。茶熟香亦清，頓忘塵壒累。十笏宇宙寬，萬感此焉寄。不了以了之，問答寧游戲。虎溪拱手別，憶此如夢寐。

鑌鐵歌

在省城西南隅，以亭覆之，穴六七尺，鐵生其下。

屈宅何年鑿虛空，九泉深處潛癡龍。似曾移建鐵桂宮，蟠結坎窞爲鐵雄。遥同息壤無始終，因縶支祈友黃熊，天吳偃伏老鴻濛。下通黿極誰能窮，我來見君没水中。高亭初日照曈曨，逢迎如在海天東。思欲摩挲識怪蟲，波浪煙雲迷九嵏。相看對面界霓虹，何不深藏淳悶風。伊誰剖出露鬼工，頑劣寧堪宗廟供。不鑄金鐘與大鏞，貴列瑚璉壽華嵩。縱令葆真元氣融，已同痼疾老疲癃。實應投之畀深谾，我笑世上逐奇蹤。奚若當年無是公，欲取黄泥一丸封。

憩陽曲灣千壽寺，因宿方丈

古寺空庭寂，雲回草色深。風塵邀結佩，山水入歸心。天放偶然合，夙緣化外尋。忘言相對處，幽鳥送清音。

過趙北口

萬頃茫然接白雲，燕南趙北此中分。舟輕平指空帆駛，山遠遥看水氣薰。隔岸畫橋虹斷續，拂旌高柳綠氤氳。停鞭不盡勞人意，誰與相忘鷗鷺群。

歸程詩三十首 有序

茫茫遠道，涵未夕之餘輝；渺渺孤蹤，寄無涯之芳草。牛服軛以去繡，鳥倦飛而知還，月御風蹄，一任馳驅，縱邁乾亭雲幕，大都行止無猜。是雖觸境感懷，悵別河山，面目且喜，臨歧掉鞅，絕無羈旅愁思。庾開府竟返江東，大是千秋佳夢；賈浪仙不留塞北，只沾十載寒霜。偶爾閒吟，過隙如逢舊友；率然成咏，餐風即是知音。輿中漫興之篇，有同記里；馬上搖鞭之句，半落征塵。凡睹景以標題，皆目接而手指。計出晉境四十二時，賦成雜詩獲三十首。六月九日午後發太原，至十二日宿桃園鎮作也。錄十四首。

午發晉陽經十里舖

十里鶯花轉眼中，驅車已是晉陽東。煙晴樓閣高迎日，雲戀河山氣吐虹。禾茂平原時雨足，人歸京國野塵空。試看昔過初栽柳，合抱陰森綠萬叢。

大熱中過磚井村

冒暑遄征老病骸，遙空烈日灼天街。歸心似火燃芝蓋，浩氣凌敲晒劍靫。家藏雙劍，每以自隨。千里夢魂應預到，百年心事未全乖。熱中各有清凉散,披拂南薰一暢懷。

雨餘晚投什貼

雨後青山濯翠微,凉風愛客入征衣。急流倒瀉田間瀑,返照橫披嶺上暉。最喜滿前饒夏景,可憐無計拽春歸。揚鑣更過前村暗,遙羨高空鶴影飛。

什貼曉發

聞道南山懶上書,濠梁有水對鰷魚。菟裘豈待營方老,緦帳仍懸許遂初。逆旅塵清新雨過,長途人遠曉霞舒。歸程且莫貪憑軾,細較雲煙入眼徐。

路過要羅村

陶穴晨煙一縷孤,戍樓雲表望浮圖。微茫界嶺分晴雨,反正看山入有無。隱樹新蟬鳴爽籟,臨歧羸馬識歸途。十年櫟社棲陰客,燕趙應憐慷慨徒。

經大樹園

六月驅車不自珍,晉山高處下懸輪。飽填胸臆餘冰雪,絕少炎凉入笑顰。詎有將軍留大樹,須知園客是前身。還鄉莫待秋風起,張翰空思啖膾蓴。

午抵壽陽，吳明府過訪，遂止宿焉

路入平原到縣門，別開坦境識乾坤。前路崎嶇，此爲小平。山收宿霧千層瘴，夢返晴窗九折魂。揮麈玄言霏玉屑，澆胸綠酒滿金樽。天長最喜當清晝，孤館題詩刻日痕。

過芹泉舖

晴樹微茫點石斑，望中山色鎖煙鬟。天連芳草分青靄，澗別幽泉匯綠灣。亂澗分流赤濁，芹泉獨清駛，匯則不見。出岫何心雲聚散，穿林偶語鳥綿蠻。風光近覺新逢我，豈忍相看似等閒。

天門關

快馬輕裝客興豪，懸空樓閣望中高。山當天漢迴峰勢，足亂浮雲駕海濤。隔澗風寒生急雨，遙岑樹遠曳征袍。馳驅折坂緣何事，竟使霜花戀鬢毛。

平定王若園刺史候予郊外，雨中攜樽就飲

返照高城隔澗河，故人遙望識鳴珂。花迎芝蓋當官路，酒賭旗亭憶放歌。坐對水簾談麈潤，清搖燭影玉顏酡。重逢一夜十年話，別後相思兩地多。

過柏井午後微雨

山容水色接晴虛，百轉千迴眺敝廬。川柳宜人迷岔道，薰風愛客透輕裾。懸橋瀑瀉層雲上，老岫嵐生欲雨初。宦跡年來輕險阻，肯因紆徑滯歸車。

自晉省入固關，晚宿桃園鎮

十二年前別帝京，晉陽西適此經行。山同人面圭稜瘦，吏識鴻冥翰羽輕。乘傳自憐非節使，棄繻仍笑是狂生。重關過後勞相憶，此去悠悠萬古情。

高矗群峰繞翠屏，虛梁雲搆入青冥。升沈幾度隨寒雨，行旅於今問使星。盛世久無烽燧警，夷歌直過短長亭。關門閒煞監門吏，澗水潺潺把酒聽。

入關東望是皇州，晉趙山川一覽收。人曳煙巒同北向，水無寒澗下西流。已從中界分鄉語，方到平原憶舊遊。屈指歸程餘十日，班生知不羨封侯。

詩卷十二　暮雨鳴秋

暮雨鳴秋原序

予年六十有四,耳目聰明,強健少疾,尚可服官。志爲教子讀書,繼序前猷,請老而歸,謝除筆硯。即歸而世路茫茫,所志不遂,前願邈若山河,惟有閉户,遥對古人作消遣法。而勢不獲已,及爲人促之,至再三勉爲應酬者,偶槀擲敝篋,此外散逸過半矣。病中偶檢錄之,是亦一消遣法也。五六年來僅存詩八十首,名曰《暮雨鳴秋》。錄五十一首。

喜　晴

午睡方高枕,雲開日影紅。乾坤仍舊色,燕雀喜鳴風。久病機常静,多愁賦已空。悠悠念儔侣,新月上梧桐。

和朝鮮貢使尹散官韻　辛未冬月

醫間名勝俯層濤,渡海星槎萬里豪。雪滿長空天宇净,人來諸夏客程高。車書九譯郵傳遠，雨露三韓帝念勞。縱使神仙今尚在，何須華表夜深翱。

賦贈朝鮮貢使四休居士尹冢宰

浩然天地何空闊，海內海外挺喆人。氣象直干青霄立，落落心交如有神。我自周旋遂初服，海東豪傑亦寫真。國士既作六卿長，一朝知遇殊等倫。富貴終有浮雲意，築室瞻闕西湖漘。將命不辱見天子，重惹御香出楓宸。雍正八年，尹爲書狀官。馬頭東認長白色，蘭楫回棹鴨綠津。逸興更超山水上，投簪志乞百年身。名公所志屬四休，詎知天涯有比鄰。亭在西湖心在國，人在西湖憂在民。感恩恩重曷有極，中外相望二老臣。

附錄與尹散官以筆問答語。尹云："執事年位高，而過執賓主之禮，心甚不安。"予筆云："敬客禮也。"尹筆云："曾經何官？品至何品？致仕何年？"予一一筆答之。尹筆云："高年未過七十而急流勇退，不愧錢若水矣。吾輩以書生隨家尊過此，幸奉尊先生佳誨，殊不勝欣滿。"又求看所著詩，予筆也。尹云："詩章忙遽中不能窺深淺，裹往舍館，中夜玩誦，明朝還納，何如？"予云："禮，大夫無境外交，而況中外之分。且退老微臣，文筆荒陋，既恐違禮取戾，又恐謬誤貽羞。想三君子高明之至，愛人以德也。"尹云："尊教如此，不敢更請。而向時東國文人之隨使价入來者，與明朝賢士大夫相唱和，至今有餘韻。今承境外之教，重爲之一嘆一悒。"予筆云："'三秋海岸初賓雁，五夜天文一客星。'是貴國何前輩作也？"尹云："李月沙作也。月沙與熊化許心交，崔簡易䇹與弇州刻論文章。今世何更得此？東國雖有月沙、簡易，中州雖有弇州、熊御史，亦恐不敢如向時矣。"予云："國家典制，世有輕重，老夫、小臣、外吏，不爲柱下史讀中秘書，硜硜之量，寧拘毋通耳。"尹云："家大人素有退休志，係國恩未便訣，東歸欲即謝事退閒，已築西湖之舍，名之曰感恩亭。執事詩法清圓絕俗，若以感恩之意成一律相贈，則豈非草堂生顏色者乎？"予云："尊大人爵秩名號，亦宜示知，以便落款。"尹云："大人秩二品，官吏部判書，姓尹，號元圃散人，元圃即西湖，而亭在湖上，又號四休。"予云："來朝日初後寫送，須之可耳。"尹云："七代祖兄弟，萬曆年間奉使明朝，與中朝人多有酬唱，至今文集中，中朝詩章刻入，彬彬可觀。"予云："適言朝廷典制，代有不同。宋時東國浮海由閩浙至汴，請買《太平御覽》等書，蘇文忠公上書諫事，雖不行，當時有是之者。前朝之與朝鮮恩禮兼至，迥非古時矣。今時則更進，但事須謹慎耳。"予又云："前明許相國奉使海東，貴國王曾問：'柳子厚《薑芽帖》頗佳，中國有善本否？'中國久失此刻，至今東國尚有存乎？"尹云："今則無之。或者內庫所藏書籍中有之，外人不得見也。許相國書'迴瀾石'三大字刻石尚完然。"予云："古云：知足一宜休，揣分二宜休，老而悖三宜休。尊大人何以號四休？"尹云："是矣。"似未甚解予言也。尹又書其《遼陽馬上口占》詩，云："請教。"予云："詩興甚豪。古云：'文章千古事。'求譽乎？就正乎？"尹云："欲求斥教，不再誤。"予云："'海內存知己，天涯若比鄰。'若論詩筆，莫太率否？"尹云："病在太率，亦自知之，但不能改，或者天品然耶？"予云："驢上作推敲狀，子細推敲則自去此病，委之天品，不得也。"尹云："所教誠然。但平日所好在流逸不拘束，故如此耳。"予云："學然後知不足。"尹云："家大人以吏部判書奉使適到此，甚愛書畫，尊府所儲，小生雖縱玩，莫以奉覽家君。若許暫借數軸，持往稟玩，即當奉完。"予云："無不可者。雍正甲辰冬，曾與貴國正使筆談久之，云是狀元及第、吏部判書，儀貌甚偉。後問一疏狀官金御史中丞云：'伊第七人及第，非狀元也。'曾知此公姓氏否？"尹云："吾輩年少，不知甲辰事。家大人庚戌年以進香使書狀官人來矣。"予示之以舊冊頁。尹問："益王爲誰？"予云："益王，明藩也。"尹云："留北京時，見一書本，則首丈以欽文之璽印之，未知此是何朝璽寶否？"予云："鄉學後進寡文，未能考求也。"其通事官某云："正使善書大字。"予因求書堂名、齋名，次早並贈四休居士感恩亭七言古風草書一紙，即回贈大畫扇一柄，其股乃二十雙者。來書云："昨承款遇，早又書辱，感荷！不知名喻瓊琚之投，三復咏歎，怳若祛汗，衣濯清風，題額違命不恭。老人眼暗，夜又深，強作仰呈耳。昨來三軸，稟玩還完，臨行不宣。東海尹顯東頓首書。"贈"務滋堂""尺蠖齋"六行書大字。

對月秋懷詩三十首 有序

澹泊自化，羲皇枕上之退蹤；慷慨悲歌，燕趙狂奴之故態。形色隨天,付與虫臂鼠肝;荒唐入夢,因緣蝴蝶蕉鹿。是以興之所至,何妨即幻為真;偶爾突如其來,豈以談天為誕?誰引星辰而上,縈倬雲漢之章。會金谷之芳園,富貴等飛花自舞;捉冰壺之秋月,唱酬亦白髮情多。耳目聰明,便是神仙之果;琴樽伴侶,常結瘖瘂之歡。跂履而手可揮毫,據梧而眼堪高矚。所幸輝盈皎月,不斷紫雲之腰;家讌良宵,疊引瓊筵之斗。徐舒老腕,漫賦新詩。嘯動雲衢,逸興芒寒,箕尾移來,乾象雄醉。瀉下雷霆,淪無底之淵泉;浣除砂礫,洒凌空之風雨。拂洗江山,文光隨雁影;雙飛皓魄,與螢箋競色。海枯天悶,何必黃鐘大呂之音;躡窟探根,祇作霧霽霜清之賞云爾。

中秋皎月掛天東,已許深宵萬戶同。玉宇彌高舒氣象,微雲不點對矇朧。消除滓穢寰區淨,指數星河眼界空。我欲霓裳聞舊曲,憑誰一問廣寒宮。

大地山河汗漫蹤,參差翻向月中逢。晶瑩徹夜疑霜雪,今古誰家有淡濃。浩浩不隨銀漢轉,遙遙那許碧雲封。拚將好景通宵醉,斫地高歌看劍鋒。

檢罷芸編背舊釭,忽逢皎月照晴窗。早抒孤興添詩料,挹取寒光被酒缸。天上何年誰擬問,人間今夕已無雙。歌筵舞席非吾分,惟有豪情未盡降。

獨喜中秋月滿時,迢迢相對更何私。良天淡寫閒庭色,爽氣來迎醉客詩。午夜桂香吹碧落,一簾花影盪瑤池。明宵風景還堪賞,肯使流光到眼遲。

四望寒山老翠微,遙看明月倚天飛。冰輪瞥駕輕雲遠,中陸高懸霽景輝。應有蚌珠生碧海,何須螢火映書幃。勞形對此休塵鞅,滿挹霜華醉不歸。

遯跡南山有敝廬,心閒無事夜窗虛。一庭素月孤松下,半榻浮生百感餘。愛我嫦娥真戀戀,醒予蝴蝶意蘧蘧。開門好放清光入,對檢奚囊伴索居。

秋半愁霖喜漸無,中宵明月海天孤。寒芒刺骨迎鍼砭,快飲呼朋有釣徒。千里飛回初到雁,一枝棲穩已驚烏。老夫清賞何涯際,濯魄精瑩白玉壺。

颯颯涼風萬彙齊,開軒月度畫廊西。臥捫牛斗人皆醉,歌入雲霄雁欲低。折桂漫勞分素手,探奇直欲上丹梯。誰憐物色明宵換,獨自徘徊倚杖藜。

露白風清盪遠懷,笑迎月色燭天街。光懸永夜明河淡,皓徹層霄列宿排。萬物有情歸朗照,八紘何處隱重厓。祇今老我空庭寂,高捲湘簾坐小齋。

爭傳寶樹月中栽,竊藥仙成去不回。自是兔宮無障礙,獨留蟾影上莓苔。誰家夜館初橫笛,幾處華筵共舉杯。世界大千同一照,何須近水築樓臺。

月色飛懸別樣新,全除微翳上秋旻。瑤空影落長風靜,灝氣光留大地均。朗照入懷遲好夜,清輝滿座戀閒人。思酬佳貺渾無術,擬借常儀鑒此身。

吹盡回風送暮雲,中秋秋色兩平分。輝煌特地添幽賞,絢爛通宵有大文。幾許清寒增慷慨,漫勞宿靄助氤氳。粹然無欲真相似,天上人間共不群。

凜冽秋聲動海門,窟探良月躡天根。銀河濯處原無滓,玉斧修來詎有痕。冷艷何時更面目,寒光終古照乾坤。千潭總是虛明體,好向瞿曇細討論。

一夕秋懷起萬端,欣逢三五月團圞。重霄有路何人到,千里同明獨夜看。消盡煙痕飛玉鏡,移將花影上雕欄。南樓老子饒清興,坐對星河不覺寒。

豈有仙丹注九還，七旬秋月慰衰顔。銀魚久付三江遠，玉斗頻催五夜閒。此夕對君瑩肺腑，幾年伴我歷關山。長空遥酹一杯酒，曾許瓊枝引手攀。

無邊秋思滿遥天，皓月多情着意圓。萬里那容雲點綴，一庭惟有露鮮妍。凌虛擬問乘槎路，對景真同羽化仙。料許狂奴仍故態，千觴不醉不須眠。

是誰幽怨托清簫，淒切隨風徹碧寥。吹散輕煙清象緯，邀來明月掛瓊瑶。漫騰逸興飛雲殿，共割寒芒入酒瓢。十二重樓真不夜，更於何處着塵囂。

已蓄閒心漫解嘲，歸來慵懶寄蓬茅。虛舟泛水人成幻，古木凌霜月掛梢。每視常圓空色相，相看無語契神交。迢迢碧漢懸真賞，千載風流屬繫匏。

跅弛人推一代豪，夢餘回首五雲高。凉天皓月神都王，草閣清風興已騷。百歲良宵難此遇，幾回沈醉不辭勞。長空莫閉嬋娟面，直使靈光伴二毛。

翹首圓靈水鏡磨，風飄露濯對星河。依然月色人人見，無那秋思處處多。蘆荻洲前愁暮景，芙蓉江上感微波。菟裘許我開三徑，倩爾銀蟾勸叵羅。

兀坐中庭對月華，清於秋水淡無涯。虹橋見說抛仙杖，丹桂何曾怨落花。乍湧孤光離海嶠，已分寒影遍山家。莫愁風露侵衣冷，玩賞前楹趁未斜。

起步閒階見月光，疑從萬丈下秋霜。澄潭影度蛟虬舞，畫閣輝凝枕簟凉。誰譜曼聲三弄笛，每延高賞一飛觴。癡情不作遊仙夢，擬挽虛明貯滿堂。

最喜中秋日色晶，深宵皓月倍常明。三垣共耀孤輪滿，九地虛涵四照清。疏朗白榆看歷歷，橫斜碧漢望盈盈。間窗何必唯高臥，領略年華無限情。

　　夜氣淒清冷翠屏，遲遲涼月透疏櫺。孤光欲動蛩音咽，衆籟無聲鶴夢醒。酒爲情深酬令節，人憐秋老嘯空亭。婆娑起舞仍豪興，漫對明蟾弔影形。

　　豈竟蒼蒼列徑登，高空片月任飛升。一年皓魄尋常好，此夕清輝分外增。亘古仰觀光皎潔，幾人佳賞興超騰。廣寒仙客如相問，尚有凌虛境可憑。

　　歲序匆匆幾度秋，開簾又見月當頭。南飛有鳥終棲樹，長嘯何人獨倚樓。意在箇中天浩浩，神遊象外思悠悠。蟾蜍且莫惜顏色，長普清光遍九州。

　　幽居誰許滌凡襟，目極長空素月臨。朗朗無瑕寒鐵面，超超有意照丹心。十分圓滿周寰宇，一片光明歷古今。歲歲年年人盡望，絳霄高處少知音。

　　山色深秋動夕嵐，俯看孤月照澄潭。庭階似水群囂靜，世界如銀萬象涵。遙挹天香分至潔，思驅雲路怪奇憨。更闌那覺霜華重，人月雙清影共三。

　　預滌金尊預捲簾，早邀秋月下重檐。頻搔皓首羞霜鬢，高聳吟肩對玉蟾。共道魄盈今夜好，屢將盃淺泥人添。相看且莫輕推醉，分攫秋光不尚謙。

　　白首雄懷馬性飆，笑伊江上濕青衫。三更把酒金波漾，百尺憑欄玉鏡銜。何計問天惟痛飲，莫須採藥具長鑱。光輝如許誰能咏，謝賦雖工祇大凡。

甲戌重九日夕偶興

獨將盃酒送斜陽，四壁黃花對晚香。斗室不妨人寄傲，閒庭又見樹經霜。長憐燕子辭秋社，幾許蛩音咽夕涼。饒我曠懷真耐老，東籬徙倚更清狂。

白髮蕭蕭興已闌，每逢佳節解開顏。盱衡暮景孤懷迥，指點浮雲野性閒。萬古消愁惟仗酒，三秋有夢不離山。漫言燕士紛多慨，滿把茱萸當九還。

十日登高野望

白首年來事事非，猶餘秋色老寒暉。遙岑慘淡臨書案，野水微茫護釣磯。遠樹花繁紅葉膩，長波梭織錦鱗肥。登高饒覽盈眸景，乘醉臨風興懶歸。

秋老天清見遠村，寒煙高處露柴門。雲封列岫迷樵徑，潦盡澄潭剩岸痕。秔稻新春分午餉，牛羊晚收散平原。太和并在荒城曲，莫把仙緣誤討論。

乙亥重九

七十重陽笑白頭，碧雲紅樹逼深秋。饒他幻夢迷蕉鹿，許我澄懷對海鷗。漫說凉風吹破帽,曾臨野水泛虛舟。閒身幾許東籬醉,清嘯還須凭庾樓。

重陽風暖未知寒,千古應予盡興歡。深夜麝蘭催曉佩,遥天星斗護雕鞍。投簪猶幸餘霜髮,對酒誰先上碧巒。今此黃花真我菊,繁英日日供朝餐。

夢餘初日已高春,重九何當快意逢。百歲老翁今七袠,一簾好景值千鍾。鄰槐遥惹苔階暗,簷雀驚翻酒甕封。觸緒拈成行樂具,仙家雞犬自晴峰。

長空秋色落閒庭,雲静風寒曉氣青。艷艷黃花開晚圃,悠悠鴻雁下孤汀。浮沈閱世羞雙鬢,歌嘯忘憂抵百齡。逸興詎因佳節到,翛然玄賞際滄溟。

丙子上元夢登文昌閣,寤而欹枕有作

高閣凌霄接太清,長廊遥望與雲平。空中子細聞天籟,下界微茫聽雨聲。椽筆虛稱移夢寐,英才終古動神明。百城南面讀書貴,況有星文送玉京。

獨喜登高四望開,夢餘猶記傍三台。天中皎日當窗近,海外仙山浮檻來。春樹參差環玉府,長風清泠洗沈灰。文芒直燭薇垣上,丹桂伊誰月裏栽。

老 菊 行

丙子秋,客有屢索菊詩者,率然成歌,畀之。是年閏九月十五日立冬。

凜冽蕭瑟出霜雪,虬松蒼柏蔚青葱。支持萬古志不變,混沌今已開鴻濛。詎知靈根托仙草,披拂荒堦伴衰老。黄花數枝立朔風,剛挺不撓噬潦倒。鄰槐落葉愛奇姿,似嫌塵翳污清皓。長颷捲葉疾飛去,始覺寒姿色更好。莫言晚節太婆娑,乾坤真意注靈柯。餐英茹苗掇其根,四序循環處重阿。徙倚離披四壁開,東籬何足煩樽罍。甘者爲菊苦者薏,強作分别多疑猜。温凉寒暑歲幾變,扶輿正氣玄黄鍊。甘苦由人菊何心,死生不改平生面。隱逸富貴亦妄談,君子存心無兩見。菊乎菊乎今已老,老菊老菊誰爲對。繁華半謝身應退,葆爾天和長子孫,幽香獨許濡汪濊。

杜工部華陽石研歌

平凉朱子名諶,字子誠。天下士,間氣關隴騰星躔。戰捷南宮拔類萃,長安傾蓋相周旋。震青先達收藥籠,文夫子諱岱,字震青,庚辰詞林,時官侍讀,爲鑲白旗名士。文章聲價逾時賢。劇談珠玉落咳唾,示我古硯如卧虬。綠色滋潤形柳葉,長僅四寸闊半拳。惟鈍惟靜壽以世,銘語刻之琬琰前。花梨之檀珍什襲,伴遊吴楚來齊燕。一滴花露可十日,藏之篋笥或不乾。此研遥遥傳老杜,奕葉寶貴精誠專。龍巖黄浦與汲鯉,宋代端溪亦渺然。弘農嗤數澄泥好,豈逢神物有别緣。每見摩挲不忍釋,割愛贈我情纏綿。一朝判袂三千里,君宦江南我北還。相伴老我數十載,快邁良驥逢九歌。置之几案對故人,砭愚訂頑探幽玄。志藏千億比禊帖,終不可諼賦此篇。

宜興茶鐺歌

老人獨坐空齋暮，四座風煙渺無數。放懷蘧廬不計年，落霞自涵江外樹。手捲拋書卧匡牀，思澆冰雪飛雲霧。有客有客自江南，來與老人通尺素。殷勤遺我雙茶鐺，鐺爲高、馮兩友持贈。云是宜興舟上具。乍喜歲寒逢三友，梅根竹節相交互。幽香細細襲人衣，況有清芬龍井度。主客相對嗒忘形，沁脾各灌薔薇露。

英石盆

磁盆方長不盈尺，傳云遠祖貯英石。綠色斑剥光黝然，拳石飛來息遠翮。勢若跋扈聳奇峰，翱翔摩天再騰躑。亂石磊磊出波濤，北海南溟亦沙磧。寸山踞此且凝神，昂首企足望歸客。

和王惠吉攜友過訪原韻

德星躔次聚星堂，摛藻天庭雷電將。廿載金蘭同臭味，一言華袞謝揄揚。飛仙駐馭開荒徑，散吏因風矚錦章。已暢遐心歡共寫，冰壺何用貯奇方。

老圃餘香愧錦堂，翩翩車馬喜相將。開樽有客能如孔，問字無人敢擬揚。達士由來疏禮節，名流大抵擅詞章。山林羨爾饒佳興，惆悵兼葭水一方。

贈凌懷法二首，仍用前韻

　　扶得孤筇到草堂，心期萬里忽相將。人如東野耽吟咏，星挹南箕縱簸揚。縮地神仙開道路，稽天樓閣落交章。壺中更有長生術，不數葛洪《肘後方》。凌精於岐黄之學，時爲余療腿疾。

　　錮疾跧身燕雀堂，上池清水倩誰將。周遊海嶽神空往，高臥羲皇氣不揚。半世支離逢快友，一胸星宿動奇章。衰殘争似逍遥叟，野鶴閒雲無定方。

文卷一　代北文集

修建萬壽亭恭紀

欽惟皇上御極之三年，歲次戊午，臣元樞官刑部郎中秩滿，擢守寧武。戀闕微誠，日遠日積。迴憶供職郎署，瞻依禁廷，夐然如在天上矣。是年秋八月初十日，抵郡受事，訖越三日，恭逢萬壽聖節，臣元樞理應偕文武僚屬紳士，黎明朝賀。而供奉龍位，乃在財神之廟，殊非體制，臣元樞守職僅三日耳，未知所移奉，因日夜籌畫諮度。時縣學尊經閣久圮未修，閣前之明倫堂，已爲平地矣，乃商之寧武縣知縣臣施作楫，急繕治閣，暫奉龍位於其上，長至歲朝，列拜閣前。雖粗有規模，而非特奉之地，臣元樞心耿耿也。

四年己未春，臣元樞乃遍閱城中，於北城鎮朔樓之陽，得官地一區，城外來脈，玄武後臨，勢如華蓋。俯看南堞，几案盈前。而且四望群山，朝拱擁護；文學武廟，左右爲輔。居中得正，高爽潔清。觀形勝之天然，知聖人之有慶也。臣元樞徘徊私喜，謂是可以恭建龍亭爲朝賀嚴肅地矣。於是與城守參將臣石文彪、守備臣菩薩保、寧武縣知縣臣施作楫，會集公商，僉以爲宜，乃各出俸錢，共爲營治。材木取於官山，磚瓦置於陶户，石料搜於古基。工匠夫役，隨時給值，而民亦鼓舞恐後，資備作以餬口。時神池縣知縣臣賴廷捷、五寨縣知縣臣劉耀珪亦自願出俸錢勷事。

於是建萬壽亭五楹，其縱二十有五尺，廣倍之而加贏，高十有八尺。堦之高十有一尺，四向皆開廊廡。前列中門，門外左右益以朝集之房。又南則正門也，門與房各皆三楹，而正門之爲臺門，則整舊爲新焉。門左右各角門一，公集文武，各爲出入。去門外四十五尺許，爲屏壁，其高十有九尺，廣三之二，厚七尺，繚以周牆。牆下列植松杆楊柳三百八十餘株。萬壽聖節，閤郡文武僚吏以及紳士，肅肅焉按位就班，跪拜於兩堦以及門外者，等差不紊，而尊君愛戴之誠，乃歡洽無間矣。嗣是朝賀一準此儀。

　　是舉也，經始於己未夏五月二十有八日，告成於秋八月之初八日。其早夜奔走，不避炎歊而督課者，則府經歷臣謝廷恕、寧武縣典史臣鄒濟也。凡七十日而制度以備。今而後，朝集有地，官斯土者，將益凛天威於咫尺，而自策駑鈍，庶免曠瘝隕越之懼已。臣是以詳書修建始末，載於府治，以志虔恭祇畏之微忱云。

寧武東關久安門望華樓記

　　寧武郡地，春秋①爲樓煩，秦漢爲②匈奴南境，嗣是③鮮卑、拓拔、突厥、奚、契丹，遞相攻據④，以蹸此土。故⑤戰國以還，皆北守雁門爲扼要⑥。唐⑦興，揚威朔漠，疆土日闢，所置定襄道總管及朔州刺史，皆居塞

---

① "春秋"下，乾隆《寧武府志》卷十二有"以前"二字。
② 爲，乾隆《寧武府志》卷十二作"接"。
③ "是"字下，乾隆《寧武府志》卷十二有"而"。
④ "遞相攻據"，乾隆《寧武府志》卷十二作"迭相攻奪"。
⑤ "故"字下，乾隆《寧武府志》卷十二有"自"。
⑥ 要，乾隆《寧武府志》卷十二作"塞"。
⑦ "唐"字下，乾隆《寧武府志》卷十二有"之"字。

外。其後，張仁愿築三受降城，今之歸化城，爲古豐州①，迤西皆東受降②地也，而亦必以雁門爲内障焉。宋平北漢，界盡雁門迤西，而南又折而西北，至寧化岢嵐，達於河③。而管涔一山，與遼人互爭南北境。考《遼史》，朔④州西南八十里有寧遠縣，殆即今之郡地矣。

前明輯《三關圖説》者，不察其源流，以唐之武寧軍節度爲寧武⑤，其亦誤矣。永樂之⑥初，既失東勝，山西之守三關⑦益重。雲應寰朔，特居外郛以捍敵衝。正德嘉靖間⑧，套部屢犯三關，而小王子由寧武南下，肆掠忻州、定襄，南⑨逾太原。於是⑩巡視三邊及提攜兵柄者，由雁門東至平刑，西至岢嵐，聯絡險阻，築塞八九百里。考寧武之爲關，始於成化年築子城，班軍督以守備，尋置定額官兵⑪。弘治十一年，再加展擴，其週逾⑫七里。正德甲戌，再建寧文⑬堡於西山。萬曆初，城甃磚石，其崇四十二尺，嗣⑭建東西二堡；三十有四年，並砌⑮磚石，堡之東門額曰"久安"，志其盛也。夫以寧武，遞⑯加修築，屹爲巨鎮，高城深池，甲於西北。兵道、同知、守禦、守備、千總、千百户，文武林立。正兵奇兵駐本城者，帶甲萬餘⑰。

---

① "爲古豐州"四字，乾隆《寧武府志》卷十二無。
② "降"字下，乾隆《寧武府志》卷十二有"城"字。
③ "河"字下，乾隆《寧武府志》卷十二有"沿山置障塞"。
④ "朔"字上，乾隆《寧武府志》卷十二有"今"字。
⑤ 此句乾隆《寧武府志》卷十二作"以唐之武寧軍爲今寧武"。
⑥ "之"字，乾隆《寧武府志》卷十二無。
⑦ 三關，乾隆《寧武府志》卷十二作"偏寧"。
⑧ 間，乾隆《寧武府志》卷十二作"以來"。
⑨ "忻州定襄南"五字，乾隆《寧武府志》卷十二無。
⑩ 是，乾隆《寧武府志》卷十二作"時"。
⑪ "考寧武"至"官兵"句，乾隆《寧武府志》卷十二作"而寧武於成化元年已築子城"。
⑫ "逾"字，乾隆《寧武府志》卷十二無。
⑬ "文"字下，乾隆《寧武府志》卷十二有"之"字。
⑭ 嗣，乾隆《寧武府志》卷十二作"復"。
⑮ 砌，乾隆《寧武府志》卷十二作"甃以"。
⑯ 遞，乾隆《寧武府志》卷十二作"迭"。
⑰ "兵道"至"萬餘"，乾隆《寧武府志》卷十二無。

每至秋防，巡撫自晉陽移節駐此，與偏、雁爲聲援，蓋邊防若此其慎也①。關南兵糈，歲輸寧武者，不下十餘萬石②，而八角、利民、神池、五寨、三岔、樓溝、老營、水泉等營③，皆宿重兵④，歲縻糧餉亦⑤鉅億計。其後移山西總兵之在偏頭者，來鎮節制，三關巡撫之防秋者不至，而民氣稍蘇，然寧武亦屢罹寇患矣⑥。

　　國家⑦定鼎，休養生息，太平百年，教化大行⑧。古之不列荒服，重譯而貢者，今皆備位王官。四十九族部落，斂衽而朝京師⑨。瀚海之北，闢地萬里，幕南王庭，悉若郡縣。寧武居然千里甸服間也⑩。雍正三年，改設郡⑪治。乾隆⑫戊午秋，某⑬自西曹郎來守此土，感伊古之紛紜，樂清時之休豫，每思所以經理。而漸摩之間，於暇日升高望遠，竊見東郭外城⑭，實爲雲朔西來第一門戶，而太平既久，樓櫓傾頹，亦何以固吾圉而庇吾民也⑮。於是自⑯出俸錢五十餘緡，葺理其十之七，而四邑長吏亦量貲佐之⑰。三樓巍煥，逾月而工畢。

----

①　"每至"至"其慎也"，乾隆《寧武府志》卷十二作"每歲防秋，巡撫之節移自太原，與偏雁爲聲勢。文武員弁，大小林立，帶甲荷戈之士數萬衆"。
②　石，乾隆《寧武府志》卷十二作"斛"。
③　"等營"二字，乾隆《寧武府志》卷十二無。
④　此句下，乾隆《寧武府志》卷十二有"其他支堡各有屯戍"。
⑤　亦，乾隆《寧武府志》卷十二作"且"。
⑥　"其後"至"寇患矣"，乾隆《寧武府志》卷十二作"其後移偏關大將來鎮節制三關，巡撫之防秋者不至，後值北夷款塞，而民氣稍蘇，蓋百姓之疲於奔命者久矣"。
⑦　國家，乾隆《寧武府志》卷十二作"我國朝"。
⑧　教化大行，乾隆《寧武府志》卷十二作"教澤洋溢"。
⑨　斂衽而朝京師，乾隆《寧武府志》卷十二作"稽顙而朝"。
⑩　此句，乾隆《寧武府志》卷十二作"今之寧武居然千里甸服也"。
⑪　郡，乾隆《寧武府志》卷十二作"府"。
⑫　"乾隆"下，乾隆《寧武府志》卷十二有"三年"二字。
⑬　某，乾隆《寧武府志》卷十二作"元樞"。
⑭　此句，乾隆《寧武府志》卷十二作"見東關外城"。
⑮　"樓櫓"至"吾民也"，乾隆《寧武府志》卷十二作"睥睨樓櫓，日就傾頹"。
⑯　"自"字，乾隆《寧武府志》卷十二無。
⑰　此句，乾隆《寧武府志》卷十二作"四邑長吏亦稍稍錢佐之"。

當其折卸除治時,梁①柱斗栱間,砲銃之迹鱗比,矢鏃鐵彈入木者,或②不可摳拔,土中掘發火藥瓶二,炸砲三。嗟夫,前明戎馬生郊,殆無虛日。繼以流寇肆毒,迄於城亡,而明之國運亦由此訖。意前明官斯土者,必岌岌有不終日之憂,求如今日之同寅良③友,極目登臨,以詠以觴,優游坐嘯,胡可易得?是前人偏處其難,而後來乃④當其易。繄僅氣數適然,實由國家之文德武功,直邁漢唐,是以遠至邇安,烽⑤火無驚,夜扉不閉。故不肖如某者⑥,亦得委佩垂紳,安坐而官此土也。遥瞻帝闕,五雲縹緲,微末小臣,十載朝班,凡我同官,共勤王事,天威咫尺,實式臨之⑦。斯樓既成,顔曰"望華",不敢俄頃忘向君也⑧。

　　辛酉中元⑨,於其落成,酌酒凭欄,罣然遠志⑩,而爲之記。

新建寧武府廟學碑

　　天下有理之必不可易,事之必不容已,雖過化存神之聖人,亦惟因其勢而利導之。斯繼天立極之責以盡,治己治人之學以全。蓋自堯舜禹湯文武成康以來,創業垂統,繼體守文,作君作師之道,舉莫能易也。夫以宇宙之廣,人類之衆,五方之風氣異宜,好尚不齊,苟無以約而束之,整而一

---

① "梁"字上,乾隆《寧武府志》卷十二有"見"字。
② 或,乾隆《寧武府志》卷十二作"幾"。
③ 良,乾隆《寧武府志》卷十二作"狎"。
④ 來乃,乾隆《寧武府志》卷十二作"人適"。
⑤ "烽"字上,乾隆《寧武府志》卷十二有"而"字。
⑥ 不肖如某者,乾隆《寧武府志》卷十二作"不敏如樞者"。
⑦ "遥瞻"至"臨之",乾隆《寧武府志》卷十二無。
⑧ 不敢俄頃忘向君也,乾隆《寧武府志》卷十二作"以誌一日而不敢忘朝廷"。
⑨ 辛酉中元,乾隆《寧武府志》卷十二無。
⑩ 罣然遠志,乾隆《寧武府志》卷十二作"慨然興感"。

之，順而予之，饜而飫之，使天下馴伏其血氣，濬發其心知，迪於軌物，安於固有，曉然於理之所不可易，事之必不容已，則未有能久安長治者也。

粵稽我寧武一郡，爲冀州地。冀，古帝都也，雖近邊陲，唐虞夏商之代，皆附畿甸而依耿光。樓煩之朝，周圖王會。下逮前明中葉，北夷侵擾，當事者日尋干戈，而猶於講武之暇不忘修文。故偏頭所儒學建於弘治元年己酉，寧武所儒學建於嘉靖七年乙酉，而老營所儒學又建於萬曆六年戊寅。是以百餘年間，德教洋溢，士有君子之行，家敦禮讓之俗。即列在戎行，執殳禦侮者，亦皆忠義激發，國爾忘私，尊君戴天，致命遂志。所謂行仁義而有效者。

前事既可睹矣，我國家革故鼎新，武功赫濯，揚威萬里，北自陰山，至於瀚海，旄裘之君長，斂袵而朝者，比肩接踵。昔嚴烽火斥堠，以限南北，今則中外一家，八荒在宥。以較前明之畫疆列戍，而時虞敵騎之蹂躪者，治亂盛衰之象，不待智者而知之也。兼以列聖相承，教化翔洽，東西南朔，罔不率俾。彼海隅日出之鄉，雕題鑿齒之民，異服殊俗，梯航重譯而來享來王者，又皆得沐浴詠歌，承流向化。乃我世宗憲皇帝，日昃弗遑，聖不自聖，以望道未見之誠，而臨雍講道，尊師崇儒，修闕里之廟堂，廣助祭之爵秩，其隆備也如此。我皇上御極以來，善繼善述，聖道益以光昭。是我孔子之道，雖未獲大行於東周，而垂教萬世於無窮，蓋自漢唐以來，未有如我肆喧囂之路。

郡學乃合屬人文所薈萃，學道觀摩，爲四邑之綱領，不可以不重。於是卜地郡城西北隅，其於卦也，正當後天乾位，爽塏而肅清，紳士兆庶僉以爲吉。乃鳩工庀材，不期月而告成。殿廡門堂，坊樓學署，舉皆如制。搢紳士庶之瞻仰廟貌者，莫不雍雍肅肅，以爲我寧郡之黌宮頖璧，如是其規模宏遠，過於尋常倍蓰也。神池、五寨，亦於是時並建學校，迄於今不過十有餘年耳。而人文蔚起，迥非昔日之舊。晉北士風，幾甲晉陽矣。

其後十有四稔,乾隆三年歲在戊午秋八月,元樞自刑曹郎來守是邦,屢謁先聖之廟,見其壯鉅崇閎,翬然高望而遠志。竊嘆昔之創此,蓋真能仰承聖天子重道右文之雅化,而邊郡士習由此日上,固其宜也。所宜勒之貞珉,以昭永久。而廟無碑文,奕世而下,將忘其昉於何時矣。因追溯設郡立學之由而詳記之,以見文治修明於皇朝之盛。天下之人得以親被聖人之澤,亦未有如今日之深且遠矣。

夫我寧郡,前明建學之效既已如彼,今又生治平之世,其盛如此。況版圖式廓,昔之荒服,今之畿輔也。東望帝都,近在千里,凡聖天子之所以重道崇文,宣猷布化者,我寧郡壤接首善,得之最悉,而入之最切。故自雍正三年乙巳春,撫軍伊大中丞閱視邊疆,熟知我寧郡爲西北奧區,地望稱雄,題請改併衛所,列爲府縣。明年秋,前太守郎瀚由楚之黃州司馬,奉差入覲我世宗憲皇帝,於敷奏明試,克灼其賢,晉以車服,命守寧武。初頒印章,涖官之後,文物聲名,雖當大備,而改建之模甫定,以學校禮義相先之地,教化所由興而人才所從出也。聿觀舊建所學廟,貌非不崇閎,而當市今爲烈,實曠古所未有。後之官斯土者,良有厚幸,而凡栽培士氣以爲朝廷樹久安長治之基者,其未艾而不可以或忘也。

新建神池縣廟學碑 代縣令李識蒙作

我神池,伊古爲冀州北鄙,在樓煩之境。秦漢以還,始制爲郡縣。其於縣也,或爲新城,或爲善陽,或爲寧遠,或爲招遠;其屬郡也,或爲定襄,或爲雁門,或爲新興,或爲晉昌;其屬州也,或爲武州,或爲毅州,或爲朔州,又其別爲桓州;其屬軍也,或爲振武,或爲順義,或爲宣威,或爲寧遠。雖歷代沿革不同,要皆尚武事而不修文教。蓋干戈甲冑之日多,而俎豆禮器之事未之聞也。

然以我神池之地言之，寧武爲太原之屏藩，而神池實寧郡之肩背。今登黃華之上，流覽秦漢，下逮元明之故迹，誠洋洋乎一大都會矣。東則朝拱京華，西驛直通上郡，而且利民、八角雙城峙後，翼衛森嚴，遠之則偏老、水泉爲我襟帶，豐盛、雲中皆可控引。夫以四通五達之區，列塞嚴疆，胥效臂指，是我神池建邑啟宇，係於晉北之形勢者甚重。況伊古以來，介在夷夏之交，雖開闢日久，又皆尚武功、少文事，即列朝不乏偉人，其崛起而傳史策者，要皆身經行陣，胙土分茅。至於文學之士，從未嘗有所發揮而揚詡。非特所處之時有異，或亦上之人無所以導之也。

今者太平既久，聖朝文治光昭，煥若日月。仰觀天運之周迴，中參人事之斡轉，俯察地道之蟠結，三者適合而值其盛，固宜神邑士氣踴躍，發皇千載一時也。世宗憲皇帝御極，雍正三年歲在乙巳，改天下衛所而郡縣之，即前明神池堡爲縣，隸於寧武，設令、尉等官以理其人民社稷，並設訓導一員，使掌學印以養育俊偉豪傑之士。將見我神邑名山大澤，伊古以來，磅礴鬱積之所鍾孕，必挺生不世之才，陶成於黌宮泮璧。賴以寅亮天工，霖雨天下。是國家設立學校，不惟化邊鄙武健凌競之氣，歸於仁讓禮義之風，而樹德即以樹人，實爲萬世無疆之休矣。

識蒙以中州末學，乾隆三年冬十二月來令茲土，恭謁聖廟，見其制度恢宏，甲於鄰境。及進博士弟子員，與之周旋揖讓，講論道藝，其彬彬郁郁，美秀而文者，比肩接踵。雖我中州，素稱多士，與鄒魯抗衡者，亦無以過焉。乃知風氣之積，有開必盛。而伊古以來，混茫埋闕，從未發洩者，特爲我聖朝苞秘其精英，今乃大啟之，以光耀文明之運也。

溯厥建學之初，實惟前署縣事深州張公國正。宮牆式煥，規模宏遠，我神邑士子瞻仰廟貌，而駿奔俎豆，其有志於聖人之道者，皆蒸蒸丕變。蓋化其武健凌競，而導於仁讓禮義之中者，匪朝伊夕矣。且以其武健凌競，回心而嚮道，勇猛精進，倍蓰尋常，以較沈潛敦厚之才，尤至捷而至篤。此所謂行仁義而既效者也。但縣設於乙巳，而學宮至辛亥之秋乃獲落成，邊徼文風，此爲權輿，未有碑文以志其盛。是聖朝建學設教之初制，奕世而下，或無所考証，以備典故，士子之澤，躬仁讓禮義，以化其武健凌競之風者，久亦忘其蒸蒸丕變之所由來矣。是以追溯立縣建學之本末而刻諸石，所願入斯學者務體興賢育才之意，進德修業之實。處則必使鄉黨宗族稱孝稱弟，出則必能行道濟時、澤民致主。勿徒以小成自安，青衿自好，僅僅誇耀里巷婦孺之耳目。雖少異於鄉人，而終不免爲常人也。是在多士之自勉，而官斯土者實有厚望已。

寧武府上喀中丞條議

一、請停餘引以惠商民也。查山西運城之鹽，供晉省買食者一半。其餘產鹽之地，就某所知者，如大同之山陰、忻州、代州、陽曲、徐溝等縣，皆熬鹹土而食；保德、河曲、偏關、五寨、神池、岢嵐各州縣，則食蒙古白鹽，載於木簰，乘黃河而下，由地方官輸課於運司。其運城之鹽，西供秦省西安等處，南供豫省南汝河陝等處。雖未悉其詳，亦嘗聞其略。雍正五年間，曾至運城與前朱運使、王分司等言及鹽課，不過十萬有奇。今纔十有餘年，乃遞增至五十餘萬之多，此商人之資財，實百姓之脂膏也。本年五、六月間，閱京報，見河鹽定住題請，又稱商人感恩情，願加銷餘引等情。豈今之商人皆奉公，而昔之商人惟謀己；昔之生齒或未繁，而今之户口增數倍耶？非也。在上之人既計盡錙銖，使商人毫無餘利，則商人勢必高擡鹽價，藉以完公，又以營利，固情理所必至也。夫以晉省之窮也，土狹民眾，貿遷各省營生計者，比肩而接踵。彼老死田間者，即豐年亦必食糠秕、衣敝垢，而瘝寡孤獨者，抑又可知。故蠲租給復，僅及有田之族，不能家賜而人益。而食鹽則無論深山窮谷，老幼廢疾，亦不可缺。古人有言，"寬一分，則民受一分之賜"，誠深知大體之言也。今餘引益多，課程益重，食鹽益貴，不取之於民而誰取耶？借手鹽商以瘠數百萬人之身，家帑日增而民日病矣。某前為部曹時，見長蘆鹽院題增鹽價，行令直督唐議，乃明知其不可，而模稜兩端，後亦隨而附和之。當事者主其議，至今北直之鹽益貴。及來任山西，檢查鹽案，前河鹽孫條議鹽務，部議必令前院憲詳議具題，而江南雖有鹽院，鹽務仍由總督經理。乃知鹽官雖設，仍聽節制於封疆大臣也。伏冀大人俯念晉省民貧而賦重，為皇上聖明所素知。又況存公耗羨，昔之權宜者，今已漸成公帑，無加賦之名，而賦額已加矣，鹽臣又從而朘削之，民何以堪？目今統計耗羨之與鹽課在晉省所出者，不下六七十萬，竊恐民氣之不舒也。夫興一利，百姓未必見恩；貽一害，百姓則以集怨。而況貽萬世無窮之害乎？嘗見《畿輔通志》內載康熙二十四年，正改鹽增至八十九萬七千五百五引，課四十七萬七千八百一十兩零。世宗憲皇帝御極，首甦商困，引鹽增勉，不增引目。其從前御史濫增引課，並從汰省，今課止四十三萬七千九百四十九兩零。是朝廷未嘗不欲加惠烝黎，而皆言利者開之也。似應將晉省食鹽情形確查奏聞，應以何者為定額，永不加增。或請將現在五十萬兩之數，減去若干，即令商人減去賣鹽時價，以惠窮民，不特晉省窮民知感，即秦豫之民亦概沾恩矣。聞各鹽商皆居安邑、夏縣地方，細加諮詢，必有以得其實情也。

一、武官衙署宜通飭粘補也。查官員衙署，為泣政臨民之地，所奉者天子之威靈，所宣者朝廷之德意。豈但整齊嚴肅以壯觀瞻，正以懾服遠近之人心，使天下知長駕遠馭之規模如此其宏廓，且令居處其中者，亦知恪恭寅畏，敦崇體統，以整齊約束也。乃從來作官者，視衙署為傳舍，志肥身家，時圖遷轉，既不捐資粘補，又難請動項興修，日就頹塌。文官之署往往不堪,而武官之署最甚,武官之署而沿邊尤甚。昔時侵冒名糧盈千纍萬,尚不知整頓,今則徹底澄清有數,隨糧常不敷用,其力又何能修補?某自乾隆三年八月到任以後,出至各縣,點驗馬匹,盤查倉糧,本年四月又奉委查勘境內關隘,無處不到。竊見文武之署,傾側垂圮者半,而倒廢僅存者又半。是以於三年十月內,將偏關營署破爛情形面陳於前任胡藩司,始得修整。而老營參將及中軍守備衙署,現蒙大人具題,業經部議准行矣。某以愚意,推而廣之,似應一體飭查,將破壞尤甚者先行確估具報,亟請粘補,庶幾漸次完固,而可以垂之永久。但地方官憚於查估者,不過以具詳上司,則有駁詰;奏銷達部,則有核減,觸處掣肘,且又事非切己,遂不肯身任其責矣。兼以武官之性情,類多驕蹇懻悍,往往與文官貌合而中乖。武官多袒護其弁兵,而文官亦自庇其百姓,方枘圓鑿,素不相入。故有司於營伍之事,每度外置之,百方支吾推卸也。竊以為,既為守土之官,共辦國家之事,當識和衷共濟之大體,而不必計較於區區之小節。當此太平無事,武員兵弁所以優恤而操練之者,正以儲其精銳,而備執戈禦侮之用也。乃各兵所尊者將令,將令所泚者公廨。今觀衙署傾頹,或不蔽風日,或缺少房屋,軍容因以不振,則國威或以不揚。故壁壘不完,而旌旗因之無色,所謂捍禦邊疆,消萌服遠者,亦不可倚恃矣。雖於乾隆二年內,經果親王奏請修葺文武衙署,工部議准通行,而修舉者甚少,此則地方官不肯認真之過也。又於乾隆五年五月內,工部以咨請修理衙署者太多,奏明嗣後必令具題覆准而後行,地方官益視為畏途而有以藉口。某職守邊郡,目擊情形,不敢不以實陳。竊恐武員之守分者,因循而不敢請,文員之巽懦者,推諉而不肯前。日甚一日,則武官衙署皆成瓦礫之場,勢必借棲於寺廟,取貰於民房,大失保障邊疆之初制矣。似應移咨各鎮,轉飭實力確查,既不許地方官以公項為徇情之具,將無庸修者混請支銷,亦不許地方文員避估計造冊及奏銷核減棘手之煩,詆稱無庸修理,空文搪塞,使營壘日就頹塌,致干估報不實，廢弛推諉之咎，則軍容日以整肅，而地方亦改觀矣。

一、請祀忠臣以彰節義也。按，寧武府治在前代爲寧武關，與西北之偏頭、東路之雁門，臂指聯絡，號爲三關。總兵節制三關，開鎮寧武。明崇禎十五年，總兵官周遇吉，遼東錦州衛人也，來鎮於此。又二年，與妻劉氏同死李自成之難，葬於寧武城東山麓。謹查《通志》及列傳，載其死節事實甚悉。列傳內稱："初，公之鎮寧武也，闖賊畏公，遣公舅氏持書延公，公命騎將迎斬於懸岡。梟列將熊通之爲賊間者，賊由潼關歷蒲、解，攻下太原，降代州，乃出雁門而西，由陽方口進，以二十萬衆攻寧武。公日夜指揮，砲銃之下，賊梯而上，奪其梯；穴地墜下，燒其穴，挽強縱礟，囊土補缺，城屢崩而復完。及東門已陷，率衆從城頭反擊，賊於城內巷戰，死亡山積。及被執，語賊以'誓守是吾將令，無與於民'。自成立起，迎曰：'大同督撫，虛席待公久矣。'公曰：'我豈受賊官者耶？'賊怒，脅以刃。公罵曰：'我豈怖死者耶？'賊遂殺之，披腹出腸，罵不絕口。公之死節，年四十有四。部下將吏聞公死，益奮勇呼譟，戰於市，無不以一當百。於是遊擊崔雲、王前士、呂品貴、王尚慎、張大選、高日光，生員楊鼎勳、楊鼎樞俱死之。夫人劉氏集僕婢於庭曰：'賊至束手就刃，孰若生斬此賊之爲無負。'乃集薪置火於樓，人飲以酒，操弓矢登屋大呼，自辰至未，門戶堂階，屍相枕藉，力盡乃俱赴火死，賊死者萬有餘衆。自成憤曰：'吾自用兵以來，亡吾將卒未有若是之多者。'乃縱兵大掠而去。越二日，標下材官侯效義具棺殯之，面貌如生。至八月，居民並其夫人營葬東郊。嗚呼，臣死忠，妻死義，部將廝養不待教戒，咸知所奮。"其見於列傳、墓表，并載於《通志》者如此。又觀他書所記，自成既破寧武，嘆曰："使人人盡如周總兵，吾安得至此？"某自乾隆三年八月來任寧武，拜謁祠墓，知居民爲立廟於鎮署之左，其夫妻盡節在二月二十二日，合邑紳士軍民以周公生辰在九月二十二日，歲歲演劇祭之，豈非斯民之直道常在，而忠義慷慨有以激發鼓舞於勿替耶？跡其盡忠全節,歷考史傳,曾不多覯。當自成之猖獗,忘君事賊以圖富貴者不一而足,而獨周將軍與其夫人盡節之事,父老童稚至今言之凜凜尚有生氣。恭逢聖朝襃揚忠義,人所共知者,如河南湯陰則祀宋岳忠武王飛,靈寶則祀明許襄毅公進,北直容城則祀楊忠愍公繼盛,其他散布天壤者,又難以悉舉。蓋表揚前代盡節殉難之臣,正所以興起感發當世之人心也,以周公之事蹟卓卓,而祀典不及,似非所以昭示來茲矣。乾隆三年冬,曾面稟前院,籲請奏明賜與春秋祭祀。而前憲未肯具奏,或以前代之臣不便襃揚,亦或歷年既久,不便題達。然某不敢廢墜而不修,因即詳請批飭立案,府縣公捐銀兩,卑府辦春季,而該縣辦秋季,約同武員於祠內舉行。至於七月十五日,文武各官仍相沿祭其墳墓,但未蒙具奏,經部議覆,准銷致祭銀兩,永垂祀典。是皆守土之私舉,非出於皇上特恩,日久仍必廢弛,故敢備陳顛末,務祈舉行。

一、各處城垣急宜酌修也。《易》曰:"王公設險以守其國。"又曰:"重門擊柝以待暴客。"蓋取諸《豫》,可見思患預防,自黃帝堯舜以來,固已重之也。我國家太平百年,教化大行,薄海內外,罔不率俾,重譯殊方,共球萬里,實已闢八荒而為庭衢,用四裔以作藩屏矣。然而沿邊一帶,以及內外城垣,實不可不漸次修補也。伏查乾隆五年三月十四日內閣奉上諭,令將各省關隘孰為一省之藩籬,孰為數省之要害,令督撫因便查勘講求,從容查辦。又前於乾隆二年七月初二日,總理事務王大臣奉上諭,令各省確查城郭,分別緩急,預為估冊報部,俟以工代賑。各欽遵在案。再查雍正十三年內,御史劉永泰條奏修理城垣,總理事務王大臣議准通行,酌其緩急先後,俟以工代賑,漸次條理,亦經通行各省。伏查自欽奉上諭,并從前議准條陳之後,各省舉行者寥寥,豈非以經費浩繁,豐穰之年不敢擅請動用,一遇大歉之歲,區區賑貸,何濟燃眉?且又憚於題達,必俟部議,動需歲時,加以駁詰奏銷,在在掣肘,又知國賦有常,慮無款項可以支領,是以但成空言，徒塵案牘也。某竊以爲，天下事非毅然有以開其先，營度於無事之時，勢必至於因循廢壞，而不可救藥。倘值急需之日，上下相顧，束手無策，當事者惟有諉罪於前人，而又以卸責於後人，以畢乃事耳。今夫富厚溫飽之家，亦必高其閈閎，厚其牆垣，以爲保障。而況以天子之富有四海，顧使城垣凋敝，樓櫓傾頹，即令太平永世，潢池不驚，亦非所以固苞桑而壯聲靈也。故某居常以爲，圖始必不憚其難，而要成必以其漸。今不敢泛言天下大勢，即以晉省言之，西界黃河，北鄰蒙古，秦漢唐宋明代以來，皆有邊城，今傾圮大半，沿邊城堡多屬塌毀，中外之限，漸無可恃。朝貢以時，外夷雖甚恭謹，然究不可視爲久長也。又況準噶爾外雖臣服，內實狡黠。寧夏城工告竣，貢道必由此往來，尤不可示以中國廢毀之形。曾奉前憲諭，遍查府境關隘，見其頗難修葺，惟以寧武府及偏關縣，并三岔堡三城，議爲當速修理，業經禀明矣。某今日之鄙見，則又統論晉省之大勢，而非僅爲三城也。大約每府州縣城一座，約計古時建築，非數十萬或三數萬不可，今略加粘補，所需正自無多，誠使先省會而遠鄙，先邊隘而內地，先衝途而僻壤，一年不過一二處，以三十年計之，則通省皆崇墉巍煥矣。且此修理之費，不必動用公項，即以存公銀兩支銷，計一歲不過三數萬金而已，足辦城垣固。而後遵照前奉諭旨，再議關隘，則在外之藩籬鞏固，而在內之金湯益堅。若必俟興工代賑，不過紙上空談，毫無濟於實事，且必俟民饑而後興工，則使萬年樂利而竟可聽其廢弛乎？及今可爲而不爲，再復數十年，而壞者益壞，如欲收拾，所費不貲矣。

　　一、營兵餉銀應許季支也。查各營餉銀，例係該營自赴藩庫先期領回，寄貯府縣庫中，按季出具印領，移關府縣，然後貯餉衙門，照數給發，抽封稱兌，支散各兵。某自乾隆三年八月到任以來，沿照前例，監散寧武參將衙門，及所屬四路都司兵餉，乃自本年春間該營奉大同鎮文，令其一月一支，不准三月一放，以防扣尅等弊，該營現在遵行。某有稽察出結監散之責,深見其實有未便,不敢以事非己責而緘默不言也。夫以營兵之窮也,除去朋扣步戰一名,每大建僅支銀一兩四錢五分,守兵一名僅支銀九錢七分,惟馬戰兵則每月支銀二兩四錢,又除武弁隨糧馬兵,正屬寥寥,戰守各兵每月一兩數錢之餉,製備衣裝,修補器械,所餘亦無幾何。且一人入伍,父母妻孥數口之家,皆仰給於月餉,當兵而外,素有恒產及營運生息者,百無一二焉。每月一支,不過易一千及數百之錢,分填各項,轉眼即空矣。某屢於散餉後見向兵索逋者,絡繹於路,或繞武署數日不絕,細詢乃知其故。從前三月一支,未見有此也。蓋積至三月,則一兵當關銀數兩,以及二兩八九錢之間,所需百物,皆可於季前通那賒取。而舖户親鄰,亦皆視此以為盈縮,償者固可剜肉補瘡,借者亦可望梅止渴,街衢恬靜,比户安帖。一自季支改為月支,兵民皆囂然而不定,前月之逋欠未完,而下月之取償又至。兵丁束手無策,舖户閉門謝客,即文武各官,蒿目而無可如何矣。夫兵丁固不在府縣約束之內,而其家之父母妻孥則皆嗷嗷待哺之民也。某雖未諳定例,亦知月支餉銀係遵功令。古云"琴瑟不調,則改絃而更張之",又云"有治人,無治法",事有不礙於理者,雖聖人亦必因人情而起義。今目擊兵丁之坐困,又幸大人兼理提督,文武為憲,可否咨商兩鎮,或即奏明每於季中支放兵餉,永著為令。如有扣尅等弊,仍許監放文員察明詳報,不過一轉移間,而士馬飽騰,軍心踴躍矣。

一、請嚴禁燒鍋以裕民食也。竊查燒鍋靡費糧食,歷經欽奉上諭,指示明晰,天下之人盡知之矣。乾隆二年內聖諭煌煌,飭部定議。某時任部曹,見九卿兩議者各半。惟海大司農意以為不可斷,故主稿皆持兩可之說;孫大司寇則奏以為必不宜斷;先經方少宗伯條陳禁煙種樹一摺,則以為燒酒必應斷,各是其說。最後尹中丞來京陛見,聞又奏以為應斷而難斷,故行令直省督撫,酌量本地情形,禁於歉歲而不禁於豐年,各省大略相同,此則近日奉行之條例也。定例既已遵行,微末小吏又何敢撿拾陳言,妄生異議？但恭繹歷奉上諭，似以燒鍋爲必應斷，乃豐年開而歉年禁，此皆模稜兩可，意實主於不斷也。方今生齒日繁，地不加廣，粟不加多，而食者日衆，即豐年穀價亦昂，在山西爲尤甚。求如某所記，少時之斗穀三十小制錢者，不可再得矣。如以爲燒鍋宜開，則應大弛其禁，聽民謀利，未爲不可，既免朝四暮三之舉，並靖貪官蠹役之心。如以爲當禁，則應嚴立科條，使民知火烈而不敢犯，此亦足食之大道，非病民也。乃說者以爲口外嚴寒，非燒酒不可禦。謹考書傳，燒酒起於元代，謂之茅柴酒，並不聞元代以前北鄙之人皆寒噤而死，亦未見今日之行役口外者，人人皆攜酒以行也，此其說不待辯而已窮矣。今則謂禁燒酒無他術也，寬以半年三月之期，則趕其貴時暗添糧料，日夜蒸燒，方無底止，而貪官蠹役反緣之爲利，是禁於歉歲，仍屬不禁。又如此縣收成在七分以上，而彼縣在七分以下，此禁彼開，地勢犬牙相接，豐收之村落，錯列於歉收之鄉曲，而豐歉並非截然兩處，族姓姻親，儘堪那移影射，豐邑之糧日益耗，歉邑之糧不加多，商販往來，處處可通。既無大江洪河之限，亦無長城列塞之阻，而歉邑之飲酒一如平日，徒爲酒家增價，爲官吏生財，上下相蒙，奉行文書而已矣。即令取具遵依，出具印結，皆成習套，止增案牘，何益實事哉？故某生平鄙見，則視燒鍋爲應禁，而山西之應禁爲尤宜。蓋省南土狹而民衆，糧價實昂，往往資省北之糧以爲接濟。省北雖地廣人稀，而又土薄霜早，幸而大熟，又以預備儲蓄所係爲尤重。嘗聞燒鍋之大者，每日耗麥麴雜粟十石，僅以千舖計之，日需萬石，是耗十萬人之食也。通省之大，豈止數千舖，日耗數十萬人之食。脫有水旱賑恤，則內部必核其升合，即賑以五十萬石，不過各舖十日之燒，而已歸於烏有矣。今禁之之術，無他良法，酌寬數月之限，但於限滿之日，分命同知、通判等大員，單騎減從，偕同州縣官，遍歷各城鄉，凡有貯酒與辦料者，迅毀其釀具，并將現酒給散村鄰，糧料立貸貧乏。晉省民情嗇鄙而貪利，彼知法在必行，頃刻而失數百金之資，偶於一邑試之，而鄰邑震悚，而通省震悚矣。正不必重治其罪，亦不必周遍舉行，致滋煩擾。所謂"罰一人而衆人懼"者，此也。昔子產治鄭，不專於寬，而孔子以爲惠人，故始有欲殺之謗，繼興誰嗣之歌，治世以大德，而不在區區調停之計。如於通查之後，取具該地方官，並無私燒，遵依於一二月後，猝使廉介府佐潛往查勘，仍有私燒，即以溺職參處，通同徇隱者與同處分，誰肯以難得之功名，爲貪黷之嘗試哉？且燒酒之家，或一二里之外酒氣薰蒸，非同私宰耕牛、製造賭具、燬化制錢等事可以密室一二人行之，機密難察也。如云禁之甚難，未能法立，而民不犯，則歉歲未嘗不禁，而民又何嘗不犯？並未嘗以其猶犯而竟不禁也。今夫律例之設，莫大於命、盜，雖在孩提，皆知"殺人者死，傷人及盜抵罪"，乃公然干犯者，不一而足，朝廷未嘗以人之敢於犯罪而廢法，獨至燒鍋則必欲其一禁而不犯，亦未衡其輕重，而熟籌於情理矣。且開設燒鍋者，大率皆屬本分商民，以視凶暴悍惡之徒，相去何啻倍蓰。斷未有本分商民，挾持厚資而甘蹈文網者，改業而圖，仍可權其子母之利，則禁之又何難耶？

設立鶴鳴書院詳定始末

爲議設書院，以興文教事。

竊查寧武一郡，地處邊陲，人樸俗淳，素稱武勇之鄉，頗少人文之譽。雍正三年，未設府治以前，其寧武、偏關、老營三處，舊建學宮，雖歲科取進文武童生多人，而獲領鄉薦者寥寥，中式甲榜者，百年以來，於順治辛丑科僅有一人。自改廳設府，改所爲縣，將老營學生并隸府學，而寧武所舊學歸於附郭首縣，偏關縣學各生仍因所學之舊，惟神池、五寨添建學宮，僅各設掌印、訓導一員，歲科各取進儒童八名。邇年以來，文風漸啟，雖不似囊時之朴陋，而求其真能讀書、究心理學、文藝優長、堪膺鄉會之選者，甚難其人。是以上年戊午科鄉試，神池並無入闈之士，府學與五寨僅有數人，寧、偏兩學，雖有多人，而亦無入彀者。及取閱落卷，非無雋異之才，而未知題解，不諳作法，十人而九。又於公出盤查時，親詣各縣文廟行禮，因會集諸生講書，給與紙筆，合學人物未嘗不儒雅可觀，而叩其場藝及窗稿，絕少合作。是非人材之不興，蓋亦有司之過與知府之責也。夫天地之菁華，日開而漸盛，寧武一郡，昔既耀武，今宜尚德。且從前既少發跡之人，苟得一鼓舞而振興之者，又安知天地菁華之氣，不可開之而漸盛，遠接古人，近軼作者？即或不能如江浙之文采蔚然，而名山大川之所鍾毓，待時而興，又何不可如李青蓮與蘇氏父子之挺生西蜀，邱文莊、海忠介之崛起嶺海耶？

某到任以後，志在仰體上憲，獎藉士類，以扶文教。至意欲於五學內，酌取三十餘名，令入府城讀書。如有英異之才，陸續取入，其別屬願學者，一併收羅。聘請名師為之講解，令其身體心會，使稍窺正學統緒，而於時文課藝，尤必反覆詳說，使能領略先正大家作文之法，庶幾三年五年之內，有志之士成就漸覺可觀。遂與所屬四縣面商其事。據稱振興學校，係地方有司專責，各願酌捐膏火，以襄盛舉。隨於乾隆三年十一月十五日，觀風五學，共取可以讀書造就者三十名，令其赴府城讀書。一時未能建立書院，暫借考棚後面房屋，以為授業之地。其各生內有家貧，舌耕不能遠離者，每月三次發去課題，由學申送，一體校閱，定其優絀。其先到之二十二名，已擇於正月二十四日送入書院肄業矣。除各生力能自備膏火外，每學不過僅止三人，約計十五六人，每名月支膏火不過一金，年豐節省可以敷用。除去冬末春初，一年約計需膏火銀一百六七十兩。至書院山長，地處邊隘，事屬創始，頗難其人。有原任偏關縣教諭張士瑄，係崞縣癸卯科進士，人素推服，往往就正，年雖六十餘，精神矍鑠，雖未能博學淹通，時文尚有識解。諸生膏火既由各縣分捐，山長脩金自應知府獨任。又恐書院料理，時時需人。查有府經歷謝廷恕，老成謹飭，寧武縣典史鄒濟，辦事明敏，且該二員，因地僻事簡，尚知讀書寫字，留心學問，亦首領佐貳之有志者。即委該二員爲書院提調，一切事宜專責料理。其收存捐項、支給膏火，皆登簿籍。每會課文，由山長閱定，轉交府縣覆看，並無偏徇，方可鼓勵，交該提調書榜張貼。府縣仍不時親至書院，爲之廡啟。至初設書院，粗立規模，俟從原籍取到《白鹿洞志》，參酌遵行。課諸生以克己之學，實望諸生爲敦本之士，將來獲列科名，或可舉斯加彼，務期行之數年，使邊塞士習實有起色。雖成功難必，而殫精畢慮之微衷則有加無已也。但不經詳請立案，誠恐有始無終，半途而廢。合將設立書院前後措置情由，詳請憲臺查核批示，以勵人材，以垂久遠。

周將軍祠春秋許定始末

爲特表傑出之精忠，籲懇聖朝之祀典，以光風化，以慰輿情事。

據寧武縣詳稱，准儒學教諭謝肇牒呈，闔郡士民馮凌雲等呈稱：竊惟成仁取義，以閱世而彌芳；褒烈揚忠，不異時而廢典。封比干之墓，天下歸心；式商容之閭，書傳記德。自古以來，指不勝屈，要皆樹勳伐於前代，得表著於興朝者也。如明末山西總兵官周公諱遇吉，鎮守寧武關，當逆闖之鴟張，功高百戰；振孤城於雁塞，義激千軍。公爾忘私，絕周親而伸國法；忠能貫日，甘一死以殲妖氛。罵賊舌厲於杲卿，擊賊笏嚴於秀實，精誠拔地，氣節凌霜。夫人劉氏，巾幗鬚眉，操弓矢而禦寇；閨幃俊傑，率僕婢以殺讎。籲地呼天，焚身不惜；椎心飲血，視死如歸。爲臣盡忠，血化萇弘之碧；爲婦盡節，焰飛姬女之灰。同畢命於一時，珠沈玉碎；並流光於奕世，立懦廉頑。洵方策之希聞,亦古今之僅見。自我皇清永奠,玉燭常調,日月炳乎八荒,乾坤擴其四極。含生負氣,皆頌德而歌功;履厚戴高,盡伸眉而仰首。是以當年正氣,已從史册流香,而一代專祠,未奉恩綸下逮。杜鵑啼月,荒郊封三尺孤墳;遼鶴唳風,野廟棲一雙毅魄。每逢節序,殷勤獻士女牲醪;幾歷春秋,禮樂缺秩宗俎豆。以致過錢塘之墓,行道傷心;臨峴首之碑,迴車洒淚。伏查故明兵部員外郎楊忠愍公繼盛,奉世祖章皇帝恩旨,襃予專祠,至今直隸保定府省城,暨其故里容城縣,春秋致祭,載在祀典,地方官鄭重其事。是故明直諫之臣既在襃揚,而故明殉難之臣應邀曠典。況周將軍暨其夫人殉難事實,業已載在《通志》,詳備《明史》,恭進闕廷,頒之天下,則勵節教忠,所宜急爲申請。謹將列傳、墓表備細鈔録,合詞具呈,轉詳題達。祈予專祠,照例致祭,以慰忠魂,以垂祀典,則四海九州益知節義之美,而千秋萬世共沐汪濊之澤矣。等情到學,牒呈到縣。

據此,該寧武縣知縣施作楫查得,明季寧武關總兵官周公諱遇吉者,取義成仁,捐軀殉難。恨遺逆闖,浩然氣塞蒼溟;刑于寡妻,耿矣光昭日月。鞠躬板蕩,力挽綱維,萬里松楸,猶標節烈。洵精忠之傑出,而千古爲昭者也。伏查周公神位,據儒學造送册内,列入名宦祠中。但從前曾否題達,縣係衞所改設,無案可稽。而周公之祠墓,則於欽奉上諭事案内,每年奉部檄查,歷經册報,照例防護。周公之宦迹,則於晉省《通志》内立有本傳,進呈御覽,惟春秋二祭,未奉明文。兹據合郡士民呈懇,由學牒移前來,似宜仰請襃揚,以光風化。爲此,據情詳請轉詳上憲,准予具題,以垂專祀。

據此,該寧武府知府魏元樞查得,故明之季鎮守寧武總兵官周遇吉,當闖賊猖獗攻破寧武之時,奮勇捐軀,其妻劉氏亦能督率僕婢,竭力殺賊,全家殉節,迄今將已百年。而士民感慕不忘,公捐銀兩,立廟塑像。二月二十二日是其夫妻盡節之日,九月二十日、二十二日是其夫妻生辰,醵錢演劇，祭以羊豕，合郡軍民纍纍羅拜，數日不絕，則直道之在人心，久而不磨矣。但每年祭享，皆係民間自爲備辦，未奉明文，載入祀典。今復據合郡士民公懇，俾求專祀。理合轉請題達，俾予專祀，以昭永久。

周將軍祠准祀始末

爲敬揚前代之精忠，籲請聖朝之祀典，以光名教，以慰輿情事。

乾隆八年七月内，據寧武縣詳，據紳士馮凌雲等呈稱：竊惟成仁取義，以閲世而彌芳；褒烈旌忠，不異時而可廢。幽光難没，事已灼於簡編；大節常昭，報必隆於俎豆。恩濡雨露，寵荷幽明。如故明宫保、山西總兵官、謚忠武周公諱遇吉，鷹揚賦質，高懷夙在風飈；猿臂呈奇，大勇實由天性。一身許國，由偏裨而秉鉞持麾；百戰成功，歷中外而揚威震武。追心腹屢邀帝眷，股肱特寄專司。節制邊關，雖聲著范韓之壯略；寇來寧武，奈勢同張許之孤軍。時則甲仗星移，中山無可完之壘；鼓聲雷動，兩河絕偏應之師。猶且義激三軍，誓殺賊於搶地呼天之日；利通九變，衛生民於寒心破膽之秋。公爾忘私，滅周親而伸軍法；忠能殉國，甘一死以撲妖氛。罵賊舌厲於杲卿，擊賊笏嚴於秀實。夫人劉氏，巾幗鬚眉，閨閫俊傑，操弓矢而登屋，率僕婢以殱仇。毒甚燎原，焚身不惜；慘聞閤室，視死如歸。爲臣盡忠，血化萇弘之碧；爲婦盡節，焰飛姬女之灰。同畢命於一時，珠沈玉碎；並流光於奕世，懦立頑廉。且部下群僚多半捐軀殉節，帳中謀士亦皆慕義忘生。洵方册之希聞，亦古今之僅見。當日士民感義，既立廟而焕丹青；迄今父老傷心，猶過墟而悲霜露。前經縣主詳請祀典，院憲石飭令捐貲。竊念忠武公，精忠貫日，氣節凌霜。人實非常，長痛九原之杳渺；死而不朽，合歆千載之馨香。雖職在官司，盼蠁寧憂不祀；若更邀帝錫，烝嘗倍極殊榮。合詞具呈，懇詳題請。再當日相隨殉節遊擊崔雲、王前士、呂品貴、王尚慎、張大選、高日光，博士弟子楊鼎勳、楊鼎樞，廩生賈三光，似應一體從祀，以表義烈等情。

　　該寧武縣知縣錢之青查得，故明宮保、寧武總兵周公遇吉，忠昭日月，節凜風霜，慷慨立身，夙充浩氣，奮勇殺敵，歷建奇功。迨夫控制三關，軍容肅於細柳；兼之惠養百姓，政聲著有甘棠。無何國步斯頻，遂爾妖氛漸熾。痛孤城之已破，惟矢殉國之誠；悲大廈之將傾，獨彰罵賊之義。夫忠婦節，闔門共矢丹心；物煥星移，寸土長留碧血。一代偉人，千秋正氣。雖發幽光於史筆，已留不朽之名；未蒙清議於禮官，尚缺惟馨之典。理合具呈，轉請具題。俾邀優恤於洪恩，烝嘗弗替；表孤忠於奕世，俎豆維新。至遊擊崔雲等，或以僚屬而慷慨偕忘，或以諸生而從容就義，是皆一時之忠烈，實為百世之儀型。可否從祀於兩旁，以慰幽靈於九地。合將《明史》中列傳、墓表事實抄送核轉云云。

　　該寧武府知府魏元樞查看得，故明殉節寧武總兵官遇吉周公，天姿英勇，屢著戰績於中原；秉性忠貞，思支大廈於絕塞。當逆賊席捲之際，正將軍飲血之秋。氣壯孤城，全營敵愾；心晶皎日，舉室同仇。慷慨以誓三軍，山鳴谷應；跳盪而殺大寇，兵盡矢窮。之死靡他，恨無擊賊之笏；守正而斃，永垂汗簡之芳。其妻劉氏，義烈發於巾幗，智勇同於鬚眉。率僕婢以登樓，精當一隊；仗弓刀而蹈火，節盡闔門。至今父老之歌思，流連下泣；每向城郊之廟墓，祭拜如林。是以本府於乾隆三年內，曾經轉請垂祀，前憲止准府縣公捐，歲中兩薦。明禋固無廢禮，秩宗未知名姓，終是缺文。至於周公部將，同時盡節之遊擊崔雲、王前士、呂品貴、王尚慎、張大選、高日光，及生員楊鼎勳、楊鼎樞，暨其幕友廩生賈三光等九人，感守睢之大義，美媲南雷；侔依島之雄風，情均田客。或則短兵巷戰，血濺豺狼之身；或則書劍偕亡，神傍精忠之魄。偉哉烈士，名骨皆香；死矣如生，烝嘗宜及。似宜從祀周廟之兩廡,庶不致没前代之孤忠。理合據詳轉請題達,編入祀典,并請酌動正項,春秋致祭,以垂永久,庶可以慰合郡之人情,而作天下之忠義云云。

布政使陶諱正中覆看得,前明寧武總兵諡忠武周公,名遇吉,壯志干城,精忠貫日。艱危板蕩,值明運之告終;叱咤風雲,遏妖氛於寢熾。激孤軍而誓死,城摧玉碎之日,浩然氣結如虹;經百戰而舍生,矢飛蝟集之辰,慘矣血流凝碧。渺兹芳躅,允爲勝國之完人;酬彼殊勳,宜錫聖朝之曠典。且伊妻劉氏等,部將崔雲、王前士等,諸生楊鼎勳、楊鼎樞,幕友賈三光等,蹈火焚身,閨閫咸伸大義;捐軀遂志,僚友並切同仇。事越百年,名垂曠代。建祠肖像,已徵公好在民;賜祭邀榮,尤望教忠自上。按禮,有功德於民,與以勞定國,以死勤事者,皆所當祭。合無呈詳憲臺,特表孤忠,俯念明禋,關於綱常名教,題請編入祀典,於寧武縣地丁正項内,歲編留支額銀一十六兩,春秋致祭,庶千秋俎豆,永垂不朽。

禮部等部會議得,據山西巡撫阿疏稱,前明寧武總兵官諡忠武周遇吉,勇略超群,忠義貫日。從征豫楚,屢平寇逆而振軍威;節鎮雁關,連斬叛降以伸大義。據險設伏,守孤城於纍卵之秋;援絶糧窮,猶巷戰於飛矢之下。誓一死以殉國,甘臠割而不辭。擊賊之笏已無,罵賊之舌猶厲。允矣千秋正氣,洵哉一代偉人。且其妻劉氏,率婢僕以殲仇,蹈湯火而不顧。部將崔雲等,或捐軀殉難,慕義亡生。忠烈既萃於一門,勁節復孚於僚屬。史册已邀彪炳,烝嘗宜薦馨香。建祠肖像,已徵公好在民;賜祭邀榮,猶望教忠自上。懇予題請,編入祀典,於寧武縣地丁正項内,歲編留支額銀一十六兩,春秋致祭,以垂永久。并將同時盡節之遊擊崔雲、王前士、吕品貴、王尚慎、張大選、高日光,及生員楊鼎勳、楊鼎樞,幕友廩生賈三光等九人,一體從祀等因。臣等竊查,許國忘身,固屬守土之正,而以死勤事,實與祭法相符。前明寧武鎮總兵諡忠武周遇吉,勁節凌霜,孤忠誓月。初奮身以殺賊,豈真願一死完名;繼力竭而援孤,遂甘心閉門受毒。芳躅已垂史册,忠魂宜祀烝嘗。應如所請,准其編入祀典,垂諸永久。惟查晉省均派祭銀案內,所設專祀祭銀,俱罕踰十兩之數,今疏請留支額編銀一十六兩,似未畫一,應准其額設祭銀十兩,於公建祠內春秋致祭,以愜輿情。其每年額支銀兩,准於寧武縣地丁銀內編支。

衛廣文撰著《仲氏易説》序

孔子曰:"《易》之爲書也,廣大悉備。"惟廣大,則凡知者所見之知,仁者所見之仁,雖囿一偏,而於《易》之體,必各有當。惟悉備,則即偶指其理之上者、下者、精者、粗者,與夫數之分者、合者、反者、對者、那移者、錯互者,参之伍之,而要有得於《易》之無方。昔至聖之門受業三千,身通六藝七十二人,皆能見聖人之道,何嘗錙銖尺寸互相比擬,而必以彼肖此乃爲賢耶?夫學聖人如此,則學《易》亦何弗如此也?

余家九葉以《易》傳子孫,歷世間有標註,要皆以本義爲宗,程傳爲緯,而旁証諸家之説。至數學之變化,則語焉而未及詳。蓋於辭變象占之間,特精研其理,以爲修己保世之業而已。及不佞之身,專攻是經,倖邀科第,平居致力亦不敢踰先儒之範圍。若夫闢蠶叢,探奥窔,獨伸其説,成一家言,非惟日力有所弗及,抑且識見固有所域也。

今衛子於仲氏之《易》,獨增删而批訂之,用力幾三十年。其於反易、對易、移易之法,言之加詳,是蓋善能引伸觸類,且引之逾長,觸之彌廣者。未嘗盡用仲氏原説,而剖析其理,切實精微,確不可易,於廣大悉備之體,悉有合焉。吾知四聖復起,亦必有味乎其言也。今日者衛子,行年六十,研極勿倦,每有所得,欣然忘食,使獲與古之通儒大賢,賞奇析疑,益商所學,安知不可信今傳後,以《易》名家,與程朱相接踵?乃限於地而薄於命,以明經老,以廣文終,邊塞荒鄙,絕無執經問業者,經師人師,兩俱湮沈。獨不佞於簿書鞅掌之餘,藉讀寡過,間以所得相參考,而衛子猶未必許爲知言也。因撮其纂述之略而歸之。

吴秋崿詩序

詩之爲道,難言矣。漢魏以還,名作林立。遠而溯之,上古之歌謠,經書之韻語,皆可以辨詩之源流,得詩之指趣,固不獨刪定之詞,騷愁之變,奉詞壇不祧之祖也。又況古今之論詩、評詩、選詩、註詩者,無慮數百家,率皆抉奇表異,發突鑿幽,疏觀其品騭,綜覽其大凡,後有論詩者將無以加,即後有作者,亦應無以復加。而詩之道遂窮乎?不然也。詩之派別不同,而要皆發乎性情,以橐籥乎天地之元聲。故凡有一作,古人業已登峰造極,高不可攀,望而擱筆,而每於千百年後,復有作者盡翻窠臼,突過前人。如漆園老吏所云:"知其解者,旦暮遇之。"遙遙千載,後先輝映,何與?則以太和元氣,鼓盪不息,而生人之性情日新月異,古今不相襲,前後不相謀,遂獨有其不朽也。夫惟發乎性情,以橐籥乎天地之元聲,而獨有其不朽,則直舉論詩選詩之所謂沈雄、雅健、典重、高華、清新、俊逸,風流擺脫,纍纍言之者,不必有意摹擬,無不可舉而空之,亦無不可舉而包之。誠以吾之性情,原非遙分往古,預借後人,而天地之元聲,皆我之精氣也。

余生北鄙,夆野迂疏,素不攻詩,何敢言詩。而持此意以衡古今,或亦有合,未敢告人。丁巳九秋,於同年宋履祺京邸,獲讀秋崿先生全詩,而并獲讀其北游京師之近作,深羨其不讓古人。追接其人,亦如其詩。知先生之詩,將以其自有之性情,橐籥乎天地之元聲,卓立於古人之後而傳之不朽矣。

送王天章歸省序

　　士之相知也，難矣哉。而泛涉聲氣者，輒云傾蓋如故，斯言也，吾不知其何心。嗟夫，相知何可易言也。百世而上，千世而遥，南海之南，北海之北，苟有所謂賢人君子，豪傑奇士者，生於其間，則莫不愛之慕之，流連慨想，以不獲與之生同時、居同里爲憾。而往往於覿面晉接者，又淡焉漠焉，相遇而不相知，其故何也？莊子有言："知其解者，是旦暮遇之。"夫既已知其解矣，則千百載固旦暮間事。然既已知其解矣，則旦暮遇之，庸詎不可與千百載而一遇者齊觀乎？

　　余嘗持此意，以相天下士。當世之士，既不屑以余之迂疏孤介，許爲同群，而余亦未嘗於天下士濫有所許可。久之而得王子天章，與余同官。夫天章爲海内知名士，射策高第。曩余未識面，讀其文，慨想其人，意必倜儻磊落，俯視一切，不屑屑與人爲徒，而焕發其懷抱之奇，以慰天下想望丰采之心，而余亦得於共事之餘，借庇休光以爲愉快。而天章不然，則且抑乎其有以自下，退然而若將弗勝，似有得於知雄守雌之旨，而以深隱行其不測也者，而余曩者慨想之心，爽然若失矣。豈以天章顧類於處士虛聲，而無實效者耶？乃自共事以來，於今三年，天章之心蹟坦白，與人和厚，貌若深隱，而實無不可與天下相見。及其處事，則又動中窾會，出人意表。然後知天章之才猷肆應，而器局深沈，由於學有得力之地，能化其虚憍駁雜之氣，以底於醇者也。蓋余曰："範圍於天章虚懷雅量之中而不自知，是天章之虛懷雅量，其容納猥激狹隘如余者，不知幾千百矣。"嗟夫，以余自安落落，義不苟合，當世不我與，固然其無足怪，彼各有徒，物從所好，所謂

"我與我周旋久,寧作我"耳。獨是余自涉世以來,往往留心天下士,而未敢稱得士。迨日與天章共事,幾幾乎交臂而失之,今幸已知之矣。

方與訂生平交,乃天章以親在堂,急圖歸省,又於數千里外而送之趨庭返斾,雖相與致身之義,後日方長,而離索之感又何能已耶?益知知人得士之難,而交道之未易言也。而今而後,余又何以相天下士爲哉?

送同寅周西昀歸養序 壬午舉人,湖南寶慶府邵陽縣人,名邰生

天下之大,四海九州之廣,名山大川之靈秀,鬱積磅礴,必有偉人崛起乎其間,不以升沈顯晦爲輕重,古今一轍也。以予生於河朔,足跡不遍天下,壯而宦遊,亦常登車攬轡,慨然而有志矣。東望岱宗,北眺恒山,南涉孟津,陟中條,登首陽之巔,歷潼關、崤函之紆盤險阨,縱觀終南、太華、嵩高、少室之崔嵬崒嵂,流覽憑弔,高望遠志。思古之仁聖賢人,其生於此,如某某者,恨不得與之俯仰揖讓,質証所學,商經世大略,因不禁有感於中也。且予又以迂疏孤陋,猝詿吏議,奉詔還京師,復不暇訪當世之豪傑,與爲交遊,而風塵中落落寡合,亦未見有古處君子其人焉。乃歎士生斯世,尚論古人,未若出門求友之難也。及予備位秋曹,周旋名卿大人之側,位高望重,輒以勢分懸殊,不敢仰叩其學術經濟之奇以自廣,兼以名法繁劇,復不暇納交於當世之賢士大夫。其餘碌碌者流,抑又卑之無甚高論,仍是落落寡合焉耳。

居久之,得邵陽周子,與予同官。其始接也,退然而善下,淵然而若谷。久之,恂恂順正,未嘗於進趨間稍有所冀倖希合。予意其或爲古處君子,而心猶疑之,何也?媚世之鄉愿,厚貌深情之鄙夫,始未嘗不規行矩

步,不旋踵而生平見矣。君子之交,正不欲結契,片言涉於聲氣,且始之不擇,凶終隙末,古人慎之。此吾所以初與周子交淡然也。逾年而相合,逾年而相親,又逾年而性情乃益浹洽,於是始相與講論義理,訂証古今,考校政事文章。其勤勤懇懇,勉我以自愛,策我以勵行者,遺勢利而敦古處。嗟夫,以予涉歷河山,足跡半天下,所至通都大邑,既又列官於朝,落落寡合,未嘗奉教於賢士大夫,以磨礪其瑕疵,乃一旦從名法期會之餘,日與端人正士朝夕遊處,亦大幸矣。夫周子之所責於予者,其意甚厚。即吾之致望於周子者,亦欲因其淵深之德量,擴充才識,爲朝廷有用之人,以無負造物玉成之意,非直欲其謹身寡過自好而已也。

乃周子以太夫人春秋高,日思歸養,久之得請。吾知周子歸拜堂下,太夫人之欣欣色喜者,不在其子之宦成名立,而在其子之學術人品可以自立而不愧。即獲交周子者,其亦可以不愧矣。古之君子不以名位之崇高爲光寵,而以德業不修爲可恥。如周子者,萃扶輿鬱積磅礴之氣,崛起於蒼梧衡岳間,讀書好古,敦行勿倦,卓然守其所學之正,推重於公卿,特拔於聖主。是周子爲一代偉人,業已顯名天下矣。移孝作忠,復能兩全,今亦不必以不獲大竟其用爲周子憾,而況周子之所有待而施者,正未艾也,天下之人其又何覬望焉。獨是予以迂疏孤陋之材,日奉教於君子,得益修其所不逮。今周子歸矣,有庭闈之樂,而渺渺予懷,徒深風雨之思,不復聞過也,周子其又何以教我耶?

送同年朱太樸之任江南序 朱名諶,字子誠,號太樸,陝西平凉人

士君子讀書盡萬卷,卓然見於天下,當必有浩浩落落、光明俊偉、不可

一世之概，以自樹立，而後確乎不拔，不爲流俗之所惑。若此者，蓋千百不一遇焉。彼齷齪踽踽、俯仰浮沉、濶跡於清濁可否間者，其於入世則得矣，不可以廉頑，不可以立懦，辱科名而羞當世，又安見所爲丈夫者耶？平涼朱子太樸，崖岸嶔崎，激昂慷慨，其光明俊偉，常有不可一世之概，嶽嶽然自得其爲我，以故挾其不可一世者，抗王侯而薄卿相，少攖其心，輒拂衣去，掉頭不顧，千人辟易，家無擔石之儲，好施與，重然諾，有古烈士風。而當世瑣屑卑鄙之士，雖以禮下之，冀邀其顧盼，不可得也。

雍正癸卯，捷春宮，與余同爲文震青夫子門下士。試館職不售，余束裝歸里。太樸欲酬四方之志，掉鞅南遊，足跡遍於青兗荊揚徐冀之區，登岱宗，陟天目，歷蒼梧，跨洞庭，溯洄於五湖三湘七澤間，交接海內知名之士。如是者十年，以益廣其才識，擴充其聞見，而不屑屑以一第誇耀於鄉曲，亦不汲汲以需次待銓都下，此其意量居何等也。今屈指同譜，落落晨星，升沈顯晦，得失異致。彼俯首泥塗者，姑勿論。若某某者，建高牙，擁大纛，天子倚爲股肱，四海望其霖雨，極遭逢之盛，然而遺大投艱，臨深履薄，有車服之榮而無雲霄之樂，又況如某之勞於名法，日馳逐車塵馬足間者哉。

乃太樸方尚志邅邅，有司以銓次逾期，知朝廷需材，亟爲勸勉。太樸不獲已，詣吏部，授涇令。天子垂眷老成，不欲勞以煩劇，命畀簡缺，資其臥理。是太樸之得君厚矣，聖主之曲體小臣，可謂榮矣。太樸不肯以其強仕之身，早自表見，游優閒曠者十年，而後乃今膺民人社稷之重寄，宜何如報也。吾知太樸流覽列國時，於風氣之異宜，質文之異尚，政治寬猛詳略之各殊，必有熟籌於意中者。一旦得位，斟酌損益，舉而措之，不競不絿，以無負天子設官命吏之意，實有可以自信必無以其嶔崎激昂、不可一世之才，凌躐而施，固即於太樸十年以來周行天下之閱歷卜之也。

文卷二　西河文集

調授汾州府各屬札諭一通

爲詳諭速結案件，以免拖延，以尊官體事。

竊惟儒者學古入官，上承朝廷之寵命，内因世德之遺澤，外則章服榮身，吏役奔走，下則閭閻待命、祝詛交訌，其有光則祖父欲之，其有利則子孫享之。而且聞人之諛，明知其虛也，釂然喜矣；聞民之怨，明知其實也，怫然怒矣。是則爲官之身，乃上下幽明、遠邇内外、親疏厚薄，群相責望之身，蓋無時可以稍弛矣。所謂夙夜匪懈，與明發有懷、同條共貫、盡忠補過，一刻居官，一刻難逭。今之入仕途者，以視古人獨善兼善、明德新民、正己服物，事無不可對人，夜則焚香告天者，未知其相去逕庭耶？河漢而無極耶？抑尚去而千里萬里耶？均未可知。即我同事，大抵皆樂爲善之君子，而鼓舞向上，未必皆甘居下等矣。

本府之孤子坦易，四月以來大率皆共諒之矣。諸君子之皆樂爲君子，而不肯幾微入於小人之域，亦大略可睹矣。乃數月以來，竊見汾郡居官習氣，實有令人憬然惕、色然駭者，姑爲諸公妄言之，諸公亦妄聽之。迂闊腐論，所謂句句聖賢，字字精一者，老生常談，言者報然，聞者欲卧，棄置勿道。即以目前居官之簿書期會，似尚大有可商，則各屬之罷玩未瘳，仍不得不大聲疾呼。望諸君子鑒區區之愚忱，而稍一瘳焉者也。

到任以來，通檢案件，上批有十年未覆一字者，次則八年、七年、五六年、二三年矣。命案有五年並未審結者，次則四年、三年、二年、一年矣。至承查之件，又有屢催不理者，正不知諸公何故忍而爲此，將謂其難結乎？難結竟可不結乎？終須要結，何故不籌一可結之法，速爲結乎？每檢一案，連篇累牘，非竟日力不能閱完，而其實則皆無關緊要。催牌覆文，病狀甘結，纍纍不休，陳陳相因。而且瘟神作祟，圜扉之内多患傷寒，症奇而不甚險，寒疾不汗，五日可死，罪人傷寒，一二年不瘳，然幸而不死。且此疾又工於傳染，同禁之人無有不遍，同案之人此愈彼傷，從無良藥可療囹圄，不知此疾果天爲之耶？天乎何尤？果人爲之耶？是官乃瘟祖，醫乃瘟魔，禁卒乃瘟使矣。吁！異哉，興言及此，幾欲頭髮上指，仍又不值一哂。噫嘻，不知諸公皆欲爲君子，何所利而爲此也。外省事須創始，豈可内較法司？法司審理命案，一月完矣，部限緊迫，而事皆凑集，固不如外吏之棘手掣肘，然亦何至以命案三月之限，尚不審清，而轉咒應死重囚以遭瘟，藉罪人以庇君子之過耶？靦然人上，不亦惜哉？

　　然此重案，猶云慎之，至於上批呈詞，即或革黜職銜衣頂，亦可不日歸結，動輒經年累歲，恬不爲怪，毫不介意。竟似詞訟應如此沈擱者，無論徒增案牘，枉費紙筆，犯証有拖延失業之苦，甚之案内死亡，致乏質証，輾轉狡供，初易終難，生者骨肉離析，死則親戚詛罵。其害州縣，百姓受之；其殃爲官，之子孫被之。初則無心之過，久成癖結之疾。常見宦裔子孫衰微，祖父不皆以賄聞，而顛連乞丐者有之，得無因果自此來與？本府昔官京師，偶言新城王先生一長者，云此公詩名滿天下，而子孫式微。若此想，公別無失德，獨身爲司寇，掌天下刑名綱領，而終日但講作詩，精聚於彼，則神荒於此矣。本府聞言惕然，屏息移時。

　　今諸君子大率不以案牘關切，豈精神別用於聲色貨利耶？抑但坐嘯南樓，高卧北窗耶？且居官者僅辦案牘，雖係上下交結之公事，實止作官之皮膚。若但如限完結，得一良幕，我但主畫諾而已畢矣，此外皆悠悠閒曠之身也。而精神之運量，夙夜之圖維，深入閫閣，求諸寢寐，美衣肉食，牀陳華褥，筐有餘資。因即念我窮黎，半菽無策，裋褐不完，所居不蔽風雨，夜臥無可棲身。隨時隨事爲之設處，爲之布置，即未遍及，以漸推行，不求人譽，不求上知，百姓即未深信，衾影不至大慚如此。居官正不必高言周召，比績卓魯也。僅僅隨分盡此鄙誠，不負乘肩輿、布頭踏，致五民指目低罵公噇已耳，而諸君子得無以此言爲過乎？而本府且以此言尚未盡態極妍，仍自留餘地以爲藏身之固，而並以袒護屬員也。何以知之？則以一上下通辦之案牘，動罹參罰，小則申飭，共見共聞，盡皆泄泄沓沓，罷玩成風，牢不可破，又安敢望諸君子於上官所不能目見耳聞之地，肯作此迂闊可厭事耶？

不能目見耳聞之事，不敢刻意苛求，共見共聞之事，則願自今爲始。與諸君子約：從前奉上批審事件，務於二月內徹底審結詳轉。其命案已報病者，於病內審訊明確，亦於二月內全數招解到府，以憑審轉。其本府到任以後命案，計已久逾分限，尤不可再行稽遲。至乾隆十三年事件，上緊於二月內通完。新報命案，限於分限兩個月外、七十日內解府，以便案內不符之處，在縣限商酌改正；如不解府，即籤提經承重責，不作誑語欺人也。倘不依限審結，仍以安富尊榮之官長，藉凌遲斬絞之囚徒，靠爲護符，混以染患時症通報概之，本府何惜親往查驗，不惟諸君子之面，難以奭然而對上官，恐諸君子之面，亦難以覥爾而見罪人矣。既經改歲，各宜改行。本府不得不自策衰庸，與諸君子更新圖始，同功同過。此諭。

汾州府上準中丞條議

一、府境情形宜指陳備查也。汾州一郡，西界黃河，南接隰州，東南連平陽，東北抵太原，截長補短，方千餘里。某因盤查之便，逐一巡歷。郡西之臨縣、永寧、寧鄉、石樓，界盡黃河，高山綿亘，直入雲霄。大禹所鬭之呂梁、孟門，東接雲七里、黑龍洞諸山，盤迴六七百里。其間灌莽叢雜，從未開闢者，或數十里，蒙密聯絡，群虎搏噬，商旅隊而後行，然尚有於虎穴墾種者。某不憚跋涉，窮極險阻，西沿大河，東陟窮山，達於平陸，周迴行千三百里有奇，目見頗切。大抵郡西四屬，田居山坂者十之九，汾陽、孝義山田十之三，介休山田十之二，平遙盡屬膏壤，而汾、平、介、孝，往往有渠水之利焉。士習多屬朴陋。某每到一處，詣學行香，會集諸生，課其學問，多夆鄙寡陋，其少知讀書徑路者，百不得一。民間風俗，質朴者多，獷悍姦頑，雖所時有，然官斯土者涖事公明，調劑得宜，人心悦服，便能少事，此固細體而有驗者也。

一、府屬佐貳宜移駐以收實用也。查汾郡之東四屬，西亦四屬，西屬地窮山險，東屬民富土肥，而西地之廣倍於東地。汾府軍廳於數十年前移駐介休，管理水利，以資彈壓，糧廳仍附府而居，官閒無事，但候差遣，坐消歲月耳。今巡視所及，見永寧西南六十里，地名青龍鎮，舊有城垣，寬大完整，附近之柳林亦煙户繁庶，而地遠民刁，匪類賭博窟穴，其中往往滋生事端，永寧案件多在此地。西扼入陝咽喉，迤北爲軍舖灣，過河達於秦省之吳堡縣；迤南爲後河底，過河達於綏德州。青龍鎮舊駐守備驛丞久已奉裁，而黃華故館尚存強半，且深山窮谷，易藏奸匪。似應將糧廳一員移駐其地，請給關防，以資彈壓，繕修衙署，費亦無多。凡西四屬之盜賊、賭博、逃人、邪教等項，一切犯禁事宜責令該員實力稽查，各屬倉庫錢糧亦飭就近不時清理。至汾陽縣西六十里黃蘆嶺，原設巡檢一員，責以稽察往來之事，但該處居民數家無可管轄，地雖通衢，尚非扼要。今查汾陽西南二十里，地名三泉鎮，煙火萬家，每逢集場，遠近輻輳，十倍府城。而且附近村屯甚屬稠密，縣令事件叢集，稽察殊難周遍。似應將巡檢移駐三泉，畀以查察之任。以上二員不過一轉移之間,即化閒員爲有用,似亦調劑地方之一端也。

一、黃河口岸宜禁私渡,以防奸宄也。查黃河自偏關縣老牛灣入山西界,千三百餘里而達永濟縣,是爲第六曲。汾郡凡管黃河四百餘里,北接興縣,上溯偏關西岸,近於鄂爾多斯。臨縣二百一十里,西岸爲吳堡縣;永寧州十里,寧鄉縣三十五里,西岸俱爲綏德州;石樓縣一百里,西岸爲青澗縣;其自石樓而南,則爲隰州之永和縣,對岸延川、延長皆爲内地。今自巡境内,雖未全緣河行,但由永寧之磧口而南,攀呂梁,過孟門,至寧鄉之軍舖灣,蓋六十餘里。見黃河之渡船皆有墩汛稽查,而永寧州青龍渡巡檢不管村屯,專司口岸。所管三處:一曰後河底,對岸由綏德州吏目稽查;一曰黑蛇溝,對岸爲楊家店;一曰軍舖灣,對岸爲宋家川,皆由吳堡典史帶管,而後河底、軍舖灣俱設墩汛,詢之沿河渡口,多有防兵把守。其最要者,尤在上流近於鄂爾多斯草地之處,蓋晉西防河亦如晉北防邊也,其在西岸定有墩汛可知。今巡勘沿河,見或有渡無墩。詢之該巡檢,據稱棗林坪渡口係綏德州民私開,郝家坪、李家溝二處係吳堡縣民私開,曾經本州移關禁止,亦不能絕,陝西民人不能管束等語。隨自驗其船載之物,不過米糧煤菜之類,問皆良民,原無禁物。但思河渡文武員弁稽查,原有深意,倘或奸宄之徒覘知不能管束,因將有違厲禁之硝磺等項私載冒渡,透漏外藩,又或逃盜恣行,全無顧忌,何所底止。患固多生於隱微而發於人之所忽,舟人網利有限,邊防貽害無窮。似應飭行沿河文武官員查明古渡原設幾處,私渡起於何年,秦民晉民何人所設,一一報明,果屬私開、不經文武員弁稽查者,應請移文陝省,並行本省沿河文武衙門,將私開渡船併集舊設口岸,聽其生理。其或萬不容革,實在便民者,許兩省文武員弁互相查察,實力奉行,以防奸匪。倘或不願併集,即押變賣,似亦防微杜漸之一端也。

一、請嚴禁燒鍋,以裕民食也。查私燒原有例禁,自乾隆初年奉旨議禁以來，主其議者持爲兩可之說，開於豐年，禁於歉歲，十餘年矣，何嘗並無歉歲，是誰曾禁燒鍋？又燒鍋，官徵其稅，入於奏銷，禁之缺額，無可填補。且豐歉之數有定而實無常，地方官避歉收之名，厭賑恤之累，往往以四五分報七八分矣。間有憚於採買秋收倉穀，希圖邀譽免息，即以八九分而減爲六七分矣。如此之類，十中五六。且一燒鍋也，器具粟麯，非可猝辦，開之不易，閉亦甚難，因而上下相蒙，吏爲奸欺，不可究詰。故某外任十年，但見燒鍋之開，而未見其禁也。而今則以燒鍋斷斷應禁者，何也？晉省雖大，富户不抵貧民之多，糧價最昂，汾郡尤占晉省之貴。而燒鍋汾郡最盛，盡用高糧，味甘而釅，演武鎮二百家而缸房六十舖，汾陽、永寧各三百餘舖，平遥、介休數略相同，孝義次之，臨縣、寧鄉又次之，石樓獨無。一郡千舖有餘，舖以月燒五十石計之，是一郡歲耗糧七八十萬石，通省計之，數豈鉅億已哉？汾郡倉糧二十三萬有奇，不敵缸房半月之用，欲指區區廩粟以賑貧乏，其濟幾何？而況非歉不賑，豐歲穀貴耶？則何如綜通省之大勢，權利病之重輕，省富民所耗之糧，爲貧乏日用之計也。細詢輿情，皆言秋麥之貴，由於燒酒。今似應實力禁止革除，酒稅倏開倏禁，萬萬無庸示以畫一。應停之期，碎其鐵缸，收其器具，并禁鐵礦不許再鑄燒缸。過期之後，遴委强幹廳員，挨村遍查，仍藏麯酒，即散鄉民，舖存高糧，收入義倉，恐其巧藏，一鄉舉報，准分缸房所存餘糧。夫數家網利，比户誰肯相容？衆貪其私，財東疾收其本。雖立此法，不待久行，風聲所及，將不禁而自止。事似出於武斷，利實均於萬民，較之和糴，其效數倍。如此而糧價仍不輕減者，未之有也。

汾州府興復西河書院詳請始末

爲公議興復西河書院，以隆文教，以育人材事。

竊惟聖人在上,廣菁莪棫樸以作人;稽古舉賢之方,實德行文章而並重。風行草偃,披拂於大塊之仁;仰沫承流,推施迺小臣之分。既任職守土,難事事諉過前人,遥俟後人。況食禄備官,當汲汲自強爲善,思同爲善,故創始而非由舊,尚宜禮制,因時若振緒,即爲作新,奚可苟且塞責。則有如卑府郡城,舊存書院,亟宜詳請興復也。

詳考汾州之地,古號西河,漢曰美稷,故明因州陞府,統轄環境八城。汾水東朝,聯山西抱,歷稱名勝,代産偉人。於今漸成嗜羶逐臭之區,然尚不乏磊落英多之彦。即令舊無書院,猶宜設法教育,以作士氣而厲文風。乃現在坐落府署東南,舊建書院一所,相傳卜子於兹設教,扁額表以"西河前廳",敬祀先聖,像設儼然,在坐四瞻,堦除榱桷,前型殊不遠人。而且講堂號舍,布置合宜,几案庖廚,器用全備。居縣庠之坤位,致養得方;占府城之巽隅,文峰聳秀。此都人士實所具瞻。前守加意作人,亦曾延師教讀,生儒成就聞頗可觀。後因費繁無出,至今久輟絃誦。

兹於到任以後,數經履勘,久思興舉。初則案牘煩夥,心力難分,繼籌經費所資,金錢乏術。徘徊展轉,再四躊躕,接見屬員,細加商略。僉謂:"作人雅化,事屬應行,現奉興禁事,宜首以興學校、端士習爲第一要務。且近來士風喧囂,急宜薰陶漸染,表樹風聲。既經功令申明,不便遲迴畏葸。"

隨據汾陽縣知縣沈廷珍議稱,該縣有一件願捐素積等事,案内捐輸銀一萬三千兩,每年收獲利息銀一千五百六十兩,歷係冬月施舍棉衣及義倉工食、育嬰乳母等項之用,請於此内撙節通融,每年酌撥利銀三百兩,以資書院膏火。卑府核查此項銀兩,雖不爲義學之需,而以地方之公利,用辦地方之公事,情理似得其平。但汾州府八屬九學,擬於每學拔取儁異奇偉可以造就者各三四名,入院讀書,所給膏火,雖不能上比省會大局之多,每月每名約需銀一兩二三錢之數,粗足食用,加以延師聘禮,脩儀供給等費,統計一年非六百餘兩不可。倘不徹底籌畫，勉強一時，即或終元樞之本任，亦不能使後之官斯土者有所依據，長久舉行而不忍廢墜，仍似昔年書院鞠爲茂草蓬蒿没人矣。是以除前項利銀三百兩外，仍應商同州縣各員酌量捐資，再凑三百兩之數。卑府先於養廉内首捐銀五十兩以爲之標，其汾、平、介、孝等八屬，聽憑各員自酌己力，妥議差次，每年於養廉内願捐如干，按季送府，以便支銷。其或肄業人多，另應添出，知府則一力肩之，無庸捐助。倘有贏餘，留爲粘補房屋、添買器具之用。

除現在觀風取士、延訪名師、擬即聘請，其書院蕪穢破損之處，已經除治外，事關興復書院，理合詳請憲臺批飭立案，以垂永久。至書院一切遴員、提調、經理事宜，條約規模，并分捐數目，容俟奉批允准之後，再行檢查。元樞乾隆四年在寧武府任内，詳設鶴鳴書院舊案，另文詳請，合併陳明。

西河書院學規十三條

一、讀書宜有定時。在院各生務於黎明即起，收拾盥沐，日以爲常。孟子云："日夜之所息，平旦之氣。"正謂一日之氣，此其最初。清明時也，物感未交，興會自然勃發，天機自然洋溢，萬不可説話喫煙，致擾清氣。古云"口開神氣散"，散則難收矣。速讀文字，聲出金石，抑揚抗墜，自亦怡情，聽者忘倦。飯時則訕然皆止，飯後朋友乃得互相質問，然言語過多，則清辰之機趣又因揉雜而失。此則自體而有驗者也。

一、聽講宜有規則。早飯後傳講，上堂步武，定該雍容，不得戲謔喧豗，養氣質而習威儀。挨學敘坐，皆有常處，或以齒爲序，不得越次。疑則起問，否則靜受其辨。問必曾體會，實有疑難，方許論難。不得但競口舌，毫無領悟。

一、看書宜有定候。靜聽歸齋，默記師說，將註語反覆玩味。無論圈之內外，皆應熟記，逐字向白文上一一體會，而後以講章証明之。蓋朱註是看書根本，昔以之希聖賢，今以之博科第，淺陋甚矣。而尚不知留心，過目輒忘，腹中了無根腳，此等粗浮，焉有成就？且不但體玩朱註也，程子云："聖賢千言萬語，只是欲人收已放之心，自能下學上達。"又云："心要在腔子裏。"諸生刻刻須要收放心。如看書，心便要在書上，推之聽講讀文皆然。即是"敬以直内"，亦即"主一無適"，"其心收斂不容一物"，"常惺惺"之意。能心貼書上玩味，而又以四書五經之意，與本章本句互相發明印証，以聖賢之言，解聖賢之書。久之，豁然貫通，理無障礙，下筆作文，定即七穿八透，無格格不吐之病矣。

一、習字宜有常課。昔程夫子作字時甚敬，云："非欲字好，即此是學。"古者射以觀德，必内志正、外體直，然後持弓矢審固，可以言中而觀德行。況字學在六藝之中，自魏晉以來，名公學士往往以字名家，婦人女子尚以字學傳於後世。諸生若出筆塗鴉，穢雜草率，觸目可憎，總有佳文，亦皆減色。如日後登第，殿試寫卷進呈御覽，甲第高下分界，於此可不慎歟？諸生誦讀稍暇，即取法帖臨三二百字，或數十字，不必貪多，久久習之，自然改觀。

一、讀書宜有準繩。諸生材質，各分敏鈍，每日須將四書小字讀熟一二篇，明日講書，今日讀熟更好。敏者讀生文不須太多，每日一二三篇，只須當下成誦，且必實有會心；鈍者即二三日讀熟一篇，或再倍其日，亦無不可。日省月要歲會，是一年胸中最鈍，已化生文數十篇，三數年一百餘篇，用不勝用矣。人讀生文則心專而氣壹，亟須看其通篇結搆，及出題領脈、命意用筆、反正開合、虛實淺深、分股分意、題前題後、對面側面、反面正面、前路之所以然、去路之所以止，明人謂"功夫題要推到效驗，效驗題要推本功夫"是也。即一比中之"夫""蓋""則""而"之起承轉合，及不接而接、不轉而轉之神致變換，與忽整忽散、或疏或密之筆法，一篇如此，篇篇皆然，不過究心三數十篇，則機軸自熟。凡遇一題到手，固已別有會心，神來情來矣。迨至夜暗，皆可背誦經書。如食久自飽，飲久自醉，數月一年後，而尚無變化，未之有也。果如此而不變化，則木偶土人，石心茅塞者矣。

一、本經最宜熟讀。善學者必欲博通經史，十三經、二十二史、諸子百家，無所不闚，皆能裨益身心，發人才思。其次止讀五經，則亦淺矣。今諸生之本經，最宜成誦，而且講熟，不當止看標題。蓋經理實與四書之理相發，而作文亦原本深厚，餘力兼讀他經白文。至看《通鑑》不必涉獵，日止三數幅，以能記為主，既可上下古今開擴識力，而文詞斐亹者，用入時藝，亦自不同。日新月異，第一舉業矣。

一、讀文貴有家數。今攻舉業，專讀時文，且喜墨卷，便於剿襲，以至氣骨日下，文體卑靡。議者不察，謂之風氣宜然。舉世沿襲，不覺闈中渺無高文，主司豈能缺額？各生讀墨卷止取近科精選三數十篇，資其風調格局足矣。胸中既有古書，又有古文為之根底，其讀時文無論歸、胡、金、陳，無論熊、劉、方、韓，諸大家文筆高朗者，即宜因其性之所近，極力仿摹，成家甚易；文筆靡弱者，更宜因病用藥，力矯其偏，用力較難。至於晉省，一切腐爛惡調，開口便云"人之為學"，及疊句文法之類，在古人不過偶然，時下奉為典則，牢不可破，觸目欲嘔，則斷斷其不可入選者也。

一、識字宜究音義。五方之風氣異宜，讀書每帶土音，聲韻不清，道理即舛，至下筆作文，股中之四六對句與煞尾之實字，往往平仄不調。雖前輩大家，文字工拙，全不關此，然惟大家則可耳。平仄聲音，反正相調，文字讀去更有鏗鏘，是亦場屋之助。今不必定學《等韻》，各生案頭但置《詩韻》一小冊，閒時檢之，遂可變化。如四書中之治字平去二音，樂字去入二音,一音各爲一義。或偶看唐詩、詩餘,亦餘力學文游藝之一端,浸漬涵濡,文闈表判,援筆立就,不同流俗矣。

一、夜課當習勤苦。春夏日長人倦,非平日十分向學,志足帥氣者,三月十五日以後,不能夜讀也。勉强於夜,必昏憒於晝。若中秋以後,斷宜夜讀,初則更餘,習至二更,十月初便可三更,十一月可四鼓矣。此固數十年來已經之路也。通早晚計之,四鼓止得半夜,尚無夏至以前白日之久,由此而過,則損神思,較此不及,遂缺工課。自不學者視之,日長炎炎;力學者視之,轉瞬耳。古云"日不暇給",攻苦者真有此情。

一、課文嚴立賞罰。每課定做文二篇,早飯後下筆,日入而止,限真草俱全,不許腹藁,不許繼燭,有妨他課。敏者聽之,草稿粘訂卷後,以便磨對。錄舊者罰扣十日膏火,爲公用之資。六、七、八三月,每課應作書藝三篇,約法如前篇,皆六百字以外,短簡支蔓,斷然不可。文成送院長評其優劣,排定甲乙。六月以後,已過兩月,即分等第,列爲三等,本府覆閱,交提調官寫榜貼於講堂,非此斷無鼓舞激厲之法矣。其等第仍於册內註明,以便稽考。半年之內皆考三等者,辭回肄業,不必留院。

一、文字戒錯訛塗改。謄清最宜端楷,不得荒促遺漏,不得省筆小寫,如刘、楽、夅、孝之類,或訛反作返、聞作問之類。如一篇有過三字者,除三字外,每字罰扣膏火五釐,或遺漏旁註過三處至四處者,第四處即罰扣,如訛字之數。非刻也,因諸生每多不草而真,迨至成篇,又覺不妥,混行塗註,滿紙污穢。若草稿先定,再一檢點,順筆疾書,焉有此病?如此嚴罰,人知草稿之重,初若甚難,久之彌易。是盡玉汝於成,非煩苦之具也。

一、嚴戒群譁偶語。書院培養上進人材,非可遊談聚議。各生務居本室定位,坐不如尸,而不可不坐;立不如齋,而不宜久立。至於作文,尤宜潛心静思,純氣爲守,豈患文興不來?不許繞室游院,使静者厭其煩躁。即平日讀書用工,分陰可惜。無故三五爲群,口談非義,是即邪僻之萌,勢不流於毫無忌憚、無所不至之小人而不止。興言及此，憬然可畏，往年省城書院可爲殷鑒。興復書院，本冀同爲上達之儒，然不可不防下流之漸。本府不時自往稽查，如有並不在室，亦非如廁，必其自棄惎人之徒矣。若其並不在院，尋之不得，徑情遠出，久之始歸，如此等類，輕則斥辱，重則戒飭，又其甚者，即令回籍。設至於此，該生何面目見父母妻孥、鄰里鄉黨耶？各宜勉旃，是所深幸。

一、告假宜嚴程限。各學生員，非欲上進者，斷不來此。胡翼之讀書山中，得家信但看有"平安"二字，便投澗中，故爲有宋名儒。諸生皆以讀書而來，其餘一切，皆在可棄。在府附近者俗冗，概不准周旋。萬一告假，止許一日，是晚即回。倘多一日，倍扣膏火。孝義者准告假兩日，平、介者止准三日，永寧、寧鄉者止准五日，石樓准八日，臨縣准十日。汾、平、介、孝，每季止准一次；臨、石、永、寧，四季止准二次。假期稟明院長，仍親赴本府面陳，如果事屬緊要，方准給假，不然未可也。其告假也，亦於册内名下記註日數明白，逾期科罰，萬不姑息，人衆情棼，非有厲禁，恐滋事端。

以上學規十三條，本府即寧武鶴鳴書院十七條節之如此。彼係創建，此係興復，彼地尚武而勁，此地美秀而文，故有不同。知其解者，遊行規矩之中，遵循日久，見異不遷，庶幾沈潛高明並進，德行文藝兼優，浸浸有生，則惡可已之機，而彬彬入於大雅之林矣。然此特勉諸生以制科之學，而未究極於心性之功，以闚聖賢，尚非門逕。但諸生果能於此收攝身心，養成恂恂温恭之氣質，不厭條約之拘縛煩密，是即可漸進聖功之人。由此講明格物窮理之方，誠意正心之實，安見聖賢必不可學而至，而身登科第者，皆無關道統明教之人耶？故敬抄朱子《白鹿洞規》與《胡敬齋先生規訓》列於左方，而妄以鄙意另附於其右。德行、言語、政事、文學，固一以貫之者也。

與寧武太守周砥峰書

　　先生改授寧武，未敢以調簡賀，然以鳳城之樂，弟嘗謂爲神仙之府。曩當事者驅之，下喬入谷，輾轉而畀之他人，回首塞垣，民淳事省，如在天上，忮嫉之念，接而時生，而以奉先生，則敢以爲賀。何也？邁俗讀書人本色，固宜樂土樂國，循環而居，不得私爲己有，而況傳舍之窋地耶？目今如助餉一事，九霄之上，俯視塵壒擾擾，彼齊煙九點，吳門匹練，且不值一哂，即此已分勞逸仙凡，而況一切簿書期會，不敵晉陽西河十二三，以視束帶馬廐者，更倍蓰無算矣。高明當不以此言爲河漢耳，身當佳境而後憶昔痛之苦，弟正於痛時，而轉覺未痛之快也。

　　《寧武志草》久欲奉寄，而因事蹉跎，且以其穢雜掛漏，諸弊叢集，正如俚曲村謳，豈敢陳於大雅之前？是以前却羞澀，行行且止。然以相知相愛如我兩人，而又逢胡先生之名公哲匠，可飾回增美，含垢藏污者，而不以仰質其迂謬，豈陳了翁真不知當世有明道先生耶？弟縱至愚，當不如此。又況志中擇取牛溲馬勃，亦可遙附參苓，倘得收十一於千百，則弟六七年之勤劬，未即付之糟粕煨爐，即不獲親竟其事，千載而下與有榮施，其亦多矣。故覥然毅然敢以《志草》十六册緘封，寄呈先生作噴飯資，豈敢云作志嚆矢乎？日後如肯刪定刻行，弟自出俸錢，以佐剞劂。

上中丞阿公乞休書 己巳四月十七日

　　竊某一介庸愚，久塵末屬，屢蒙訓誨，曲賜矜全，自分頂踵損糜，萬難圖報。前以年力衰頹，面懇乞休，復再三勉勵，令照舊供職。但某秉性樸拙，原無政蹟可録，而衰老之狀，與日俱增，鬚髮斑白，牙齒搖動，目力漸昏，耳將重聽，此當前之形狀，非可假借緣飾。邇來時患怔忡，精神耗減，往往夜不能寐，夢魂必見父母，不惟福禄已窮，誠恐大分亦將有限也。且手足皆盡，門第單薄，獨居深念，淚時沾臆，自愧歷官中外二十餘年，聖恩高厚，僅僅循分供職，實未能仰酬萬一。迺疊荷大人汪濊深仁，有加無已，至誠惻怛，言出肺腑，體恤真切，某惟有感激流涕，不能再進一詞。然某守分安命，從無絲毫冀倖，大人涵濡明照，原無厭棄情形，如果本非實心，何敢以引退乞身嘗試鈞指，因而趑趄觀望，以求去爲容身固位之謀？誠使某尚當花甲未週，精力稍可驅策，亦萬不肯浮慕"知足不辱，知止不殆"之名，遽謝本然爵禄，甘於閒廢，沈湮丘壑也。現今容貌似未甚老，而暮景實已堪傷，告休實合年例。衰病交侵，委難供職。除具文詳請外，爲此稟，懇大人宏慈，始終憐憫，准放歸田，使得以日夕餘生，依棲丘壠，教誡子孫。銜結之報，永永無既。臨稟，曷勝兢惕悚惶之至。

上　藩　臬

某於三月内以年老乞休，懇切面稟，蒙憲臺開示諄切，未即允許，復何敢辜負提撕，甘於廢棄？但某年齒就衰，已合乞休之例，而夢魂丘壠，寔有迫切欲歸之情。況出處進退，品節所關，如果本無此心，豈敢言餂嘗試，使仍趑趄觀望？從前何敢冒昧瀆陳衷情委曲，久邀涵照？除具文通詳外，伏乞憲臺始終成就，保全批准，委員騐看，照例取結，轉呈題請，銜結之感，永永無極。

上黃冀寧道

前某以年老乞休爲請,深蒙憲臺教以決然兩字。嗣沈令回府,又傳憲語,繼接憲札,示以且止之意。則某從前向各憲面懇直陳者,不更多此形迹乎?宦況大略可睹,家鄉魂夢已歸,縱遲回審,顧亦無容再惜也。且今年不去,大計後,明春斷然不可,必在冬月。倘一蹉跎,又在後年之春。既已心不在官,此二年遙遙,委難消遣,精力衰竭,歸家無事可爲矣。兹已具文通詳,去之一字,無可再疑,而留之一字,無庸繫懷。既已通詳求去,則奔走道途、迎候過差,即可免此紛紛,靜候委驗,取結交代,回籍食新麥耳。蓋從居官樂處想,至死亦不能休;從休官樂處想,來日已覺無多,言之憬然,萬念皆灰也。緣托憲臺譜誼,故敢率臆直言。

原吏部尚書德公稟

前聞階晉冢宰,師長百僚,某正在肅稟叩賀,旋閱京抄,又知聖眷垂注老成,准解任調理。伏惟大人盛德在躬,原無加損而獲奉朝請,是養大體之學於斯,更綽有餘裕。某未敢以前之位正天官,遙賀增榮,而轉以今之退食優閒,遙企增祝也。至某智效一官,從無歧徑,上年七月仰蒙大賢識拔,調授劇任,頗未貽悮地方,奈質鈍學疏,於《易》所謂變通趨時之義,概未有聞。然讀書初心與入仕官方,幸依尺寸,一身將老,倘獲請而歸,拜謁賢人君子門牆,凜遵教誨,亦知大體之養,將全受者,或可全歸,又有出於感恩知己之外也。某心侍崇階而官羈外吏,肅具寸稟,恭請金安,伏惟慈鑒。

答蒲州李太守書

知音千里，夢寐依之，前已掃逕，遠候高旌。接平遥信，已悉老先生因公馳返，殊悵鄙懷。閱省抄，知榮署道篆，上游倚重，即爲實授嚆矢，轉瞬又將謁賀崇轅矣。頃奉台教，言貴治雨澤稍愆，敝郡同之，率七月十二、二十七兩次優渥，農夫有慶。寅長大澤汪濊，知股肱郡蒼生沐霖雨者，定已久矣。宋介休溫溫如玉，而栗在其中，沈潛高明，可謂兼之，視虞鄉自屬分道揚鑣。昔安定之門人，海內皆可望而知，以老先生之範圍曲成，因材造就，愚弱亦能丕變，固不待見介休而知。乃見介休而益信虞鄉姿次，介休尚愈中材，年來涵濡時雨，定無涯量，正不必徐觀其後，而"非復吳下阿蒙"一語，似猶覺其言之淺。弟未見虞鄉，固早於介休卜之，今得老先生之言，而愈幸弟識之竊有合也。人材成就，正賴物望依歸者主之，弟亦獲托下風，而借餘光耳。麥歉恩賑，沛自九重，亦由老先生念切民瘼，繪形上達，康濟大略，具見一斑，弟又敬服而謝不敏也。楊同寅委往協辦事宜。弟匆匆具簡，恭叩起居，想已登記室矣。

徐介巖詩序

事有不必相謀，情有不必相感，無端而其機若互引而相動，此其中蓋有天焉，如吾與介巖徐先生是已。吾少生北鄙，耳介巖名甚久，南北懸隔，未嘗謀面，一旦把臂，且願執鞭者，何也？夫吾壯遊四方，馳驅燕趙齊魯秦晉韓魏之邦，列官中外殆三十年，友天下士不爲不多，傾蓋論文、促膝談藝、神移心折者，不爲不衆，以爲天下士之磊落奇偉者，盡是矣，雖遇介巌，篋以加矣。及今老而懸車，私計惟心有天游，與古爲徒。而不意歸里之餘，乃獲納交於介巌，則又對之爽然若失。回憶昔之所謂磊落奇偉者，尚滑於俗而未游方之外也。夫介巌，以浙江名士登上第，朝廷嘉其茂才異等，遂錫車服，畀民社，歷試緊望，爲吾邑之明宰。嗟乎，民之所與，衆之所鄙也；天之所豐，人之所嗇也。罣吏議而履虎尾，旁觀者色駭心悸，代之幽愁憂思，憤懣不平，介巌處之恬然，未嘗挫銳攖寧。以予平日所交磊落奇偉者相提並論，彼當坦夷，此當禍患優絀之數，區以別矣。此可窮其涯涘、測其淺深耶？即其胸羅萬卷，下筆有神，但出緒餘，俯視一世，誠不知其蘊蓄居何等也。閒讀所注《陶公詩鑑》，千古發覆。既而示予《潄江漫興》一編，空庭曉讀，坐月朗吟，或資凄風苦雨佐其悲壯淋漓，或對流水高山寄其蕭疏閒遠，絕無一字盜竊古人。乃益歎介巌之才，得天獨厚，窮通得喪，毀譽忻戚，了無震撼。故其詩窮而益工，盈者在此，不能不縮者在彼，固然其無足怪，而予猶然笑，旁觀者之代爲之怪也。介巌超曠不羈，當必齈然色喜，不以予爲知詩，而未必不以予爲知言矣。敢以相質，可乎？因書鄙見而爲之序。

李膚士行實紀略

李敏德，號澄溪，膚士其字也。原籍奉天鐵嶺，本朝隸於正黃旗，代有勳伐。明寧遠伯成梁，即其高祖。如檉之所自出。曾祖及祖俱以武功提督陝浙，父鍵改文階，歷官綏德州牧。膚士生而歧嶷不凡，讀書聰穎，授之輒成誦，而倜儻洒落，於事務鉅細、古今名理，往往矙知大略。善飲酒，數斗不亂。負其家世，不樂仕進，意泊如也。居久之，以資授祁州牧，再調陝西，補延荼同知，以忼直忤上官，始終歷任不滿三載，竟拂衣去，遂裹足不入仕途。中更患難者將二十年。厭京兆紛華，徙家保陽，徒四壁，無尺寸土。而意思豁然，天空海闊，興會殆無不至，置身萬仞，俯視塵寰，不可一世，抗王侯，薄卿相，無難色，而未嘗以俗思滑其心，風度如不可測。及接同儕，則又抑然善下，販夫乞兒皆得其歡，一逢良友則性情以之，終身無間。與齊人高山弟兄相善，無一欺心事，不以死生患難貴賤易轍，其制行如此。善興土功，工計畫，絲忽微渺，人不能欺，藉資餬口。歲時寒暑或過門不入，入必信宿輒反，脩脯之餘，了不染指也。居室焚香讀書，熊經鳥申，行年六十有少容，摩挲古罏不釋手，出則奚囊背以從行，扶杖而游，興盡而返。無他嗜好。仲尼所謂"屢空"者，殆此類耶？

朣菴曰：嗚呼，吾相天下士多矣，未睹如李君者。天下貧士亦多矣，未有如李君之貧而倔強如此者。負高世之志，挾不可一世之才，畁任天下事，未知於古人何如。乃厚於才而陿於命，陿於命而不少動其心，浩浩蕩蕩，追遊方之外，與天為徒乎？吾無以名其所至矣。

王節婦實行錄

灤州節婦王魏氏者，庠生曰琦之繼室，而十九苦節張氏之嗣婦也。張氏名家女，年十八歸州庠生王心一之長子某，僅育一女，未期而寡，以堂姪曰琦為嗣。琦少多病，連娶某某氏，皆早卒，繼聘即節婦也。歸王時年二十三，生子未週而夫殁，節婦年二十五矣。於時王氏家徒四壁，缶無粒米，竈無束薪，豐年不免飢寒。家居柳河。柳河者，水鄉也，下隰多潦，潦則掇草根木葉，或撈取蘋藻，雜枕中糠秕嚥之，卒無慍色。奉姑維謹。或勸其改節,厲拒之。又逾年而子殤,兩世孤嫠,僅守一抔土。鄉鄰皆爲感泣,行旅之過其居者,無不咨嗟太息也。是時節婦年未三十,其姑數促改節,堅不去。又三年,撫族娣吳氏未週歲之遺孤順兒爲子,婆媳紡織餬口,達旦不燃燈火,麥飯豆粥,三旬九遇,伏臘歲時,不知滋味。親族分一味之甘,皮弄之以供其姑,不入口也。歸寧時,見盤餐羅列,則涕泗交頤,曰:"吾姑數十年未嘗此味矣。"庚子春,姑病劇,曰:"吾必不起,念無報汝,但願娶孫婦如汝者,以報汝,吾目瞑矣。"卒之日,香聞一室,或亦其苦節五十餘年之奇驗與?搜賣衣衾,拮据喪葬,節婦自任之,親族莫之助。葬姑後窘益甚,節婦時年三十有八,所撫之子僅七八歲。方其自墓回也,族中少長咸在,其長老從容諭之曰:"汝所戀戀不去者,以姑在也。今姑已沒,事已畢,了無寸土,子非己出,復何戀乎?"節婦漠然不應。宗族妄測之,竊謂將變計,利其改適,攫分聘金者,環訌之,節婦不爲動。又十餘年,撫子已成,爲之娶婦。節婦既苦節二十餘年,年五十,髮頒白,乃謂所親曰:"而今而後,吾志始遂。設當日偸顏苟且,不過溫飽,死何以相見於地下?能不玷父母而辱兄弟哉?人言貧苦,吾實不覺,人之苦皆從快樂處生出,吾一生不知有樂事,又焉知有苦境也。"

嗟乎,節操者,士大夫之所難,況婦人女子,而出於艱難困頓者耶?若王節婦可謂難矣。世所稱冰雪心肝、堅如鐵石,而建坊賜額,率出鉅族。彼僻處窮鄉者,志行可與日月爭光,而姓氏與草木同腐,往往然矣,其何以砥礪風俗而慰匹夫匹婦之心?灤爲巨州,如王節婦者,何可勝數,而王節婦實卓卓可以載之志乘,予以表章而不愧云。

歸里後焚黃祭告魏家莊先塋文

維乾隆十五年歲次庚午,四月癸酉朔,越祭日庚辰,孫元樞謹以羊豕酒醴，告祭於祖父母之塋，曰：

於戲，祖宗自分支遷葬以來，又積累仁厚之德，百有餘年矣，源遠流長。至樞之身敬集前庥，獲忝科名，歷官中外，臨深履薄，罔敢放逸，蓋二十有三年。而後克保名位，敬全身以退，歸依丘壠，庶幾稍釋我祖宗默佑之靈。今而後，庶免隕越，長沐祖宗之賜也。

樞官刑部郎中，時雍正十三年九月初三日，覃恩貤贈吾祖爲奉政大夫，祖母爲宜人。後應加贈朝議大夫，加贈恭人，未及請封，即蒙陞授山西寧武府知府。嗣於乾隆十年始援恩例，再請誥命，加晉二階，贈吾祖爲中憲大夫，祖母李氏加贈恭人。

久奉制誥，供奉祠堂，因羈職守，尚未焚黃。今幸出處大節，皎然明白，請老而歸，榮耀君恩，溯求原本，潔奉牲醴。祭告祖塋，望佑子孫，以昌嗣緒，永永無極，惟祈鑒歆。

歸里後焚黃祭告石家營先塋文

維乾隆十五年歲次庚午，四月癸酉朔，越祭日辛巳，男元樞謹以豕羊酒醴，告祭於父母之塋，曰：

於戲，吾父吾母，育子恩勤，教誨式穀，勞心血於元樞一身者，蓋數十年矣。元樞違吾父顏色者三十七年，違母顏色者三十二年，今幸乞身歸里，乃得長依丘壠，將侍左右也。於戲，劬勞之感，何日能忘？罔極之恩，昊天難報。回憶三十七年以前，教誨元樞之勤懇，勉勵元樞之嚴肅，謦欬聲聞，儼然昨日。即元樞中更憂患，以逮中外奉職，時時魂夢瞻依丘壠，知皆父母不與俱亡之精神，時爲愛護、疾痛相關者也。元樞幼時受書膝下，見吾父手錄《瀧岡阡表》，流連"祭而豐，不如養之薄"數言，加以硃圈，爲之慨嘆，不意遂爲元樞終身風木之前讖也。元樞今者年近七十，官幸稍成，名似稍立，敬奉牲酒，潔誠告奠，欲如昔日之蔬水承歡，何可復得？雖計日無多，將依棲地下，而其幾何離者，元樞能不潸然泣下耶？且元樞生爲少子，受恩之日長，而事生之日短，父母之望其成者情彌切，而均未見其成者心彌痛。又況智短力淺，限於時命，未能仰慰父母育子恩勤。如歐陽公之備位二府，封及三世，而僅以部曹、郡守，兩奉制誥，賚於泉壤，敢云加贈之典，能邀父母之釋然色喜耶？元樞終身憂患，但二十三年微末小臣，及夙夜居官，幸無負心一事，即上年請告乞身，亦非上官有所齟齬，迫於時勢，深維"知足不辱，知止不殆"之義，急思歸拜丘壠，教戒子孫，繼續詩書。是元樞出處大節，幸不虧體辱親，獲以告休。本官恭奉制誥，焚黃墓下，是則元樞之心可對之父母，元樞之身可還之父母者也。

雍正十三年九月初三日，欽奉恩詔，貤贈祖父爲奉政大夫，祖母爲宜人，父爲奉政大夫，母爲宜人。今又於乾隆十年十二月十八日，邀蒙聖恩，晉二階，加贈祖爲中憲大夫，祖母爲恭人，贈父爲中憲大夫，母爲恭人。元樞溯原祖考，榮耀君恩，皆大書制誥之文，揭爲墓表，永示子孫，聿修厥德，以爲長發其祥之地。用潔牲牢，敬謹祭告。父母有知，庶幾陟降。

朧菴居士自撰墓表 乾隆二十二年二月，年七十二

魏元樞，字聯輝，號朧菴，邑舊族也。遠祖來興公，明洪武時以軍功世襲千户，家江南邳州，分鎮塞外小興州。永樂二年，遷興州前屯衛於豐潤，移家焉。世襲左所千户官。來興生信、海、金、祥四子，信公生鑑公，鑑公生清公。清公生四子：瑭、琮、玘、珍，珍公是爲分支始祖，由衛舍人卜葬於魏家莊前，元樞八世祖也。珍公生秉忠、秉良，秉良無子，秉忠公以子世

道，制授恩榮官。世道公由准貢，官山東即墨令，多惠政，有隱德，年六十以老致仕，無子，歸而始生子端，見入黌序而後卒。端公爲元樞高祖，生曾祖廷基公，字大年，工章草，獨步當時，鼎革之際，以青衿高隱不出，別號曰冷灰道人，縣志載《高行傳》。生四子，仲子鍥，字礪滲公，增廣生，爲元樞祖。生三子，長諱濱，字綸叟公，別號緘結道人，爲名諸生，世傳草法有名，元樞父也，志載《孝友傳》。自元樞貴，祖礪滲公累贈奉政大夫，又贈中憲大夫；祖母李氏累贈宜人，再贈恭人；父綸叟公累贈奉政大夫，再贈中憲大夫；母劉氏累贈宜人，再贈恭人。

樞爲第五子，勉學食餼，雍正元年癸卯，特開鄉會恩科，以《易經》領鄉薦。十月會試中式，太和殿內對策，多設鑪火薑茶，賜哈密瓜、湖筆、菓餅、內膳。成進士，賜表裏一襲，謝恩，賜恩榮宴於禮部，行釋菜禮於太學，考詩文於保和殿，暨引見，皆頒上膳。丁未二月授河南靈寶令，因公詿誤，特召引見勤政殿，及六部主事用。六年二月，補兵部武選司主事，引見圓明園，特調刑部貴州司主事，以實心稱職，賜蜜桃、菓餅、鮮荔支、香丸藥。九年，授浙江司員外郎，引見乾清宮，御考學試兩差，欽取未用。十一年，晉江蘇司郎中，引見懋勤殿。十三年，恩詔誥封二代，加一級，階朝議大夫，賞綾緞。與議廟諡，總理刑部事務，和碩果親王暨滿漢大人保舉引見，賞上用緞紗。升祔禮，再給誥命，陪祭泰陵。由癸卯暨戊午，引見者十六，同賜宴者三，侍班面聖者九，上殿奏者五，沾賜食者五，考試與光祿寺桌席者三，賜物遷官謝恩者十一，面詢奏對者二，吏部開列學差具題者四。

乾隆三年四月，陞山西寧武府知府，引見乾清門，命赴新任。十年，誥封二代，俱中憲大夫。十二年夏，署撫院宗室德①，奏調汾州府知府，加二級，紀錄十七次，官中外二十三年，護雁平道年餘，兼同知三次，受俸給四萬餘兩。十四年五月，懇告回籍。

---

① 原文"德"後是空格。《清史稿》卷二百十五記載德沛"（乾隆）十二年五月，署山西巡撫"。

妻：贈封恭人王、張氏，待封孺人劉氏。子四：禮焜，張出；禮煜、禮焯、禮烜，劉出。女六：長，王出，餘劉出，皆字士族。乙亥，阡塋後隙地東向葬兩妻。

丁丑，年七十二立表，同歸之域而系之詞，曰：浭水環西，燕山北繞，村南塋後迺吾兆。銘壙自祭歸分曉，賤貧貴富雲縹緲。

雜體

小序

余行年七十有二,病腿不出户三年,善飯,無他疾也。不惟門外侮辱欺慢付之浮雲太虚,即門内之米鹽零雜付之内人,不入耳也。嚴督三子,晝夜攻苦,是予專責。卧讀之餘,檢點舊時殘稿,并將室中鋭物,及目見耳聞之幻景,隨筆寫之,不拘體格,聊以永懷,以誌素履。録之左簡,詩文云乎哉?

陳母邸孺人孝行傳

孺人姓邸氏,保定之唐縣人也,爲中翰陳公瑞元配。陳公,康熙壬子登賢書,歷官内閣中書、典籍,道術文章卓然爲一世冠冕,學者宗之,稱元圃先生焉。中翰公,故唐邑名家子,而孺人亦出於巨族。未字時,壺範嚴肅。年十九歸中翰公。邸故素封,裝送資賄甚盛。而中翰公之父效元公,任陝西之雒川令,時已致政而歸,琴鶴蕭然。中翰公謹守庭訓,見外舅家之贈送奢靡,意殊不樂。孺人高明遠識,即屏除珠玉綺錦弗御,器物之華麗者去之,甘同布素,親操井臼,澹如也。奉事舅姑,動循禮法,無所矯飾,一時姻連戚黨之家，修行婦道者，皆莫能過。其施於家人，亦若是焉。

康熙甲辰，效元公捐館舍，中翰公誠信盡禮，三年而後葬。孺人每同朝夕奠，奠必泣，泣必哀，哀過則溫顏色，入侍不敢以戚容見，懼傷其姑之心也。常言："古之孝子往往廬墓，使婦人而可廬墓，吾亦爲之矣。"其天性純篤如此。

歲壬戌，姑患風痺，臥疾不起，孺人每夜焚香籲天，祝其早痊，願以身代。便溺瀚濯之事，皆親爲承奉，務極潔慎，不以委婢妾。夜分就寢，雞鳴即起，入侍姑側。人始以爲適然，既而其後常然，鄉黨以爲難。癸亥，中翰公以事他出，忽地震浹旬，家人多徙居寬敞，孺人侍姑於室，不須臾離也。一日，於厨下爲其姑作羹湯，適地大震，牆壁四裂，聲如疾霆，家人悉奔。惟姑在室，覆瓦及孺人足，孺人驚作，蓬起趨入室，負姑出，甫及戶，而寢室圮。人皆驚汗，以爲純孝之感。乙丑，姑年逾七十，以宿疢卒，孺人哭泣之哀，甚於喪其翁時。每向娣姒輩言："爲婦之道，與姑最親。古女子之嫁，以不逮事舅姑爲不幸，故敬姜之言必稱聞之先姑。吾既獲事舅姑，而事姑尤最久，其左右就養於床褥，承色笑者又四更寒暑矣，今一旦棄去，不能相從九原。"言之輒嗚咽失聲。罄質衣飾，佐中翰公爲喪費。歲時致祭，哭泣備禮，始終不少衰。

今孺人既即世數十年，而其邑之父老子弟頌中翰公之學問文章者，皆津津孺人之孝行不置。君子曰："人之純孝如此，是足以風矣。"遂採集其懿行而爲之傳。

贊曰：孝，達德也，庸德也。至性之愛，本於天，成於學。士君子敦行焉猶有憾，詎易責之巾幗哉？若孺人者，至行卓卓，與士君子爭烈矣。令子順孫振振者，皆國良也。自天佑之，有以哉，有以哉。

雜體

閔瘋子傳

雍正元年癸卯,余捷南宫,與同年清苑王雲卿奎寓京邸,寒夜論詩。王云:"清苑有閔瘋子者某,旗人,父曾爲郡守。瘋子年十歲入塾,監司某見而奇之,呼問所讀書。誦《史記》朗朗,即以女許字。後俱歸保陽。閔娶後,家中落,即以妻歸母家。佯狂,乞食於市。時與方外人偶語,皆玄理也。四壁狼藉,皆拾敗筆題詩而遍。妻兄弟與之衣食,却不顧。祁州刁繼祖紹武者,亦奇士也,爲方伯承祖弟,曠邁不覊,與閔遊,輒流連忘返。詩下筆立就,和《木蘭祠》詩,頃刻三十二首,一座皆驚。或勸就試,張目言曰:'他日諸公座上有白衣山人,顧不重也。'又爲誦閔詩數首。但憶二句,爲《憂旱》,云:'田禾望去連心槁,山土移來帶鬢焦。'其古風長篇,久忘之矣。"

重修聖水庵記

廬山既闢,驚銀殿之飛來;漢觀初開,訝玉梁之自下。凡由神異,無藉經營。然而龍宫象塔,匪盡天成;白馬青鴛,皆緣人力。凡蕩滌於慧業,未有不流連於勝因者也。況于巘岏突岉中,化城忽現,豈非塵世一清涼國哉?抑吾思之,佛之道,無我相,空空了了,無多子,無解説,是今日之輝煌莊嚴,與青草白石爭千古者,皆剩餘也。然而糟粕煨燼,神奇寓焉,慈悲之幻爲法象,法象之寄於大千,輝煌莊嚴,虚者實之。正於恒河苦海,速渡迷津,開其悟入頭地。此則僧慶雲重修此庵之婆心矣。山中窈繚深曲,盡收香爐、仙人諸峰之勝,慶雲剪伐榛莽,剔除磊塊,易茅茨以瓦甓,罩題烏草,錯采鏤金。令至此者，作已度想，作安穩想，作智慧想，又何必菩提無樹、明鏡非臺、參皓月而塢白雲，乃傳廣嚴家風乎？倩廣長舌，發清净身，正不妨舉似外間人耳。至慶雲之結勝因而了净業，不夜心燈，正法眼藏，原不俟一番話說，自於溪聲山色外遇之，未嘗沾滯於輝煌莊嚴之剩餘間也。而剩餘且將與廬山漢觀並爭千古，斯佛教之隆也夫，斯佛教之隆也夫。

爲王毅齋畫像述夢記

吾友王毅齋先生綱振，雲南昆明人也。康熙丁酉舉省試，任嶍峨廣文，以中丞楊文定公薦入爲國子。先生再遷司寇曹郎，官臺諫，以告歸。先生於文史星律、岐黄青烏之術，多闚其奥，性高樸簡静，淡於榮利。官京師逾十年矣，雍正癸丑始與予交。

乾隆元年丙辰春來秋省，爲同官，交益親，時時爲余言生平事甚詳且奇。先生自言前身老僧也。釋名本實，系出粤西明藩之裔，與其姊轉徙滇中，不相保，任存活。姊度爲尼，居曲靖南寧山寺。本實乃往從軍，久益困，遂於省城永豐寺自度爲僧，與其姊所居之南寧寺，數百里而近，不相聞也。初，本實幼遭坎壈，粗識字，至是瀝舌血，以手指跪寫《華嚴》，帙成，頓悟禪理，屢著神異，居民悉虔奉之。

當是時，先生之母楊夫人以艱於育子，每夜輒三鼓後禱於北斗。一夕匍伏間，若有謂之曰：“而所求，今畀汝矣。”彷彿與豆數十粒。夫人驚起，若睹神人冉冉去，遂有娠。居久之，歸寧外家，夫人之母於樓上恍惚見老僧扶杖徑入，方驚愕間，而先生載誕於室，左耳下垂缺焉。初，本實愛蟠龍山寺之幽勝，時時駐錫，示寂前，遍詣山村居民，曰：“將歸永豐，募夫爲助。”已而見舁龕者至，民乃大駭，競來永豐開龕瞻拜。突有緑色鼠如狐，前躍嚙其左耳,逐之,至佛座,倏不見,乃茶毗而瘞。先是,本實夢姊尼,曰:"今當化去,後於古柏下終相遇耳。"尼叱之,驚而寤,跋涉來省,則本實化已數月矣。尼未忍東歸,每逢柏下,則延竚摩挲。而先生之母以生子善哭不止,衣之雜綵入永豐寓,名於主僧,適襁褓臥柏下,猝與尼遇。尼忽憶曩時夢中所見,愴惶動色,直前趨抱,謂之曰:"汝果吾弟耶?向吾於夢中叱汝云云。"言事有不由己者,今且休矣。乃解玉環爲佩,哭即謐然而止。及先生能言,家人驗先生左耳之缺,如鼠嚙然,益駭異焉。

先生又言,幼時聞肉味輒嘔逆,見薤葉韭苗輒趨避之。生平喜以草疏爲常饌,一榻蕭然,不厭岑寂。每過空山古刹,盤桓信宿而後返。又言幼時夢入古殿,登樓及梯,見婦人若妃匹者,謂之曰:"與汝夙稱眷屬,何遽忘耶?"頃之,侍女持方袱至,黼繡成文,如比邱藉經物,則曰:"此汝舊蹤也。"既而回顧方池,見青蓮皎然華於水底,栩然而寤。先生爲余言者如此。

夫星精嶽降,古之聖賢,代有神奇,後世如王文正、蘇文忠輩,傳記載之,謂有宿根,傳信傳疑,又安知非著書者之寓言,與《搜神》《述異》等耶?今就先生之自言,以驗先生之高樸簡靜,淡於榮利,其誕生之所由來,豈偶然哉?

定數紀聞

王毅齋先生又曾向予云:"死生禍福,壽夭窮達,皆有命存,人但安得義命二字,則終身受用,寬然有餘。"因言伊十七歲時入泮,見雲南府學訓導楊輝秀,年逾八旬,繞項有一肉圈,怪問其故。楊自言,前明爲諸生,頗有文名,屢試棘闈,皆不終場而罷。遭張獻忠之變,屠臨安府,已爲所殺,頭落矣而微連。夜半聞群鬼來查點死人數目,至楊,忽云:"此郎官也,何爲亦死?"視之,曰:"幸喉尚未斷。"捧其頭,扶之起,倚死人坐,復解楊腰中布帕,爲之裹①項而去。次日家人尋至,舁歸復活,項之合處,隆起肉圈焉。自念作郎官,應中式,到本朝屢入場,仍前黜落,自以爲郎官之說或謬。貢後八十餘,忽吏部選以廣文,而郎官之說乃信。

王又自云,伊雍正甲辰由教官卓異,回任候陞。時貴州巡撫金世揚已陞少司空,因回雲南料理藩司任内交盤,自云頗善風鑑,謂之曰:"子必不爲知縣,當得對品京職,非國子監則中行評博之類。"後果由國子監助教轉爲大理寺司務。

以上二條,則皆由余言。乙巳年六月,瞽者金振聲以揣骨術,謂予當得部屬科道之類,而非太守監司之選,而及之也。信乎,祿命豈非有定乎?時丁巳十有二月五日記。

夢仙記

周西畇郃生言,少時讀《昌黎集》,夢同一庠友某遊於邵陽之九虹橋,路旁有茅舍,内坐一人,認是昌黎。旁復坐一人,周問爲誰。昌黎云:"吕仙也。"周即問吕云:"公係神仙,有何仙術?"吕云:"人生只在任讓二字。處事以任,接物以讓,任則能任,讓則能容,有何仙術?"周亦旋寤。

元旦慶雲現於寧武

乾隆十二年正月初一日辛卯,府城文武各官行元旦禮畢,公謁遠近祠

---
① 裹,據文意當作"裹"。

廟行香。時當巳刻，紳士居民競指寶雲捧日，燦爛光華，錯落成文，黃耇期頤咸稱生平未嘗目睹。隨率僚屬升堂高望，見日旁四周結就彤雲，倏成三素，俄爲五采，須臾變化，不可名狀，悠揚紛披，瑞靄覆地。自巳及未，經歷三時。

謹按：《周禮》保章氏以五雲之物辨祲象。《史·天官書》："若煙非煙，若雲非雲，郁郁紛紛，蕭索輪囷，是謂卿雲。卿雲見，喜氣也。"又云：正月旦，終日有雲、有風、有日，當其時，深而多實，風，東北，爲上歲。《宋志》云：古者，分、至、啟、閉必書雲物，瑞氣則有慶雲、昌光之屬，以候天子之符應。歷代占驗，史不勝書，其他傳記，未可殫述。

竊以慶雲璀璨，已爲盛世休徵，今則正逢元旦，日午天中，方祝聖祚無疆，即有慶雲呈瑞，更非尋常雲物可以比擬。且竟日天清氣朗，四圍遙見晴雲。午後微風起於東北，而慶雲又適當天街，形如華蓋，遠護重輪，狀比靈芝，不同抱珥。宛龍騰夫五采，同鳳舞於九霄，片片魚鱗，層層綺繡。著明懸象，定知遠近具瞻；照地當空，豈限絃誕有截。望長安於日下，皎在中逵；躔娵訾於雲衢，不迷五色。仰惟聖主，不陳符瑞。繪無逸之佳麥良蠲，其實太和，久已翔流；肇文明於三朔四始，事與時會，道以象昭。雖蠡測未諳天文，而陳編曾援神契，忻逢嘉瑞，應即上聞。

書曾南豐二女墓誌銘後

曾南豐爲二幼女慶老、興老作墓誌，以不得視其病、臨其死爲悲悼。今予春秋四十有八矣，尚無丈夫子。因憶自丁未至壬子六年以來，子女夭死者四：登第後繼妻張氏始生之子，呼名偶然者，二歲而夭，其次鳳韶夭以四歲，又次則逾歲夭，又次則半月而夭矣。以予有官守之責，惟偶然子見其生，其餘則皆不遑問其生死時日與葬地方隅也。前妻王氏出子女者五，惟一女已嫁，餘皆夭死。嗟夫，修短隨化，理之大常，人亦有情，誰能遣此？晉人云："情之所鍾，正在我輩。"使山巨源等見之，當又不知如何沈痛也。時癸丑正月十有八日書。

祭彭東璧文

嗚呼，天地盈虛之理，其亦可知矣；天地消息之數，其亦不可盡知矣。當代有賢人，君子士皆翹首跂足，愛之慕之，願附於其徒。一旦哲人云萎，則無論識與不識，不禁痛哭流涕而怛焉悲悼，非徒以其私睦，蓋道義之感如是也。

伏惟先生，挺生蜀土，毓秀岷峨，繼先世之勳伐，先生之父當張獻忠之亂，踞山爲寨，鄰境避亂者依之，凡數千人，皆賴以全，而族人亦無被害。國初，李國英平蜀，聘爲鄉導，官都司，毅然引退。至今其族數千人，一門鼎盛，同祖百餘人，文武鄉會甚多，爲蜀大家。而昌燕詒於後嗣。是固獨全乎天地之理，而自有德充之符，行爲世範矣。德望甚高，時比之王彥方，歿日，遠近奔赴者日以千數。乃天既厚予之以德，復薄償之以壽，此誠理與數之不可盡知者，天下之士烏能不臨風而殞涕耶？夫以先生之德業聞望，稱重一世，而高風亮節，又並未嘗周行天下，以廣博交遊之譽。乃學者宗之，有如山斗，往往於數千百里之外，誦法其嘉言懿行於不衰。即當代之名卿大夫，莫不罨然而望，謂邛笮蠻叢間有磊落特出之人，思一奉教於左右。是先生之德可謂盛矣，其風可謂長矣。

獨是某等以東西南北之人，有列位於朝，未嘗溯峽江而陟劍閣，身入龍門，親承謦欬，寤寐思之，實有餘憾。猶幸伊人宛在，於遜聽之餘，遙托於大賢門下，以稍慰調饑，庶幾先生之不我遐棄也。歲在癸丑，先生之子二人並成進士，一以善澄流品，上佐天官；一以材裕明刑，入勷司寇。難兄難弟，龍躍雲津。既以見大賢之後，應有哲人，而某等於名法期會之餘，適與名家子訂僚友交。曩以不獲一拜先生爲憾者，冀由此以達悃誠，方未艾也。

嗚呼，孰知金昆玉季棘闈戰勝之時，即先生化鶴騎箕之日乎？在先生高明遠識、所期望於後人者，志存乎立功，而事專乎報主，不僅區區之繞膝盡禮，而在以忠臣而爲孝子者，能不仰天椎心而泣血耶？即屬有同寅通家之誼者，能不痛哭失聲，而以忠臣孝子之心爲心耶？某等既不能登堂拜手，親炙其休光，復不獲遥聞提命，私淑焉以爲則傚。蓋不徒爲賢者之子悲，而自爲不得奉教於君子悲，而更爲蜀都之後生小子無所考德問業，天下之學士大夫失高山景行者，有大悲矣。

陟彼屺而南望，羌涕淚以懸河，情悠悠而莫盡，懷薤露之悲歌。嗚呼尚饗。

再致王恕堂太守書

伯母仙逝，從前未奉行述，故不敢謬陳誄章。今讀來狀，專製賫呈，尚望攜歸，以廣孝思錫類之仁也。但不獲躬負生芻，愈增歉悚矣。老伯大人理學名儒，弟素欽山斗，夙昔未親函丈，立雪程門，方之了翁賚沈，其愧有加。拜誦賜刻，如經提命，所當詒我子孫，使知入道之路也，感謝曷極。邇年以來，肩隨車後，蒙老先生不棄迂疏，每親芝宇，怡然有得，不謂天地限之，遽爾分袂，西歸好音，遂鬱懷抱，如何如何！今弟髮已種種，時有濠梁之想，倘老先生霖雨大行，時偶憶昔，曾有不趨時宜之郡守某某者，燕人也，則萬里風期，直並日月相知之雅，又豈在接闉比户間耶？面晤爲難，再陳鄙悃，統惟台照。臨楮依依，不盡神往。

寄河津施明府被議南還書

　　數年不面，饑渴懷思，每憶清光形諸夢寐，實因投契襟期，不同汎汎寅好。且邇來知交非舊，惟李明府尚在神池，而心折者，實又千里外，此未可以俗情言也。曩者引領南望，尚冀賢宰飛黃絕塵，豈意猝有他慮。此等處歸之天命，不得咎之人事，不必百年之後，是非俱盡，千秋而下，更復茫茫。目前委心任運，是上乘消遣法，恩怨復何有哉？每欲致訊興居，公私交迫，疏慵習慣，且又路遠，屢思不果。不意老長兄先生，五年以來不忘故人，惠以華服，真所謂"却之不恭，受之多慚"，藏之篋笥，時一檢閱，與知己相對矣。申謝何極。

　　屈指部覆約四月杪可到，恐布帆南下，蓴菜鱸魚，不待一片秋風也。嗟乎，故人日遠，由數千里倏而把袂，由把袂而千里千里矣，又數年不能再面。今且由千里而仍數千里，將來恐遂終不能一面。朋友契闊，良有定數。歸後當嚴課後人，不惟使之接武，直須望其跨竃。弟於一半年後，決意東歸矣。大小兒今年九齡，頗聰穎，可讀書，居此年餘而回，但恐爲伊母溺愛所悞，終成樗櫟。庶出者將二歲，今在署，知孩笑可慰目前，此外亦無他適。昔歐陽公六一請老，而弟猶戀棧豆，可嗤也。

　　緣在故人，故娓娓道之，以當面談心曲。意長筆冗，尚不盡書，統希雅照。臨楮神馳，南望依依。

寄原寧武吳明府書

　　燕東晉北，粵嶠海南，地之相去萬有餘里，始則萍聚京華，既而逢迎塞上，此蓋天之所爲，非人之所設也。壬戌別後，星霜五易，弟今六十有一，噫，真老矣。未審老長兄年已七旬，近況何如也。弟仕宦漸已闌珊，而尚碌碌隨人，駑馬戀棧，計賦遂初，當在辰巳之交矣。所可慰者，大小兒年正九齡，頗已讀書識字；甲子五月側出者，生及二週，亦復孩笑可人。遙望老長兄，放情邱壑，分甘攜幼，定作羲皇以上人想。如嫂夫人知必又產佳兒，將來與大世兄暨諸賢孫，皆成偉器，又作累世通家矣。

　　曩者留寄河津，人捐監部照一張，於老長兄返棹後，即專差馳送，本家既贈盤纏，施公亦賞路費。古稱久要不忘，此區區見托者，而久未以聞，殊抑人懷也。壬戌秋杪，老長兄自漢口寄回一札，知片帆南下，至爲捷速，但未卜何時達於里門，松菊三逕，琴樽如昨否耳？仕路知交雖廣，而吾兩人投契，更在形骸之外，各居荒徼，音問闊絕。今幸乳源巡檢魏道成者，爲神池縣之利民堡人，因其赴任，遠寄此書，亦未知伊官地去貴宅幾何道里也。倘有回札，亦即覓便寄伊，俟其接眷時稍回，以當萬里面談耳。

　　臨風懷想，南望依依。

世藏端石硯銘　長七寸，廣五寸，厚寸許

　　海山之精，哲人之靈。什襲爲寶，皎如日星。上下四旁，均齊方正。綠質完貞，以佐草聖。筆良墨妙，數世於茲。高曾祁雲，則傚無虧。宜爾

子孫，奕葉未已。太璞過樸，從予蒿里。裕後承前，惕惕慚然。修吉在爾，默聽彼天。

水晶印色合銘

滑如冰，堅如石，清如水，透如月。貯之深紅血凝脂，合兮合兮涅不緇。

古鐵力筆海銘

海無涯，筆無盡，玄之又玄，投如虛牝，筆兮海兮交相得，海兮筆兮嘗相準。

風形端硯銘

老溪石，工則度。君睨研，我則樂。畀叔子書，詎云有托。

端溪方長研銘

來匪易，藏爲寶，桄榔之匣自南島，仲子之書忍草草。

端溪宋研銘

洗寒雲,生夜雨,蒼璧涵煙老終古。上括研原刻詞。高臺曲池翰墨主,季子寶之走龍虎。

花梨筆斗銘

入無盡,出無窮,龍變鳳翔宛在中。

豆斑枏筆斗銘

筆圓斗方,肖形天地,動靜以時,圓智方義。

鐵力筆斗銘

硬如鐵,堅如石,中山族,鑽其核,光芒千尺,佐鳳池客。

瑪瑙水丞銘

玉族石類,山川之精於此萃,雪案燈窗爾得位。

磁蟾蜍水丞銘

吸太陰，含六一，潤龍賓，染虎僕，修鳳閣，迎旭日，於爾焉出。

硼磁水丞銘

得之易，用之難。器雖微，登文壇，歷臺端，捧金鑾，貽萬世之安。

水晶圖書銘

滑而堅，清而光，用之則行，舍之則藏。

水　匙　銘

挹彼注茲應不窮，地道無成代有終，天道不息往有功。

碧瑪瑙水丞銘

天圓地方，酌方圓以爲量，水宛在中央。

英石筆山銘

此石此石黑而清，千巖萬壑虎豹生，筆峰峻削天下平。

綠磁筆山銘

良工鑄山，文峰峻極，山藉筆峰，黻黼上國。

筆　銘

剛健中正粹純精，動靜以時道光明。

墨　銘

別其白，守其黑，幽光潛德，水之正色，以爲天下式。

靧面銅盆銘　母劉恭人妝中遺器，至乾隆丁未，九十八年

心惟净，不愧首；面惟净，不愧母。潔百年之行，身可長久。

圖書合銘

內外皆方，可以行，可以藏，與汝偕藏。

會圍短檠銘

器甚小，用甚大，文章黼黻爾是賴，今古豪傑與爾會。

燭剪銘

昏則晦，用則光，養心之道爾則匡。

白銅手罏銘

物適用，不必遠，來自滇，歲已晚，忌趨炎熱以自砭。

葬餅銘

投之虛，出之苦，方圓大小，步武接武，戒其刻削，法其規矩。

木匵銘

無珠韞,無玉沽,鮮阿堵,驕妻孥,時出入,偶青蚨,蠛蛸蠹魚兩爲奴。

小几銘

制雖小,匯四寶;攤雖徐,萬卷書;用彌巧,止三飽;誰爲徒,一腐儒。

鬚鑷銘

捐有餘,配不足,惟爾督;執其白,守其黑,惟爾德。

剔牙簽銘

以無厚,入有間,終爲齒患。抉其穢,導其潰,寔爾之誨。無以終食,快作終身戒。

拜匣銘

問名斯在,通於四海,卷之則退藏,放之莫能載。

墨海銘

容甚濁,行甚清,可以揚聲,與世無争。

方楞面盆架銘

六一生水氣上騰,熱濯鐵面冷於冰。

桃架銘

瘦木支,立不倚,衣偶覆爾,取之在此,卓卓良士。

錫鐺銘

寒暑因民,茹吐秋春。出納有節,行芳志潔。

古鏡銘

天質穩秀貞且圓,終身我與我周旋。

酒壺銘

可養生，可延年，可却疾，可問仙，緊爾仔肩。

酒盃銘

偶有酒，時在手，常八九，量腹節所受。

茶瓶銘

清心明目，惟爾之族；解穢除煩，惟爾之速。

鐵鎖銘

關鍵不失視作哲，其守不失視此鐵。

花梨算盤銘

錙銖不失視其介，算盡則死可作戒，法爾介，慎爾戒。

五銖錢銘

金刀龍馬變此形，天地方圓神且靈，三千年後作爾銘。

匙鑰銘

通其塞，民用不忒，用則盡力，實稱乃職。

紗燈銘

夜火光明爾則巧，藻繢爲飾紛擾擾，太樸不斲天地老。

殿試燭罩銘

器活形方，用閟闕光，退藏臺閣修文章。

殿試硯罩銘

避土毒，却風觸，當日旭，佐誠告，售美玉，爾是屬。

膽缾銘

銳圓小堅水潺湲，草木延年。

棕扇銘

折如水，輪如月，飄風發，來倏忽，咄咄窣窣。

竹節匙箸銅缾銘

質淨堅節硬圓，乘時凌紫煙。

古長笛銘 父贈公遺器

聲清韻古，及前人之踵武。

蒲席銘

暑弗侵，涼弗酷，不亢不辱，聿老人之欲。

黄山杖銘

堅瘦而貞,磊落其形,扶長星以延齡。

履几銘

戒之戒之:履正而嫻,安於泰山;覆之失軌,乃滅其趾。

辛酉寧武府署春帖

大門

朝廷禄賜盡民膏,衣稅食租,午夜夢回驚尸素;
父母令名爲善樂,敬老慈幼,春風化起慰蒸黎。
城市山林,生民疾苦,幾何轉臘回春人氣暢;
徵發期會,郡守愈尤,如許始和布令日華新。

儀門

銘旴箴門,好所好,惡所惡,則人心樂;
居仁由義,親其親,長其長,而天下平。

志在寧人，日月兩輪肝膈照；
政惟由舊，風光三度歲華新。

官　廳

高賢滿座皆師友，
拙吏終身畏簡書。

宅　門　內

一水抱層城，清夜夢中濯肺腑；
四山環粉署，曉風門外界雲煙。

宅　門　外

疊下葳蕤，常使中庭留日月；
洞開戶闥，不妨百姓見襟期。

內　宅　大　廳

鼓萬物以無私，日暖風清，闔郡室家同介福；
順四方而有覺，意誠心正，一庭燕雀盡忘機。

內　宅　門

表則正，行則端，尋常閉閣惟思過；

聖之門，狂之界，出入無時在謹幾。

大　客　廳

攬不盡山月江風，數百年遠師蘇子；
聽無窮衢歌華祝，萬世下共樂堯天。

壬戌春帖

大　門

直道見天心，恩不必祝，怨由汝詛，我自操金科玉律；
聖朝無巧宦，弱則誓扶，惡真務去，人盡沐時雨春風。

儀　門

心似洞重門，厚貌深情昭鐵鏡；
道原如直矢，旁行曲路愧青天。
守數百里舊日山河，鐵面冰心迎旭旦；
撫二三萬嚮風黎庶，耕雲鋤雨樂長春。

角　門

聖朝容拙吏，

宦蹟有天民。

官　廳

瑟兮僩兮，思戀官焉先戀德；
父事兄事，箴吾過者是吾師。

西　書　房

言易行難，方信至誠纔動物；
慎微謹小，須從克己驗歸仁。

宅　門

關節既無通，靜對南山迎瑞靄；
雲煙共恣取，不開東閣入斜風。
天邊明月，塞上清風，不因扃戶生關礙；
暮夜苞苴，白晝請托，須教葳蕤鎖隙瑕。

內　宅　門

天地一家春萬里，和風歸內苑；
言行百世法滿懷，真氣度中庭。

住房廳柱

聖德滿乾坤,大有屢豐,婦子家人歌樂利;
皇恩深雨露,衣租食稅,臺池鳥獸盡恬熙。
爾宅爾田,百姓皆登壽域;
我用我法,一心自得坦塗。
無爲而爲,直是春生四野;
偕樂乃樂,須知民本同胞。
暮靄朝煙,悟徹宰官空色界;
水流山靜,納歸仁智性情中。

上元爲百姓演劇聯

正月笙歌,義取徵招角招,一曲昇平天下樂;
上元佳麗,中權風信花信,十分春色塞垣多。

癸亥春帖

大門

天地一家,春遠水遙岑,日麗風和呈瑞靄;
昇平千載,運誠民阜物,豳吹蜡飲樂豐亨。

數百里山河盡入封疆,雞犬桑麻天對育;
幾萬家戶口都依師長,尊卑老幼物同春。

儀　門

出是路,入是門,善閉無關而善行無跡;
平如砥,直如矢,至當不易而至中不偏。
皎日清風,開門洞見無纖翳;
金科玉律,閉閣莫忘有怨心。
問一十有六年餘,治己治人所操何術;
念五千九百日許,善身善世真效安歸。

書　房

素位庸行,正己反求則無怨;
任真推分,樂天知命故不憂。
干戈自省躬簿領,如臨師保;
戶牖皆箴儆庭階,獨有春秋。
和氣滿庭除,百彙先承春雨露;
聖思彌宇宙,萬年常戴日光華。
豐年儉歲,不離食稅衣租,願與蔀屋深山同飽煖;
暮鼓晨鐘,幾次捫心顧影,常從朝乾夕惕度春華。

官　廳

適館共期聞過喜,

同舟須念濟川難。
萬物皆春天地久，
一心無欲性情寬。
堂前和氣春千里，
海寓豐登壽萬年。
賴有陽春能栩物，
方知仁術可推恩。
心廣體胖方是學，
愛民治國本無爲。
常無欲以觀其妙，
修於邦其德迺豐。
恩降日邊無量福，
天與人寰自在春。

跋

先大夫易簀時，以斯集付先慈劉太君，曰："吾一生心血，出處進退，盡在於此。汝其藏諸篋笥，俟諸子成立，方可與之。然不得宗匠刪定，亦斷不可輕以示人。"維時不肖焞年甫十二，俯伏牀榻，實聞此言，且命無忘。

乾隆三十七年，特旨開四庫全書館，廣搜天下遺書，令故家子皆得獻其祖父著述，以資採擇，如吾鄉學使谷霖蒼先生之《明史本末》、曹太史①先生《黃山紀遊》等書皆獻之京師。焞竊幸先集藉此可光史册矣，請於先慈，喟然曰："余婦人，不知書。但汝父有命，未經刪定，不可輕以示人，汝曹何竟忘耶？汝曹果能讀父書，表揚有日，不必急近名也。"迄今殆三十有七年矣。

嗚呼，焞生也晚，既未得親見先人明體達用之實，而愚柔不肖，徒抱遺編，又不能身體力行，仰承先志，致使先人一生心血湮沒不傳，則不孝之罪彌大矣。茲以丁未筮仕山左，攝篆樂陵，始得交於薛太史補山先生。先生籍陝之洛南，以骨鯁世其家，於文學尤自矜重，不輕許可。焞既延為邑之棗林書院山長，因以先集請正。先生特為立傳，又作集序，點次一過，寓書於焞曰："前輩自是循吏傳中人，文章乃其餘事，貴傳不貴多也。子孫秉承先訓，隻字不可遺棄；學者參考舊聞，一言得其全體。愚意斯集之傳，在於

---

① 此處原文空兩格。按，豐潤曹鈖（約1637—1689），字賓及，號瘦庵，貢生，官內閣中書。著有《瘦庵集》《黃山紀遊》《扈從東巡紀略》等。（見康熙《豐潤縣志》卷七）

能刪，不在能改。蓋前輩抒寫性情，文字信筆直書，正如黃河之水，泥沙土塊與石俱下，自饒真氣。若必循章摘句，潤色修飾，反失作者本來面目。"焯謹遵其說，用特創聞韶書院於濟陽，敦請先生主講席，每公暇，過從商訂。凡三易丹黃，編次始定。詩集原本十五卷，計詩一千一百二十二首，先生合爲十二卷，删存五百二十三首。文集原本二十卷，先生彙爲四卷：一曰《代北》，一曰《西河》，一曰《四六》，一曰《雜體》。總計不過十存三四焉。

先生之於斯集，可謂盡心矣，其間尚有細目待商，而先生適有中州之行，未幾卒於旅次。繼得塾師靳敏斯明經，因其凡例，踵而成之。魯魚豕亥之訛，罔不悉心讐校，務使序次無誤，點畫無舛，匪我不逮焉。

刻成，行將質諸當代鉅公，先以兩部齎焚家祠及墓道，既以告厥成於先靈，亦示後之子孫。知此集之得以傳播於世，永垂不朽者，非竊祿天家，其力固有所不能，而不得宗匠如補山先生其人，亦未敢苟且付梓也。乃書既成，而先生獨不得一再品騭，惜哉。

乾隆五十八年歲次癸丑小陽之月，男禮焯恭跋於古著官舍

作志者大序之外，各卷均冠以小序，分門別類，指事類情，苟使言之無文，自致行而不遠。班香宋艷，理緒綿綿；陸海潘江，詞源滾滾。慮必周乎茅簷蔀屋，計尤悉夫廟制兵鈐。冰蘗清操，緬古昔悃愊之吏；弦歌雅化，洵今時慈惠之師。掇翰墨之餘香，誰升堂而嚌其胾；喜衣纓之嗣美，我開卷而誦其書。刊布流傳，垂藝林之模楷；循環把玩，儼家訓之方嚴。先生此日猶存，我友自今加勉。猗歟休哉。

壬子三月十九日後學薛宁廷敬題

附　刻[①]

寧武府志總序

　　郡邑之有志非古也，後世作志者，推原於列國之史，惟有史，而王朝之記載不能遍及者，可於列國之史考之。是志同於史，其宜有而不可無也[②]。然自《禹貢》《職方》、山經海記，下迨後世之天禄、石渠、東觀，《皇覽》《六典》《元龜》諸編，無不詳記事類之本末原流，以資考鏡，則皆志類也。而其紀天文、地理、風土、人情[③]、沿革、政教、文事、武備、異境、古蹟，則又惟《寰宇》《輿地》《九域》等志爲加詳。迨《一統》有志，稱大備而極盛矣。然由縣州府志而約爲省志，又由省志而約爲《一統》，則詳者仍略；由《一統》而析爲省志，由省志而析爲府州縣志，支分派別，略者亦詳。府志應在詳略之間，其勢然也。

　　今以一郡寄於寓内，誠太倉之稊米，寧武新設之郡，特稊米之一粞。而況自古在昔參錯夫要荒，乘除乎夷夏。雖帝都冀州之北鄙，而林胡、樓煩，實獯鬻、獫狁之南境。傳稱代北多奇節之士，然而風俗夐野，文獻無

---

①　乾隆十二年，魏元樞撰成《寧武府志草》十六卷。乾隆《寧武府志·例略》稱："郡初無志，始作於永平魏侯，卷二十六多，凡十有六帙。予繼爲之，卷省過半，若成帙尤簡。""取裁魏本，別爲締構，汰削蕪累者過半。"本卷"附刻"内容，現行乾隆《寧武府志》僅保留《寧武府志總序》，稱《魏志原序》，其餘均未保留。
②　此句下，乾隆《寧武府志》有"爲綦重"三字。
③　情，乾隆《寧武府志》作"物"。

稽，歷考史傳，惟元魏始基，雄踞於此，往往即村落數十家者，列爲郡縣軍府，而朝更暮改，曾不歷時。及高齊始一併省，上溯秦漢魏晉，下逮唐宋元明，又或紛紛數易。加以匈奴、烏丸、鮮卑、突厥、契丹、韃靼、瓦剌前後侵擾，殆無虛日。從戎者伺敵於縛袴，當事者旰食於宵征，武烈奮揚，文章韜晦，要未能於倥傯旁午中詳誌此方之顛末，以貽①奕禩。其後間出好古之儒，載筆追述什一於千百，而所見、所聞、所傳聞又各異辭。即至詳且悉，亦惟是戍守征伐之方略，芻糈賞勞之成模。往牘如斯，則今日而欲創爲府志，使上下數千年事蹟，小大畢該、詳要得體，可備輶車之採，職爲掌故，洵未易能也。

　　元樞末學曲儒，加以簿書鞅掌，顧欲於案牘勞形之餘，彙集②成編，其亦不知量矣③。然寧武改設府縣，星紀再週，與朔平等，《朔平府志》久已告成，而《寧武府志》闕然未備。倘一旦當事者徵其典籍、詢④及風土，而靦無以應，則守土之責，其又何辭？抑聞之，安南有志，高麗有史，日本有鑑，海東諸國有紀。彼四裔尚知輯其典故，豈元樞生於畿輔，漫塵甲乙，曾官於京朝⑤，今又握符領郡者數年，而於府志仍諉過前人，遙待後人？倘後人而復代⑥後人，是寧武爲郡，終不有志，將必⑦使舊典埋没，新跡銷沈，則今日守土之責，其又何辭？

　　是以不揣愚昧，毅然創始，取衷於通志，參考於旁鄰，搜討於兩鎮三關，檢括於文集史册，以至廢廟荒丘、殘碑斷簡，無不別抉。一事必載其原流，一物必綜其終始，一名必尋其顛末，不厭繁密，實探根荄。蓋以志屬草

---

① 貽，乾隆《寧武府志》作"詒"。
② 集，乾隆《寧武府志》作"輯"。
③ 此句下，乾隆《寧武府志》有："自應留俟後之名公大人、博學君子，官斯土者，出緒餘而爲之，抑又奚遲？"
④ "詢"字上，乾隆《寧武府志》有"國家"二字。
⑤ 官於京朝，乾隆《寧武府志》作"玷朝班"。
⑥ 代，乾隆《寧武府志》作"待"。
⑦ 必，乾隆《寧武府志》作"益"。

創,非如通都大邑之歲久重修,撮①大指、摘綱領,而即可開卷瞭然、因端竟委者比。是以寧多毋少,寧汎毋遺,寧使人謂擇焉不精,不欲使人謂語焉不詳。且府境四屬,《偏關②志》屢修而仍略,《五寨③志》新輯而未行,寧武、神池尚未撰志,茲以府志而兼縣志④,亦不便太加刪節,積而不已,卷帙遂多⑤,凡以寧武為新設之區故也。

計自庚申之歲,以迨丙寅、丁卯⑥,六七年來公事稍暇,輒加塗乙,藁凡三易。所愧腹枵才弱,目未及數萬卷之書,又未及友天下知名之士,聘延就正,以蕆厥事⑦。惟間與四屬同事諸君,及各邑稽古⑧之儒,往復商訂,取而復閱,頗傷煩雜,幾欲付之煨燼。又以曾勞心力者業歷年所,不忍廢棄,貯而存之,擬俟高明筆削⑨,後仍與同事諸君捐資⑩刊刻,俾垂久遠。草創甫就,調守西河,事遂不就⑪。倘名公大人、博學君子,繼紹鳳城之綬,欲有所觀覽,纂著損益而付之剞劂,是不佞志草本不足傳,而獲附於名公大人、博學君子以傳,則又六七年來辛勤輯錄之厚幸也。是為序。⑫

----

① "撮"字上,乾隆《寧武府志》有"僅"字。
② 關,乾隆《寧武府志》無。
③ 寨,乾隆《寧武府志》無。
④ 志,乾隆《寧武府志》作"乘"。
⑤ 此句下,乾隆《寧武府志》有"則志也而實一家言也"。
⑥ 丙寅、丁卯,乾隆《寧武府志》作"寅卯之歲"。
⑦ "所愧"至"厥事"句,乾隆《寧武府志》作"所愧目未及數萬卷之書,枵腹蕆事,無所取材,兼之身羈一官,又未及友天下知名之士,聘延就正"。
⑧ 稽古,乾隆《寧武府志》作"讀書好古"。
⑨ 擬俟高明筆削,乾隆《寧武府志》作"擬俟請政高明大為筆削"。
⑩ 捐資,乾隆《寧武府志》作"共為"。
⑪ 就,乾隆《寧武府志》作"果行"。
⑫ 文末,乾隆《寧武府志》有"乾隆十三年歲次戊辰八月朔日前寧武府知府今調知汾州府事豐潤魏元樞題於西河署中之麗澤堂"。

聖制、御幸

天王渙汗之頒,聲宏事鉅;盛世文章之賁,西被東漸。懸象中垣,觀光華於血氣;斷鼇立極,仰復旦於退幽。王言重而賢智全消,聖學醇而是非畫一。開天以後,莫不皆然;昭代之興,於斯爲盛。先知先覺,化寓内之顓愚;作君作師,綏厥獸而在宥。精一則治法道統齊開,淵源則緯地經天不敝。聲靈赫濯,八荒盡我庭衢;簡策詳明,百世用彰謨訓。式音金玉,虔奉絲綸。至於鸞路經臨,欣翠華之時邁;湛恩汪濊,輯寶玉以來同。六龍御天,乾道變化;四隩爲宅,帝德昭明。法虞巡而肆類禋宗,歌夏諺而補耕助斂。省方修禮,布氣乘時,定天山,原授廟,謀空沙漠,咸稱大勇。瞻雲就日,隨湅雨以清塵;獻賦呼嵩,望招搖而載筆。聖制、御幸,冠冕簡端,採輯遺文,上溯秦漢焉。

星　　野

天高星遠,齊七政於璿衡;柄轉辰居,運三垣之精氣。睹照臨於霜露,識應感如形聲。迺命羲和,終宅幽而平易;即在甘石,要畫野以分占。好雨好風,光芒四映於荒服;或見或隱,周環自麗乎中天。尋大撓而問容成邈邈,規之既遠;考周髀而稽宣夜緊古,制其誰傳。關吏無土圭測景之能,塞翁少筠管窺天之妙。經緯躔度,非能躡景凌空;次舍陰陽,貽誚扣盤捫燭。錄錄者無可因人成事,惘惘然得毋緣督爲經。考作志之典型,依發端之成例。採於舊史,笑人云而亦云;問彼諸家,且信半而疑半。欲提其要,望後賢錫以南車；庶鉤其玄，俾前驅獲參北正。志星野。

沿　革

　　埏紘綿邈，不越天覆地載之中；蠻貊猾夏，未忘子孝臣忠之性。故東寄西蕼，時行物生，而瀚海炎洲，水流花笑。天地交而文明盛，寓內詎有窮荒；梯航遠而疆土增，降人可置卧榻。矧茲林胡樓煩古境，昔接陶唐夏后名都，規方千里而遥，應居五等之列。既而水通地肺，西鄰百二之關河；山高趙陘，南界數分之幽冀。漢隋唐魏，疆場則彼此同居；遼宋金元，攘奪而廢興各異。徒使龍堆望月，細辨清霜；雁塞呼風，長號京觀。變伊古之繡壤，為歷代之戰場。迨至前明，師清漠北；嗣及中葉，敵入關南。迺踐山以為城，廣開屯種；更沿邊而置戍，固我藩籬。欣逢聖朝，熙雍繼治，改設郡縣，保乂黎元。仰聲教之光華，識乾坤之浩大。雖土地衺之四境，而幅幀鉅於一方。無如絶塞民勞，僅室家之克立；臨邊尚武，慨文獻之無徵。既不敢因闕以傳疑，遂不免貪多而務得。參之古傳，衷於今文，旁印証於比鄰，乃區畫夫疆域。志沿革。

疆　域

　　虞帝膺圖，表提類而分區宇；夏王纂紀，判山河而正封疆。徐梁可入青雍，營并析於幽冀。攬方輿之大勢，善閉無關；履宅朔之雄封，并包有截。畫沙聚米，為甸為侯為綏為要為荒；錯繡羅星，若府若州若縣若衛若所。自古之創垂各異，列朝之幅幀攸殊。持玉斧以劃瀾滄，不置卧榻；壯皇畿而展函谷,過信樓船。方築紫塞於假中,迺射白狼於河外。功高千載,徙瀚海之王庭;威震殊方,勒燕然之石壁。指祁連而爲礪,沼魚水以城池。究之禮樂,非過哲王,而漸被未周函夏。惟茲寧郡,馳王路之車書,近倚郊圻;濡聖澤之汪濊,高原驛路。久膽烽火,無驚直道;長安共睹,翠華時邁。懸受降之金鎖,夜戶常開;散回樂之明駝,春泉縱飲。大闢戎索,甌欣北地之寒;遠奠坤維,鶴羨冰天之暖。供張葳事,匹馬以入層霄;燥濕無虞,一麾而招重譯。驗記里之鼓,東視西傾;授指迷之車,南瞻北斗。分民分土,悉主悉民。按册而稽,遍轍跡於境内;據梧而治,絮綱領於堂前。志疆域。

城　　池

德非在險,聖王未始擇都;化浹若神,仁政何嘗有域。來大老於海上,富以其鄰;負孺子於襁中,魚烹他釜。榛苓生感,思異世之美人;雨雪興懷,冀同歸於攜手。凡以我鞠我育之攸賴,即爲樂土樂國之堪依。百雉雖堅,太倉稊米;群情助信,萬里金湯。是以撫世長民,非恃三一、五一之制;因河表海,僅雄十二、百二之封也。觀夫崇墉畫堞,依然礙日干霄,而曉角悲笳,倏已斜陽衰草。漆城蕩蕩,靴尖每欲踢平;江水洋洋,投鞭因之可斷。然則有疆無界,奚若至德堪師矣。乃創始制於軒轅,唐虞不廢;營京城於河洛,漢晉相因。險阻憑依,陰陽相度。包絡原隰,名勝占於中原;控扼羌戎,要害防於邊徼。誰何玉壘,五民之輻輳如歸;啟閉虹橋,合璧之旌旗變色。豈止三邊鎖鑰,永捍長安;竟令九塞風聲,直通異域。掌北門之管,何須準控澶淵;寒西夏之心,從此人皆韓范。關當虎踞,得左右之中權;基建蛇蹤,揚廟廊之神武。今逢聖世,載戢干戈,文德誕敷,作之郡邑。

举目之山河迥異，天地無陰；化國之風景全殊，樓臺懸日。看石羊之野臥，唱樵蘇以暮還。城郭完而兵甲多，郡治作四方綱紀；地利堅而人和應，縣城羅四面星辰。易昔時之戰場，爲昭代之拱極。豈止平臨北斗，可冪春煙；要當大嘯南樓，聞聲宵遁。志城池。

關隘

王公設險，首嚴中外之防；天下爲家，大列綏要之限。由混茫而分畛域，嶽峙川流；斡造化而轉乾坤，梯山航海。粵稽治安之術，必建磐石之基。既道通於八蠻，須囊括夫六合。乃自中華鉅麗，漸重藩維；因而荒服享王，仍留甌脫。秦帝威行塞外，開四十餘縣於河南；漢皇兵駐榆中，馳左右名王於幕北。然而華夷有界，何資石磺不毛；筐篚攸同，便覺間田可棄。肖山河之兩紀，範禮樂於九圍。驅駕千山，盡入傅巖版築；蟬聯萬里，遙修光禄亭臺。居重馭輕，經營嚴密，容民畜衆，守望精明。遂使一夫荷戈，頓令千人俱廢。緊我寧郡，昔爲要衝，當九邊之正中，拊五原之全背。東連滄溟，西插黃流。晉望倚爲後屏，神京恃爲右臂。官譏鷲塢，鎖早下夫葳蕤；兵眺烏亭，弧預張於箕服。笛吹楊柳，回樂峰寒；酒飲葡萄，受降城近。所賴興朝化遠，盡雕題鑿齒之鄉；厚德祥臻，呈鳳舞麟遊之瑞。八荒垣翰，四裔庭衢。高陵既升，何慮伏戎於莽；重門擊柝，全消暴客之萌。志關隘。

山川　附古蹟、橋梁、水利、景物、辨証

與道爲體，乾坤宣造化之精；既畜而通，流峙蘊行生之妙。于星辰而

直上，玉柱高擎；渙雷雨而滿盈，黃河若帶。艮止坎流不敝，開天闢地無垠。二儀分高下之形，兩戒判陰陽之紀。郡邑雖小，各祀山川，邊塞稱雄，殊饒名勝。自昔憑依險阻，戀天王東倚之助；由來表裏山川，操天下莫強之券。於今爲盛，不羨厥初，鞏畿輔之德基，建坤維於寧武。能宣汾水，想臺駘之舊官；遡跡管涔，識霸王之新業。黃華高處，絜量秦韓；紫塞橫空，括囊遼夏。恢川遠郡而東注，轉號桑乾；闢渠滙勢以西歸，終朝海若。蘆芽崒嵂，平揖五臺之峰；黼座尊嚴，遠接九原之脈。鍾神奇於旡𡵺，澄澈三淤；割寒燠於曉昏，巉巗萬仞。聯珠合璧，洗齊帝之甲兵；表闕凌霄，却隋京之潦暑。觀黎民之淳厚，覺山水之迴環。出雨興雲，潤蒼生於禹甸；精禋致祭，隆檜祀於秩宗。豈止砥起韓光，壯小朝之屯戍；嶺名分水，樹畫界之封疆。迺志山川，爰徵古蹟；以求水利，暨於橋梁；景物者，川嶽之精華；辨証者，山澤之餘緒。方以類聚，如虎嘯之生風；物以群分，遂蟬聯而載筆。志山川。

學　　校

開天明道，儀法象以傳心；降衷有恒，作君師而立極。綏厥猷於萬世，垂大業於千秋。父子有親，君臣有義，夫婦有別，長幼有序，朋友有信，敬敷在五惇五典；修禮以耕，陳義以種，講學以耨，本仁以聚，播樂以安，致力於六德六行。道古今以爲昭，統帝王而不異。上庠東序，虞周之制可稽；祭菜鼓篋，釋奠之文彌盛。維茲邊郡，大啟人文。化囂凌勁健之風，澤宮溑水；習羽籥干揚之業，春誦夏弦。用是高建黌門，旁求俊士。洋洋在上，禮樂相先；濟濟思皇，文武爲憲。恩開例貢，拔龍頭之老成；漸復廩增，養鯤鬐之壯氣。爲四民首，儒行可以不慚；垂千禩芳，立德當思不朽。聖人出而萬物睹,師道立則善人多。值天下之文明,慶中年之考校。朝廷建設庠序,專重人倫;守令分任封疆,首端士習。欲表化民成俗之義,先敦尊君親上之誠。志學校。

衙　署

嚮明出治,重離識王度之昭;尊王庇民,大過觀棟隆之象。故欲登斯民於袵席,由老幼以推恩,亦必開聽政之堂,廉公好惡而絜矩。崇軒邃閣,冐暮靄於遥山;畫棟雕題,映晴雲於極浦。凡兹傑構,盡是民嵒。龍樓遠而血氣親,象魏高而箕畢近。依爲父母,一夕之夢寐能通;望若神明,四壁之黝堊可赫。瞻榱桷而儆覆壓,敢罔行舟;俯堦除而惕冰淵,當思馭馬。美輪美奐,身獲大廈之幷幪;斯革斯飛,心入窮簷之星日。相在爾室,尚不愧指視之多;躋彼公堂,何以宜風雨之好。惟克協於上下,始攸寧於室家。既文署之宏開,亦武衙之並建。轅門鼓角,聲肅列幕軍容;壁上旌旗,膽落營中馳馬。五兵妙用,機在中權;千里伐謀,籌於重幄。上棟下宇,既穹窿於盛世高天;野處穴居,獲覆冐於興朝廣廈。比間則爰得我所,郡縣咸職思其居。烽火無驚,在昔之行臺久廢;犢牛争買,於今之廳事長清。民生安樂之窩,士有相協之慕。憑弔往蹟,并入斯編。志衙署。

田　賦

以養以教,作之君師;有土有人,制爲賦役。元會運世以降,今古攸同;東西南朔而遙,綱維不易。職方禹貢,燦如雲漢之章;歲會月要,賴畫井疆之重。虞廷之咨四岳，有周之建六官，皆以爲民；唐朝之立三征，宋室之分兩稅，原於制祿。迨於明定三則，遂嗤元分十等。出車出甲，禁遷徙而儆惰遊；獻豣獻裘，偕父子而呈忠愛。興王馭宇，胞與爲公；聖主乘乾，邱民爲本。是雖剛柔燥濕，方州之風氣不同；墳壤塗泥，物土之肥磽殊性。而耕三耕九，仿徹助於田疇；取百取千，奉調庸於公上。天澤久定，上下辨而民志以齊；心力分勞，畎畝安而王猷允塞。不惟梯山航海，財賦納而倉廩盈；即令鼛鼓旝麾，雨雪深而公句樂。南東其畝，左右有民。生齒而書，詎老弱之未傅；垂裳而治，伊顓蒙之可懷。時予之辜，一夫不獲；不被其澤，匹婦若推。是故誠民阜物，古帝王敕密勿之憂勤；食稅衣租，聖天子思蔀屋之飽煖。志田賦。

郵　　驛

不疾而速，不行而至，聖人之過化存神；天運如龍，地用如馬，帝治以東漸西被。蓋德風偃草，馳萬里以置郵；故仰沫承流，秣八駿而伏櫪。河山之外，捧飛檄以傳心；龍虎有符，遵王路而致遠。一紙賢於從事，五服赫震厥聲。車同軌而書同文，南極百粵，北盡三河；山可梯而海可航，師在中吉，金來九牧。仰堂廉而若接，佇帝位之相通。倍道兼程，電掣白駒之影；乘策縱邁，風追紫鷰之颷。皇皇者華，依依楊柳。即彼望之若錦，雲封代谷之量；色別爲群，天予龍媒之產。盡供馳驅驛路，莫不奔走征塵。矯首長安，駃騠而嘶千里；瞻星太史，騋牝鑒於九方。列宿稱良，數馬以對。志郵驛。

鹽　　法

　　木食草衣，澹泊儲鴻濛之秘；太羹玄酒，馨香薦烹飪之前。五齊定而滋味精，朵頤則情欵鼎養；八政修而鮮食重，宴樂者象著需雲。所以《王制》《周官》，利用盡資生之府；因之作鹹潤下，陳疇列錫福之先。惟大旱以作霖，鹽梅並貴；薦精䅤而享帝，琬琰呈形。群味非此不和，嘉名問於何肇；萬方之所永賴，美利普於不言。溯伊古厚生正德之全，開後世理財用人之業。詳爲法制，蒡民戢志而不奸；責以課程，王道發遐而見遠。施及荒徼，惠我黔黎。富埒王侯，推鹽筴之猗頓；黠交守相，唯逐利之刁閒。勞上驥以伏車，哼哼斥鹵；舉海嶠之良佐，蹇蹇王臣。志鹽法。

風　　俗

　　天開地闢，兩儀之氣盪陰陽；嶽峙川流，庶物之形成男女。剛柔燥濕清濁，一本而分；水火土穀木金，萬一各正。南蠻北貊東寄西僰，言語不通而嗜欲不同；跂行喙息蠕動環飛，父子有親而君臣有義。以建萬國，域民原不以封疆；既肇九州，畫野便各爲風氣。是雖古今異政而殊俗，依然乾坤日照而月臨。奚百里之不同，值九譯之遵路。要荒非邈，英華下畢昴之精；都鄙有章，區域列郊關之內。勁悍而無機巧，良由水複山重；磊落而且英多，正喜民勤土瘠。奇節之士，每出其間；代北之人，從來尚武。直接斗柄，何妨悃愊無華；地半石田，不盡南東其畝。金革衽席，豪俠懻忮。逐什一者常較錙銖，諳三從者不親杼柚。借耰鋤以徧德，惜乾餱而市怨。豈習慣等於自然,實梗概得之天性。志風俗。

物　　產

物華天寶,苞符涵日月之精;澤媚山輝,瑰異著文明之象。遊郊甸而畜宮沼,麟鳳黿龍;輔賢哲而歲豐亨,布帛菽粟。黃金價減,瞻霸業於方興;白璧猶存,僅名王之舊玩。然而休徵叶應,山器車而水河圖;至治馨香,地醴泉而天甘露。雲矞星爛,聿觀諸福之祥;佳麥良薿,洒見庶民之利。羅珍錯於廛市,末富後而本富先;殖財貨于園林,美可茹而鮮可食。百工爲備,釜鬵鐵耕;八口之家,成器制用。挹茲物品,地當北戒之中;產自邊庭,星紀天街之道。土惟白壤,厥賦上而田中;境接玄冥,雖候寒而物夥。黍稷供粢盛之薦,農利先疇;斧斤惜槎蘗之夭,工得大木。麋鹿魚鼈,益生計以時登;皮革羽毛,非富民者不毓。户挈五擾,舒游息於桑陰;人愛三餘,勸勤劬於午夜。攻金攻石,食其利者,餬口四方;良冶良弓,庀其材者,策名六藝。天不愛寶,物與爲春。即令出痒羖之緒餘,尚可衣被晉國;又或入岐黄之本草,亦且功歸越人。地志山經,奚但詳同《爾雅》;群分類辨,實則政苴《周官》。志物產。

兵　　制

八荒爲庭,聖世之并包有截;四夷作屏,興朝之善閉無關。惟干戈省厥躬,兩階率舞;修文德以懷遠,重譯來朝。丘甲不廢蒐苗,教民惟施仁義。然而揚威萬里,漠南可勒山銘;通道百蠻,塞北直馳使節。龍韜略秘,不戰而征；隼射墉高，伏戎消莽。旌旗變色，人稱將帥之嚴；石距超群，士盡糾桓之旅。唐帝重鷹揚之選，敵遁沙羅；漢皇許橐鞬之迎，軍推細柳。鐵山誰撼，岳陣難搖。天上可以下軍，何取回中之道；西賊聞之破膽，不出好水之川。龍甲犀渠，焜燿霜矛電戟；高牙大纛，指揮鶴唳風聲。況我寧城，昔爲要塞，疆場參於夷夏，冠裳雜以兵車。迄今海不揚波，所以戶無閉夜。嬴秦明月，高懸回樂峰頭；元魏離宮，近附受降城外。防秋乘障，鮮傳烽望燧之勞；掘壍鑿冰，省飛鳥長蛇之陣。簡之又簡，精而益精。棋布星環，仍是連營八百；川鳴谷應，奚云組甲三千。守壯重門，鞏金湯於奕世；永垂藩翰，寄鎖鑰於全軍。志兵制。

武　　事

粤自蚩尤悍而兵甲興，涿鹿平而陰陽定。是非渾噩，熙皞之遞降；毋亦元會，運世之遷流。故由煦育而殄誅，即寓干戈於禮樂。道並行而不悖，事終古以相師。果屬取亂侮亡，何妨聲罪致討。神武不殺，詎佳兵之不祥；容保無疆，稱仁者之無敵。振旅薄伐，掃鯨鯢貙虎之蹤；外攘內安，參玉帛兵車之會。豫順以動，義取止戈；在師之貞，服則從舍。是以鬼方獫狁，耀德而不觀兵；淮夷有苗，寧民而非樂戰。元戎輕武，不誇長轂四分；蔽路雲輜，奚羨驍騎三萬。彼夫恢拓境宇，希振天聲；焚躪龍庭，冀攄宿憤。風雲資其叱咤，星彗供其掃除。公陣威神，列朱旗而耀日；理兵螭虎，貫玄甲以連天。實則黷武開邊，因之民勞財匱；恃寰區之殷富，驅臥榻之鼾眠。非暫費而久寧，徒倖功而好大。雖令截海外而剿凶虐，高建穹碑；征荒裔以鑠王師，工熙帝載。失伐暴救民之義，豈有征無戰之風。歷溯周秦，迄於昭代，凡寧武之兵事，皆類述以備參。志武事。

科目、武途

　　日月星辰七政，煥穹窿之色；陰陽寒暑兩間，成歲序之功。物並育而道並行，天不言盛德大業；闢四門而明四目，帝之載亮采惠疇。是以文武聖神，無爲而冶；禹皋稷契，智效其官。自古文事既修，而武功亦重；征伐不廢，而仁讓先興。出掌元戎，入爲卿士，異用而同原；作朕股肱，爲王爪牙，同功而異位。迨流極之既遠，遂分道以揚鑣。金馬鴻都，劇有雕龍之彥；彍騎虎衛，不誇吐鳳之才。吮墨含毫，旁睨羽獵；長槍大劍，橫笑毛錐。豈知梁甫高吟，豹略共綸巾交映；修期向學，珚戈與露布齊揮。無後輕，無前軒，文武左右；或奔走，或禦侮，疏附後先。封勒燕狼，即是才分八斗；馳驅組練，依然筆掃千人。登科便號登仙，樹瑤池之雁塔；立功即同立德，取金印於龍荒。文陣雄師，戰風簷而入理窟；軍中儒將，説禮樂而敦詩書。惟盛世正偃武修文，謹其庠序，申之孝弟；而邊氓盡仁甲義胄，載橐弓矢，載戢干戈。迺志科目，繼以武途。

職官、名宦

　　龍紀鳥名，上世之職司簡要；海隅澤畔，明良之際會風雲。稽四岳於《虞書》，考六卿於《周禮》。或大聖能兼數任，亦同朝不藉多人。時則野有留良，官皆德餘於位。迨後世英才輩出，懷一藝者，無不庸由治民，所在需賢，果小試之而呈效。於是智勇赴功名之會，朝廷開俊乂之門。服采服休，莫不匪頒天禄；分猷分念，咸思寅亮天工。星共辰居，卿士月而師尹日；裳垂黼座，大臣法而小臣廉。錫福極於庶民，不負乘軒曳舄；暢皇威於萬里，乃堪仗鉞持旄。一命之榮，存心愛物；百夫之長，執殳前驅。緊予寧朔之疆，自古兵戎之域。瀕鄰朔漠，啟土宇於鐵馬金戈；揚蕩煙塵，銘鼎鐘以鎗瘢箭血。烈士追蹤夫大樹，誠民讓化于甘棠。迺自鑒夏革商，進賢列鶡冠之右；因而漸仁摩義，賣刀羞犢佩之風。擇守令以策循良，鴻飛遵渚；調競絿而宣惠愷，魚躍于淵。置官或異古今，拜爵亦分差等，而事專保主，義取安人。苟列爵而玷其冠裳，情同木偶；倘食民而忘其肥瘠，狀比行尸。曩刻貞珉，馨竹書而不朽；久垂汗簡，再硎發以如新。聽于思爲我羞，斯編具在；詠伐檀而竊位，口實若何。迺志職官，繼載名宦。

人　　物

亶聰作后，聖神開知覺之先；利用賓王，俊傑慶風雲之際。嶽降嵩生之瑞，維甫維申；傅巖莘野之來，曰衡曰弼。引星辰而直上，依日月以流輝。如其秋水蒼葭，慕伊人而宛在；值彼酒徒負販，常溷跡于行間。及夫翼贊明良，俱可經綸草昧。帝心克簡，黼黻昇平，至德堪師，都俞堂陛。倘微長之足錄，集腋爲裘；果功烈之非卑，析圭作鎮。風生虎嘯，發文炳之光芒；秋動蟲吟，等中孚之唱和。歷代賢良之選，翩富其鄰；十室忠信之生，拔茅以彙。我執鞭而亦慕，緬遺矩之猶存。疏觀寧武之才，詎遂中原之產。威鳳與祥麟並采，文經偕武緯爭香。或作股肱，羨孤寒之崛起；或爲心膂，藉世業于遙承。或絕域封侯，倚天邊長劍；或名王係頸，靖瀚海之狂濤。或逸老非彫，誇釣屠之遇巷；或晉蕃錫馬，列榮戟于怡庭。或雍容純粹，宮牆懸大義之身；或簡節貞方，几案發鳴琴之趣。大都人非一致，道不相謀；俱已名在千秋，善足爲寶。搜羅二十二史，上下四千餘年。訪故老之傳聞，必求徵信；考志乘之載記，不廢殘編。士列一行，體同雜傳。志人物。

孝　義

孝至近王，歸範圍於堯舜；義以爲質，迺貞固夫乾坤。統上下本末以兼該，資於事父；推仁聖賢人而立極，道始潔身。順親開大化之原，寡欲扼希天之要。故通神明而光宗祀，仰庸行之干霄；礪頑懦而砥頹波，師清風于曠代。造端乎夫婦，而君臣，而父子，移孝乃可作忠；以御於邦家，爲化育，爲經綸，精義斯足致用。良能無僞，由嬰兒之專氣致柔；放利而行，懲鄙夫之挫廉居穢。蓋聖德無加於孝，性善欲而不貪。直須和氣怡聲，奉父兄於暇日；亦有揮鋤讓畔，攄性術于春疇。五典克從，人各親其親，長其長；十千維耦，民自宅爾宅，田爾田。過庭覺宇宙之寬，太史陳風詩之美。聽瑟琴而翕黃耇，如水火而動仁心。擔爵者，培其本根，衣冠甚偉；觀型者，疾於影響，草木承流。何必讀書，知事父而同愛；羞談貨殖，望非義而若浼。彼駿烈豐功，久歸名世；此行芳志潔，何愧古人。渺渺兮予懷，思芳躅而如見；栩栩然欲活，述媺節以長生。志孝義。

列　女

乾坤正氣，雜然而賦流形；倫紀貞操，確乎其不可拔。泣神明而爲厲鬼，百年之形狀如生；植天柱而奠地維，奕葉之名實不朽。君子立身行道，尚稱後映前徽；巾幗取義成仁，更是心冰肝雪。房幃弱質，千秋國士無雙；

險阻危途，萬里坦行如矢。指九天以爲正，帶礪山河；誓九死以不移，乘其箕尾。可復生而不愧，豈僅畏坏土之未乾；榖異室而穴同，不止憐塊肉之仍在。紉秋蘭以爲佩，衣袂香清；餐落英以爲糧，髮膚淬净。鳳攬輝而不下，鳩有毒豈能媒？汎彼柏舟，在河之側；誰謂荼苦，其甘如薺。忍饑餓以守身，峻命有何足畏；奉尊嫜而養志，亡砧尚似其存。彼小人之覬覦，無傷婞節；果奇標之特建，乃利艱貞。潛德幽芳，笑蜀清之朝請；明夷蒙難，邁齊女之陳書。裙布荆釵劇可憐，陋室而遵禮教；名家大族亦如此，弱草而出風塵。昧旦鳴雞，既相莊于如弟；清風黃鵠，彌永矢于同牢。後裕前光，沙呈子課；視天畫地，七揕讐胸。即辟纑但有隻形，雙歸人月；便漆室曾無似緒，獨薦馨香。始生願爲有家，一醮終身不改。精金良玉，未足喻其堅剛；烈日嚴霜，詎能方其峻潔。誦漢南之游女，尚入風詩；稽洛下之家法，光增史册。兹所以上下古今，每勞斑管；抑不分賤貧貴富，並貯縹囊也。志列女。

祠廟寺觀　附塚墓

陽變陰合，環二氣以相通；微顯闡幽，貫三千而立教。贊化育而參天地，誠至則影響如神；潤風雨而鼓雷霆，性全則中和藏用。鳶飛魚躍，發揚者，造化之機；精氣游魂，來往者，鬼神之狀。體物而昭法象，濯濯厥靈；精意以薦明禋，洋洋有赫。不言而信，臨在上而質在旁；惟德是依，愛則存而慇則著。大業同於禮樂，合符妙於行生。廟社壇墠，推廣禘郊之義；烝嘗禴祀，肅將祈報之心。古人列在秩宗，後世垂爲祭典。勤事定國，固永馨香；捍患禦災，亦陳俎豆。兼之廣爲迪牖，游聖域於空林；大布津梁，啟賢關於頓悟。神道設而天下服，民志定而刑罰清。擬其形容肺肝，戮于鐵鉞；庶幾夙夜夢寐，鍼之膏肓。其益無方，厥德罔覺。豈待戒欺，求慊始呼人鬼之關；即令見象，寒心已判人禽之界。舊章不廢，遵王道而不陂；前事可師，俟後聖而不惑。迨夫成仁取義，凜然正氣如生；骨化形銷，浩乎精忠貫日。使九原兮可作，欣慕執鞭；曠百世兮相通，惎蒿在廟。至於龍媒久去，淒涼則慷慨悲懷；馬鬣長封，稱說則欷歔泣下。俱應附之祠廟，比於寺觀，以類相從，遂及塚墓。

府　藝　文

粵稽史冊之記載，僅志書目如干；迨及後世之藝文，乃以抄謄爲例。誰實創始，筆錫以嘉名；我亦從同，效尤而分過。十七史從何説起，積案盈箱；一家言略以拾遺，連篇累牘。所憾邊庭荒邈，殊乏異籍奇書；兼之腹笥空疏，難以鏤肝刻腎。無而爲有，蹈齊諧楚諺之誣；擇焉不精，成燕説郢書之誚。探西山之秘密，不遺屼嶁荒碑；發甲庫之收藏，敢羨嫏嬛博物？或入奚囊片紙，或收野老遺函。斷簡殘編什襲，有同拱璧；方言俚語錯陳，漫比淘沙。匪金石之精良，豈珠璣之麗陸。群言淆亂，百計蒐羅。刪述纂修，關於地方之興廢者無不錄；參互考訂，涉于仙釋之誕妄者不以登。賴取多而用宏，乃聯珠而編貝。如其文原足據，詞頗傷冗，則芟刈靡蕪，爲焕光芒萬丈；抑或事本當傳，初缺載筆，亦追爲述敘，不令埋没千秋。疑者闕之，闕疑所以徵信；覆者發之，發覆乃可流香。既積少以成多，由居今而稽古。言以載道，著新編者，非風雲月露之詞；義取褒忠，列公牘者，見名教綱常之重。擬議其變，追琢其章。絶無愛所愛，憎所憎，逞私而譏穢史；敢言筆則筆，削則削，大業以藏名山。可法可傳，精核以俟君子；永朝永夕，薈萃等于傳家。志府藝文。

屬縣藝文

　　雲漢爲昭,圖書現離宮之璧;文明以止,山火垂賁利之爻。洩靈秘于苞符,焕功名之巍蕩。天經地緯,制六書而正七音;日異月新,順五行而宣四氣。以察時變,觀乎人文。然而帝典王謨,神聖有應刪之筆;形墳稗雅,古今多可逸之篇。學貴通經,致太平而興禮樂;文不匿采,植人紀而動鬼神。惟曼衍于天倪,迺傳流于奕世。迨後浮華日起,莫障狂瀾;由人錦繡羅胸,探源峽水。錚錚細響,止於篆刻雕蟲;炎炎大言,談入扶桑天外。既已務博寡要,憐其窮大失居。殊不知唐代之文章,幾人燕許;漢京之制作,誰繼鄒枚。才子無雙,洛下時稱紙貴;佳人獻藁,茂陵尚有遺書。所當刮垢磨光,張皇幽渺;亦賴拾殘補缺,炳燿塵寰。雖四境之風氣不齊,同兹車軌;而千禩之傳聞各異,並入縑緗。崇正文而黜異説之支離,紀實蹟而受卮言之名雋。山川都鄙,讀載記而聚米畫沙;奢儉貞淫,誦雄篇而水聲火熱。亦鋪張,亦揚厲,無非予善之長;亦潔净,亦精微,不比貪多之得。中華勝質,或盡信不如無書;絶塞淳風,即闕文亦頗有據。記事者,必提其要,志在春秋;以言者,必尚其辭,情均易象。不學無術,陳編與古爲徒;所讀何書,信好吾從先進。研北殊多雜志,牆東自有癖生。志屬縣藝文。

篇什

　　樂以詩傳,雅頌著肅雍之化;詩由律起,陰陽諧天地之聲。雖復代有新裁,要皆音歸正始。考篇什之詳備,則千古茫茫;採邊塞之風謡,亦歷朝落落。況我寧屬彈丸黑子之鄉，設自前明林胡樓煩之境，華夷兩介，文物初昭。韻士騷人，產其地者，後先寂寞；詩翁詞客，至是邦者，聲蹟銷沈。雄封久闃寒煙，名勝新開土宇。所以山輝澤媚，鴻濛涵半啟之精；天悶海枯，混沌刮無傷之目。高華名雋，不若氣韻沈雄；磊落英多，無取風流蘊藉。今欲哀羅雅調，創名山可藏之書；搜訪鴻裁，少石破天驚之句。書抄或濫，貽譏李戴張冠；景物非真，常恐南轅北轍。是以遠溯周隋之上，下逮元明以來，雖塞上歌詞，亦統屬于雲雁，而行邊唫咏，實包絡乎寧偏。既觸境以成章，應畫疆而載筆。又況親身戎馬，旌旗樹彼風威；望重長城，籌策出其帷幄。忠肝豁露，豪興淋漓。自當急蘸龍賓，為再寫其鳳喊。迨夫升高眺遠，逸民大老之篇；選勝言懷，學士佳人之詠。但有關於文獻，亦無間於短長。務分夏鼎之甘，俾成婁家之贍。至于鳴國家太和之盛，商羽推敲；為休明鼓吹之祥，言詞麗則者，亦加博采，用壯文瀾。志篇什。

祥　異

尹公耕曰：氣有所散，精為之通；命有所屬，神為之應。與天合一，捷於影響。故三代之隆，以及春秋之世，自天子岳伯，以至子男附庸之國，莫不靈臺觀象，圖史司天，畫野分星，測玄申警。夫聖人不絕人於天，亦不以天參人。絕人於天，則天道廢；以人參天，則人事惑。昔孔子罕言天道，而《春秋》日食星變，一一必書。又晉之卜偃、鄭之裨竈、宋之子常、魯之梓慎，皆以占驗著稱。夫使天人之際，不大可畏，則孔子何以特書，而晉鄭魯宋，國有其籍，家守其業哉？昔子產不用璆斝，謂天道遠也，而戒塗出器，治道警備，則皆於未災之前，當時稱其敏而遠害。夫不有先識，何所事敏？故嘗曰：變必貴應，誣天者也；變不知警，賊人者也。誣天賊人，君子不有也。故凡上有示陳，必下有徵著，存主不虛，索玩可懼也。今述其意，詳檢史傳，彙而輯其有關於寧郡者，並及水旱疾疫與撫醶諸人政，使後之君子有所考焉。志祥異。

附　錄

辑佚詩文

修補城東來龍引[①]

蓋聞葆靈孕秀,光華發川嶽之精;緯地參天,旋轉露乾坤之手。王氣全鍾冀北,日捧長安文名,先讓畿東,星躔箕尾,納盡崑崙之脈,滙爲滄溟之朝。矧我浭陽,邑稱豐潤,金名永濟,元曰閏州。左原右溪,直繪畫圖之上;後屏前案,生成名勝之奇。地接兩京,人有五陵佳氣;形同三輔,土噴萬丈光芒。甲第連雲,韋杜去天尺五;酉山抉籙,元白應象魁三。雞鳴狗吠相聞,山村花滿;剝棗烹葵爲壽,蔀屋春長。乃積乃倉,菽粟有同水火;如墉如櫛,禮義治於鎡基。睹華胥於堯封,讓閒田於禹甸。風流不遠,誰回叔晚以中天;主善爲師,重喧和陽於胜地。尋宗問祖,引繩批根。蓋由風水相遭,全非本來面目。因知盛衰相嬗,無復舊日衣冠。巽龍左來,衝決受損;坤方水去,直瀉無情。加以運甓丸泥,鑿斷崩洪之脈;抑且車馳馬驟,流開官旺之方。水城不完,氣因風散;地勢不接,運遂中傾。識者爲之寒心,居民誰不落魄。田竇移奪東陵,幾種青瓜;王孫牢騷上蔡,或牽黃犬。金門射策,劉蕡不許占鼇頭;玉署攤書,甯越空憐掛牛角。閭閻庚癸,

---

[①] 本文輯自光緒《豐潤縣志》卷十一。

科甲晨星,砥以頹波濺仗;擎天有柱,功還造物,莫非煉石成丹。大有同人,共在鈞陶之内;中孚无妄,祈完補救之方。富以其鄰,中心願也;於食有福,其剛勝耶。緣督爲經,請高明哀然領衰;同舟利涉,予小子疲於津梁。並無肥己之私,濺仗大家之力。因人成事,事事勞心;聚少成多,多多益善。筑堤壅水,曲曲回環去無流;借土培龍,蜿蜒鬱蟠來無病。人謀補生成之憾,百姓與能;地利有神鬼之通,萬民以濟。爕諧元氣,符合化工。行看楨幹王庭,多士際風雲之會;謳歌衢巷,比屋興仁讓之風。腰帶橫雲,近作三台華蓋;秦山明月,直籠萬井氤氳。有慶自天,於今爲烈。於戲,高山流水,願吾邑在在鍾期;仗義疏財,知諸公人人季布。行將大作,先此通知。

腰帶山絶頂①

九萬風斯下,翛然接上天。奇峰雲際出,凍雨古崖邊。海色蒼茫小,村星遠近懸。昂霄攀白日,知界幾寒煙。

---

① 本詩輯自光緒《豐潤縣志》卷十二。

傳

魏元樞傳①

魏元樞,字聯輝,號瞘菴。幼而食貧作苦,性嗜詩書,雖令節嘉辰,不廢誦讀之功。或時而荷鋤園野,輒朗吟高頌,有非笑之者,勿顧也。雍正癸卯舉于鄉,旋成進士。歷官中外,有聲。致仕歸,年七十餘。能作蠅書細字,經史紛綸,手不停披。杜門却跡,課其幼子。好學如斯,真爲茲邑所僅見者矣。

汾州太守魏公傳②

魏公元樞,字聯輝,號瞘菴。遠祖曰來興,在明洪武時有軍功,以千户世襲,家江南邳州,分防塞外小興州,後遷興州前屯衛於豐潤,遂家焉。傳世至國初失職,始以儒顯。有爲即墨主簿者曰世道,世道生諸生端。端生諸生廷基,工行草,與隱士袁志學友善,自號冷灰道人,是爲公之曾祖。祖鍈,增廣生;父濱,諸生,名行具載邑志。母劉氏生兄弟五人,公最少。

早委身於學,而家塾少墳典,適書賈寄卷軸數千,因得縱覽大義。其視鄉里同輩鮮當其意,以爲不足師友,獨扃户誦讀達旦,探古人奥賾,久之,焄然開解,下筆汩汩其來。時方樸山先生宰豐潤,奇其文,拔冠童子

---

① 本傳輯自光緒《豐潤縣志》卷六。
② 本傳輯自光緒《豐潤縣志》卷十一,與《與我周旋集》中所載異文較多。

軍,充博士弟子,又數年食餼,假館授徒以養父母,洎乎喪葬盡禮,均有聞於鄉人。先是,奉父母命,兄弟析居。父殁,將已所分產盡讓諸兄,而以舌耕爲業。其四兄早逝,迎養嫠嫂終其身,子女婚嫁悉賴焉。其未第時,内行已卓卓如此。

雍正元年,春秋兩試皆捷,遂成進士。五年選河南靈寶縣令,蒞任月餘,因公罣誤去官,特旨送部引見,以主事用。明年補兵部武選司主事,調刑部貴州司員外。公感特達之知,勵精奉職,折獄多所平反,上聞而嘉之,賜珍果茶藥,同官皆不得預。十一年,遷江蘇司郎中,會争一獄不能,即乞假歸里。上聞而驛召,限日行六百里,至即入對,獎諭以血心辦事,不肯隨人俯仰,使復其任,而堂上官竟至降謫。蓋世廟之明目達聰,幽遐畢燭,而公執法不阿,誠足以動天鑒也。

乾隆三年,授寧武府知府。府固寧武關舊址,至即請創府學,起鶴鳴書院,延師訓士,風氣立變。又請祠祀明死事總兵官周忠武公諱遇吉,以勸忠義。纂府志,八年始脱藁。當是時,吏治尚廉能,苟無過,知府未有三歲不遷者,遲則六年,斷末有任九年者。公悃愊無華,不善唯阿,往往以是忤上官意,外示優容,而内實疏遠。

十一年,适大同府屬之山陰應州渾源飢甚,道府以是去職。公忽得檄,署雁平道篆,并攝同關同知印務,而實委以三邑飢民也。賓僚曰:"不可往,盍以吾屬亦有賑辭?"公曰:"不可。事有緩急,救飢如救焚,何可辭也?"遂慨然以賑務爲己任,馳驛前往。雨雪載途,疏食飲水,州縣供役皆屏去,與災黎朝夕相見,所至民慶更生。同時,蒲州屬之廣靈、安邑、萬泉飢民復聚衆脅其長吏,起大獄。大府以兵往剿,並檄公同往。遇諸途,曰:"此飢民也,非畔也,何張皇爲?如以兵往,知府不諳軍旅,寧以規避罷官,斷不敢將順殺人;若不以知府爲不肖,請單車往勘,三日報命,有事,知府一人當之。"大府曰:"老先生何以知其非畔?"公曰:"監獄猶完,倉庫未動,是以知之。"大府怡然曰："先生之言是也。彼處事宜敬以奉煩，某專候好音。"公遂盡屏大府所與防衛，攜二僕馳往。至則衆情洶洶，誠不可測。先出示曉諭，動以禍福，莫不感泣。首事者遂自縛請罪，曰："飢亦死，罪亦死，今有官知我民飢，願就死無悔。"公遂矯命聚飢民於城中，先開倉，人給斗穀，爲十日撫恤，四門注册，出則縱之，入則禁之，而飢民萬人得穀，不兩日皆散歸鄉井矣。急以首事者馳報大府，且白擅輒開倉之意。大府悅，剿議遂寢，奏請撫恤一月，賑濟兩月。公以二麥尚早，請再展賑兩月，皆得旨准行。是役也，微公往，其不至釀成大獄者幾希矣。

明年，調汾州。積案數百，月餘皆爲審結。仍修西河書院，祀先賢卜子，振興文教，戀遷逐末之俗，蒸然丕變，至今科第不絕。

又明年，年六十有三，慨然曰："吾歷任中外二十年，幸無大過。今老矣，宜早退。"上官諄留，且曰："即以河東觀察待君，奈何去？"公曰："知府告退，非邀榮也。"求去益力。不得已，奏准以原官致仕。囊無晉物，行李一老書生耳。瀕行，時遠近士民攀送，街衢擁塞，宿於郊，徧加慰勞，各取一果，後車幾滿，數日方得行。

旋里後，舊有讀書小齋曰尺蠖，葺而居之，破牀敝几，日坐擁書課子，不問外事。自訂生平著述十五種，名曰《與我周旋集》。蓋其介持本於天性，形諸吟詠，無矯飾焉。顧薄於己而亹於物，出俸餘置義倉以贍宗族，婚喪皆取給其中。仿范文正公義田遺法，刊碑塋域，刻所授誥封二代四品之文，以榮其先。又自爲墓表，以敘其生平出處之義。

卒於乾隆二十三年戊寅二月十三日，得年七十有三。迹其幼學壯行，晚而致仕，優游林下，復抵十年，進退衷諸禮義，君子韙之。

妻王氏，繼以張氏、劉氏。子四：禮焜、禮煜、禮焯、禮烜。焜，張出，餘俱劉出。禮焯，乾隆庚寅科舉人，簡發山東，以知縣題補署利津、樂陵，皆有善政。

魏元樞傳①

魏元樞,字聯輝,一號膴庵。家貧嗜學,有賈人寄書數千卷,因得縱觀,通大義。雖令節嘉辰,不廢講讀。時或荷鋤園野,朗吟高誦,有非笑者勿顧也。雍正元年聯捷進士,歷刑部主事、郎中。性抗直,不肯隨人俯仰。會爭一獄不能得,即乞假歸。上聞而悅之,召還,使復職,堂官竟坐降謫。乾隆三年,出知山西寧武府,興學立教,政聲藉甚,兼署雁平道事。十一年,蒲州屬廣靈、安邑、萬泉飢民聚衆脅官,起大獄,大府檄元樞往。或勸嚴設防衛,元樞曰:"此飢民,非叛也,何張皇爲?"單車入境,諭以禍福,亟開倉賑之,慶更生者萬人。移知汾州府,積案纍纍,月餘皆爲清釐。晚歲里居,閉門却迹,猶能作蠅頭細字。自訂所著曰《與我周旋集》。卒年七十有三。薛寧廷撰傳。

《與我周旋集》簡介②

《與我周旋集》二卷　國朝魏元樞撰。《畿輔詩傳》。薛亭序略:"膴庵晚歲里居,自訂所著曰《與我周旋集》,逸情真意流溢行間,一切塗澤雕纂之習刊落殆盡。"案:元樞,字膴庵,豐潤人,雍正元年進士,歷官山西汾州知府。

---

① 本傳輯自光緒《遵化通志》卷五十四。
② 本傳輯自光緒《遵化通志》卷五十八。

後　　記

　　二〇二〇年春季，余因防疫要求居家不外出，授網課之外遂點校清魏元樞《與我周旋集》。是書流傳不廣，例如光緒《遵化通志》著録"《與我周旋集》二卷"，卷數不確，主要原因，一是錯過了四庫全書徵召機會，没有進獻；二是其内容多與山西寧武、汾州有關，與作者魏元樞家鄉豐潤關係較少，不被重視。

　　魏元樞是清代遵化直隸州豐潤縣人，歷任寧武知府、汾州知府，而光緒《豐潤縣志》卷六將他歸入"文學"類人物，而不是"政事"，主要原因：一是魏元樞性格孤介，不善交往；二是魏元樞與其子魏禮焯都是在外爲官，著作流傳不廣，事迹則更少被家鄉人所知。

　　是書點校初稿，謬誤較多，且少參校資料。經編輯柯亞莉女史覆校一過，大爲增色。柯亞莉女史，文獻學專業博士，學養深厚，視野開闊，指出魏元樞傳記資料較少，前言應詳寫，還應參校各地方志等資料，校對正文，添加附録，並一一示範。柯亞莉女史之敬業精神，令人敬佩。

　　意見照收，已經盡力改正，限於個人學識，尚存謬誤，還請指正。

高光新
二〇二二年一月